中国书籍文学馆·小说林

谁都不容易

徐 泽 著

中国书籍出版社
China Book Press

图书在版编目（CIP）数据

谁都不容易 / 徐泽著 . —北京：中国书籍出版社，2014.3
（中国书籍文学馆·小说林）
ISBN 978-7-5068-3862-7

Ⅰ . ①谁… Ⅱ . ①徐… Ⅲ . ①中篇小说—小说集—中国—当代 Ⅳ . ① I247.5

中国版本图书馆 CIP 数据核字（2013）第 283577 号

谁都不容易

徐泽　著

图书策划	武　斌　崔付建	
特约编辑	陈　武	
责任编辑	李国永	
责任印制	孙马飞　马　芝	
出版发行	中国书籍出版社	
地　　址	北京市丰台区三路居路 97 号（邮编：100073）	
电　　话	（010）52257143（总编室）（010）52257153（发行部）	
电子邮箱	chinabp@vip.sina.com	
经　　销	全国新华书店	
印　　刷	三河市华东印刷有限公司	
开　　本	650 毫米 ×940 毫米　1/16	
字　　数	240 千字	
印　　张	14	
版　　次	2014 年 6 月第 1 版　　2021 年 1 月第 3 次印刷	
书　　号	ISBN 978-7-5068-3862-7	
定　　价	42.00 元	

序

李敬泽

"中国书籍文学馆"，这听上去像一个场所，在我的想象中，这个场所向所有爱书、爱文学的人开放，不管是白天还是夜晚，人们都可以在这里无所顾忌地读书——"文革"时有一论断叫做"读书无用论"，说的是，上学读书皆于人生无益，有那工夫不如做工种地闹革命，这当然是坑死人的谬论。但说到读文学书，我也是主张"读书无用"的，读一本小说、一本诗，肯定是无法经世致用，若先存了一个要有用的心思，那不如不读，免得耽误了自己工夫，还把人家好好的小说、诗给读歪了。怀无用之心，方能读出文学之真趣，文学并不应许任何可以落实的利益，它所能予人的，不过是此心的宽敞、丰富。

实则，"中国书籍文学馆"并非一个场所，它是一套中国当代文学、当代小说的大型丛书。按照规划，这套丛书将主要收录当代名家和一批不那么著名，但颇具实力的作家的长篇小说、中短篇小说集和散文集等。"中国书籍文学馆"收入这批名家和实力作家的作品，就好比一座厅堂架起四梁八柱，这套丛书因此有了规模气象。

现在要说的是"中国书籍文学馆"这批实力派作家，这些人我大多熟悉，有的还是多年朋友。从前他们是各不相干的人，现在，"中国书籍文学馆"把他们放在一起，看到这个名单我忽然觉得，放在一起是有道理的，而且这道理中也显出了编者的眼光和见识。

当代文学，特别是纯文学的传播生态，大抵集中在两端：一端是赫赫有名的名家，十几人而已；另一端则是"新锐"青年。评论界和媒体对这两端都有热情，很舍得言辞和篇幅。而两端之间就颇为寂寞，一批作家不青年了，离庞然大物也还有距离，他们写了很多年，还在继续写下去，处在最难将息的文学中年，他们未能充分地进入公众视野。

但此中确有高手。如果一个作家在青年时期未能引起注意，那么原因大抵有这么几条：

一、他确实没有才华。

二、他的才华需要较长时间凝聚成形，他真正重要的作品尚待写出。

三、他的才华还没有被充分领会。

四、他的运气不佳，或者，由于种种原因，他的写作生涯不够专注不够持续，以至于我们未能看见他、记住他。

也许还能列出几条，仅就这几条而言，除了第一条令人无话可说之外，其他三条都使我们有足够的理由对这些作家深怀期待。实际上，中国当代文学的丰富性、可能性和创造契机，相当程度上就沉着地蕴藏在这些作家的笔下。

这里的每一位作者都是值得关注、值得期待的。"中国书籍文学馆"收录展示这样一批作家，正体现了这套丛书的特色——它可能真的构成一个场所，在这个场所中，我们不仅鉴赏当代文学中那些最为引人注目的成果，而且，我们还怀着发现的惊喜，去寻访当代文学中那相对安静的区域，那里或许是曲径幽处，或许是别有洞天，或许是，众里寻他千百度，蓦然回首，那人却在，灯火阑珊处……

著名作家评价和推荐：

经朋友推荐，在某个冬夜，我读了这部书稿中的一些篇章，那充满激情和忧伤的文字，让我难以入眠，如一盏灯照亮底层的生活。

——贾平凹

我跟徐泽见过一次面，还是我在《雨花》做编辑的时候，只知道徐泽原是写诗歌散文的，最近怎么也写起小说来了。他写了很多，却不急于发表，也不看人的脸色行事。总是写那些发生在我们身边的疼痛。痛且快乐着。一些小说的描写，特别是乡村的描写，写得很美。

——毕飞宇

徐泽的生活是坎坷的，但他在坎坷的道路上一直没有停笔，他从写作中找到了精神支柱……有理由相信徐泽的人生和写作的道路都会越走越坦荡。

——范小青

　　徐泽说他是个乡下人，东西也写得土。而我感觉他的土更有诗意。他的城市小说有点漂，乡村更实在；我感到他更了解消失的村庄，也许带着爱和泪，乡村的描写就更真实更有意义。好的小说都离不开情感里的乡土，离不开生命的根。

——李佩甫

　　我只知道，这中间有一些文字真正感动了我，这本书给了我久违的满足，是那种被征服的感觉……

——夏坚勇

目录

远方的天空很蓝

1

生活的路是谁也想不到的，说不定在什么时候就拐了个弯儿。

王二那年刚刚过完十六岁的生日，在城里怎么说还应该是个孩子。孩子除了上学就应该无忧无虑地玩耍。十六岁的孩子，应该在青草坪上踢足球，应该拉着女孩的手在阳光下奔跑，应该有了自己的秘密和第一次暗恋，甚至应该头破血流地打架，为了梦想独自远行，或在母亲和外婆面前撒娇；但对王二来说，这一切都快结束了，就像流动的岁月在这里停滞了，一片树叶在河流里打了个旋儿，又飘向了未知的远方。王二父母怕孩子下放农村吃苦，将大儿子王大送到县城渔业大队轮船上学了开机器，现在又要将王二送到一百多里外的海边小镇学手艺。王二见不用上学了，从此再也不用背书考试，像一个被奴役的人彻底解放了一样，有点手舞足蹈欢天喜地的味道。当父母征求他的意见时，王二只说了一个字"好"。

一切就这样定了下来。好在一切都不要王二动手，王二站在旁边看着，他感到很好玩，好像要去远方的不是自己，而是另一个和自己毫不相干的人。父亲把被子被单叠起来，用绳子打成十字捆在一起。父亲的一条腿弯曲着压在被子上面，将绳子抽紧，受压迫的被子越来越小，最后将绳子打了一个活扣，能提在手上，也能背在肩上，不太费力。父亲提在手上拭拭，笑了，表示对自己的活儿十分满意。母亲在一边将王二的换洗衣服收拾好，放在一个土黄色的帆布旅行包里，然后用手在上面压了压才将锯齿一样的拉链拉上。帆布包有些旧，但结实耐用。帆布包上印着大上海的图案，有高楼大厦，有大轮船，还有黄浦江。那是王二没去过的地方。对小地方出生的人，上海就是最大的地方，上海就是天堂。天堂多好啊！王二去的地方也有大海，但离上海近吗？王二不知道。脸盆牙膏牙刷和肥皂等杂物用一个大网袋装着。家里还有两个红红的苹果和一个大大的白萝卜，母亲也拿了放在网袋里，说明天留了王二在路上吃。萝卜水分多，止渴。

晚上父母为王二煮了面条，还到卤菜店专门买了王二爱吃的肴肉和卤鸡。母亲把肴肉和卤鸡一块块搛到王二的碗里，让王二多吃，王二大口大口地吃着，最后连面汤都喝干了。王二能吃，父母都十分高兴。剩下的肉菜父亲要吃，却被母亲用筷子挡住了："留给孩子明天吃了上路，你要吃，我下次再买。"父亲表示理解，刚伸出的筷子又缩了回来。

吃完饭的王二不知干什么好，像一个外人在家里站着。天很快就黑了，屋里淡黄的灯光把人影照到墙上，重叠的人影就有些乱。王二明天还要早起赶路，母亲铺好了被子让王二先睡。王二睡了一会有了尿意，就下床趿着鞋子，走到尿桶前小便。那次小便时间有些长，王二先是将尿液对着尿桶边上猛射，后来又将尿液直接射在尿桶里，尿桶沸腾了，在尿液的冲击下，飞花溅玉，一时十分的波澜壮阔。王二尿完了，学着大人的样子，用手握着那玩意儿抖了抖晃了晃，然后才将宝贝放回裤裆里。上床时还对父母神秘地笑了笑，像个刚长大的小大人，这一切都让父母感到满意。

2

道路像波浪一样起伏着，公共汽车像婴儿摇篮一样摇摆不定。黄尘飘飞并扑打着车窗，窗外也没什么好看的，树和农舍以及水牛和田野里的稻草人向车后快速退去，退到远方的一片苍茫里。刚上车还有点新奇，只看了一会儿就使人昏昏入睡。王二没有睡，两眼默默地看着前方，前方也是一片苍茫。远处是看不见的大山和河流，大路上甚至连一个人影也没有，除了荒凉还是荒凉。王二忽然对要去的地方也逐步失去了希望和信心，一种不详的预感像一片乌云笼罩在心头，挥之不去。王二和送他的人都没有言语。王二走时记住了母亲的话，少说话，少做事。要学会叫人，舌头打个滚，叫人不蚀本。在外不比在家，一个人要学会照顾自己。要学会忍让，该花钱就花钱，不能沾别人的光。多给点别人占，那样朋友才会多。在家靠父母，出门靠朋友。记住了，千万不要争强好胜，学会以退为进，退一步海阔天空。王二这些都是知道的。王二在口袋里捏了捏母亲在上车时塞给他的十五元钱，其中有五元钱还是一毛二毛的角票，现在在口袋里被王二都快捏出了汗。以后父母不在身边了，过日子就靠自己了，他不好意思再向父母要钱，他要靠自己赚钱养活自己了。

王二还在胡思乱想，长途车却到站了。王二随着下车的人流下了车。也许坐车的时间太长了，王二的腿脚有些麻，王二在坚实的大地上踏了踏，一是踏去了解放鞋上的灰尘，发麻的脚腿也轻松自如了。送他的人拿了被子行李和旅行包就走，王二提着网袋跟在后面，一路无语。连天空和大地也沉寂了，茶缸敲击脸盆的声音格外清脆入耳。下车的人一下走散了，公共汽车绝尘而去，道路一下变得开阔起来，前方隐隐约约能看到农舍和村庄。走了一段路就上桥了，在桥上王二第一次看到了大海。海风吹佛着他单薄的身体，海浪一往无前地向前推进，有几条渔船在浪中颠颇着向前，船桅上的帆影在落霞里十分美丽壮观。王二想在海边的桥上多停留了一会了，但送他的人已走远了，他不由得也加快步伐跟了上去。

下桥后又走了一段路，就被一个山坡挡住了路。送他的人说："快了，翻过山坡就到了。"山坡中没有路，只有在树与树中间穿插着前行，送他的人在前面引路，王二紧紧地跟在后面。一进入山中的树林，王二身上的细汗就全部被受住了，脊背上一阵冰凉，说不出的舒服和惬意。树林中埔满了金黄的树叶，走上去松软而富有弹力。蚱蜢其大无比，在王二的脚边跳来跳去。还有四脚蛇，一下跳到王二的胸前又掉到地下，王二的心一下提到嗓子眼。还有胳膊粗的蟒蛇伏在草丛里一动不动，王二想叫又不敢叫。送他的人已经走远，并没有等他的意思，他也不敢喊，只有眼睛一闭，心一横就走了过去。走过了小山坡的树林，王二的心还在"怦怦"直跳，像要跳出口腔一样。好在已走出树林，看到了道路和村庄。

下了山坡，路道又变得十分平坦。走了没多久，送他的人就在一个小庄上停住了，这个庄子不大，只有几十户人家，几十间房子。房子前的草浪一浪高过一浪，夕阳就在草浪的远方落下去，整个大地和房舍就淹没在一片暮色里。送他的人进屋后跟熟人说了一会话后又跟王二说了几句无关痛痒的话，就头也不回地走了。那人的身影在暮色的道路里越来越小，最后终于被暮色淹没了。王二一人孤单地在门外站着，夜风已经很凉了，吹着他单薄的衣服，草浪在夜色中也不见了踪影，忽隐忽现的道路也飘遥起来。海还在远方喧腾，静下心来就能听到海浪喘息的声音，遥远而又贴近。星星也升起来了，像无家可归的孩子在天空和海边流浪。屋里的油灯摇曳着淡黄温暖的光，把一些杂乱的人影映在墙上，像皮影戏一样生动。屋里的人吃完饭就离去了，小屋又安静了下来，油灯下的小屋是温馨的，但王二却举目无亲，他不知进退地立在那里，就像一条小鱼被冲到沙滩上，进出都失去了自由。天越来越黑了，风也越来越凉了，陌生的世界越来越恐怖，连小鸟也回归树林了，星星也落到雀巢里去了。王二却没处去，也不知如何安身，他有些害怕和孤单，不听话的眼泪开始无声地从王二脸上流下来。他想大哭一场，他恨父母，更恨送他来的那人，怎么不管不顾地就把他抛弃在这里，他该怎么办呢？他还是个孩子，他又能怎么办呢？他用眼睛在四周搜寻着，他看到屋后有一个草堆，今晚上就在那里对付一夜，一切等明天天亮再说吧。王二想着就要向那个草堆走去。

"外面的孩子进来吧。"王二听到了，是一个大嫂对他说话，他轻手轻脚地走了进去。在屋里油灯下，他才看清了，对他说话的是一个大约三十七八岁的女人，短头发，穿着一身黑衣服，高高大大的，面善得很，声音也祥和。海边的人整天被太阳晒，都有些显老。脸黑，手也黑，身上的皮肤也黑，都是被海风吹的。

"饿了吧，快吃点东西吧。"大嫂盛了一碗稀饭说，稀饭前放着一碗用盐腌过的蟹渣。王二没有言语，在桌前坐了下来。

"人是铁，饭是钢，一天不吃饿得慌。大家都叫我严嫂，你以后就叫我严妈吧！"叫严妈的女人转身又到铁锅里拿了一个还冒着热气的馒头，放到王二面前："吃吧，孩子！"

王二确实饿了，还是早上吃过东西，现在肚里一点食也没有，见到白米粥，捧起碗一口气就喝了三碗，喝完粥王二的气色也好了点，但坐在那里却不知说什么好。

还是严妈说话了："真是苦命的孩子，做爹娘的真心狠，把孩子送到这么远的地方受罪。"王二还是不言语，严妈又说："孩子，等会洗一下，就先睡我的床吧，明天再说，明天再说。一切都会好的。孩子，天塌不下来，年轻时吃点苦也好，长大才会有出息。"

王二在严妈端来的脸盆里洗了把脸，脸盆里的毛巾有些脏有些黑，王二本想拿自己毛巾洗的，但怕严妈伤心，所以就直接用严妈的毛巾。王二不知为什么，一人在外怎么变得突然懂事了，知道为别人想了，也知道了解别人的心事了。洗完脚，他没敢再拿那毛巾擦，等晾干了脚上的水珠，他也没有穿袜子，趿着鞋，就直接跟严妈去了睡房。严妈的睡房并不大，但却放着两张床，只是有一张床是空的，一张床是严妈睡的，床上有两床被子和一个枕头。虽是秋季，但床上还挂着蚊帐，蚊帐和床单都有些旧，但洗刷得还算干净。床下是一个踏板，踏板旁边放着一个马桶，马桶上面有一块粗布，也许严妈小解后为了省钱就用这粗布擦一擦下身，至于这块粗布常不常洗或放不放在阳光下晒，王二就不知道了。靠窗的地方放着一张老式的长条桌子。窗子本来就小，有些玻璃坏掉了，就用一块透明的塑料布矇着，塑料布上积满厚厚的灰尘，从屋里看不到外面，只有窗口的煤油灯燃着，在外面才能看到窗户上淡黄色的光；就是这一小片柔弱的光还被黑暗包围着，淹没在巨大的夜色里。夜太静了，静得几乎能听到自己的心跳。王二脱了衣服，钻进冰冷的被窝，他不敢朝严妈看，他在被窝里想着心事，我明天做什么呢？吃什么呢？在哪里睡呢？我能在这里长期生活下去吗？爹妈知道我的艰难吗？会来帮我吗？王二想了许久，也没想出头绪，他的头有些发昏，煤油灯的灯光跳了两下就熄灭了。黑暗使他感到恐怖，但黑夜又使人昏昏入睡。也许白天奔波了一天，太累了，没过多久王二就进入了梦乡。

<h2 style="text-align:center">3</h2>

早晨天亮后，是严妈叫王二起床的，严妈昨晚有没有睡到他床上王二也不知道，因为他昨天太困了，一觉睡到大天亮，他什么也不知道。严妈很早就起床了，烧了一大锅稀饭等工人来吃。蒸笼上蒸了些实心馒头，很大，至少有二两一个，因为王二只要吃一个就饱了。

王二吃完早饭，就由一个姓陈的主任，领到一排工房里去，让他跟在张英文师傅后面当学徒。张英文名字虽洋，人却朴实甚至有些老土，四十多岁了，还穿着乡下常见的衣服，他头上没有头发，夏天穿着宽大的短裤，裤管松松垮垮，里面的东西自由自在地晃荡着出来乘凉，他却全然不知道。由于上下的头都光着，人们都叫他"肉头"。王二不敢叫，就尊称他为张师傅。张师傅是打铁的出生，日子就过得有些苦，家里老婆孩子都靠他一人抚养。

王二所在的单位，也可说学徒的地方，全称叫老坝港乡海洋渔业大队铁木竹生产社。王二没有看到木匠，只看到一些工匠在破船上敲敲打打，十几个汉子才能把一条修好的船抬到大海里去，接受波浪的冲击和考验。王二学徒的地方，是一排六间连在一起的破旧的房子，泥墙，屋上盖的是茅草，这样的房子虽破旧，到也冬暖夏凉。屋里一字排开有五个铁匠炉，每个炉子都烧炭，一层炭一层铁，像大地包裹着透明的红萝卜。旁边是一个很大的风箱，风箱一般都由学徒的来拉，拉风箱也有考究，一般两头不能停顿，也不能太急促，这样烧出的火才均称，烧熟的铁才好打。说来也怪，那些坚硬冷酷的铁，在炉里一烧，就变得柔软且充满温情，铁匠师傅想把它们打成什么样就什么样，就像捏面人和糖人那样容易。铁木竹生产社里还有一只巨大的老虎钳，那是压紧圆形的铁棍，用板牙绞螺丝用的。铁木竹生产社主要生产修船用的铁钉，锣丝锣帽，农忙时也生产钉钯、锄头等农具，有时甚至连菜刀、铲子、门扣子也生产。王二是学徒，管不了那么许多，主要是看师傅和师兄们怎么干，然后帮助做一些辅助工作。

王二第一天上班，还比较轻松自由，这里看看，那里看看，这里拿拿，那里接接，一切是那样新鲜和好奇，时间也过得很快，师博们下班他也就下班了。走出工房，脚步轻松愉悦，那时夕阳刚刚落山，天边的云彩飘荡在一望无边的草海里，十分壮丽，也十分安详，大自然多美好啊！

下班后说说笑笑，气氛就轻松多了。晚饭除了稀饭馒头，小菜还增加了咸带鱼，王二就喜欢吃咸带鱼。王二吃过晚饭后想，今晚睡哪里呢？一看连行李也没打开，只有先睡在严妈那里，他想自己铺床，但也许太累了，也许不想铺床，就鬼使神差地还睡在严妈床上。严妈也说你先睡吧，明天我再给你铺床。王二上床睡了，本想读一下书的，他喜欢文学，特别喜欢俄国作家高尔基的书，但今天翻开《童年》、《在人间》、《我的大学》，却一个字也读不进去，他看了几页《海涅诗选》，瞌睡就上来了。倒头便睡，而且睡得很死。

在梦中，一个人在无边无际的旷野上奔跑，山野边的野花开了，溪水闪耀着太阳的金光。在一座乡村的茅草屋里，他与一位乡村少女相遇了，那个少女掉头就走了，他怎么追也追不上，后来小女孩的母亲出现了，并把他的头抱在怀里：孩子，你受苦了。王二一激动，鼻子一酸就哭了，眼泪像浪花上的星星，冰凉冰凉的。在半夜无意识的梦中，王二一翻身就抱住了严妈的大腿，就像抱住母亲一样舒服惬意。严妈也把王二的一双冰冻的脚放在胸前暖着，王二的脚趾甚至已触碰到了严妈宽厚温暖的双乳，那双乳就像冬天的茅窝，是那样暖和，又是那样滑柔和温馨，身子很轻很轻，鸿毛香草一般飘忽，就像躺着白云般的棉花垛上轻松地沉浮，有一种愉悦和幸福的心悸；王二不敢再往下想了，那是和自己母亲差不多大的严妈啊！怎么能这样呢？但青春的冲动是谁也挡不住的，就是悬崖也要跳下去了。他有些后悔，他像一片云，慢悠悠地掉下了山谷，没有回声；醒来惊出了一身冷汗……严妈现在就睡在王二身边，并且就睡在一个被筒里，王二有些吃惊，挣扎着想坐起来，却被严妈抱住了……王二无法拒绝，也无力反抗，那神秘的诱惑谁也挡不住。……孩子，日子还长呢，慢慢就会好的……严妈像慈爱的母亲把王二楼在怀里，用粗糙的手抚着王二的头发和身体，王二的身体有些发烧也有些发寒地颤抖，严妈像一只老船在风浪中猛烈地颠簸了几下，王二就像一片飘在浪中的树叶在船舷上左右摇晃着，一会儿冲上浪尖，一会儿又沉没在波涛汹涌的海底，那是一次温暖的深海旅行，既温暖又迷惘，他的心真的很疼很疼……

月光还是那样美好，乡村的夜很静很静，风卷着树叶和尘埃，又被远方更大的海浪平息了。窗前的星光更加暗淡，黑暗似乎要吞噬这个世界。在黑暗中，严妈下床了，又白又亮肥硕巨大的屁股坐到马桶上很响地小解。尿液顺捷而奔放，马桶里一时十分嘹亮，随后又死一般地沉寂。严妈上床还想搂抱着王二的双腿，帮王二暖足，王二身子一扭拒绝了，好在严妈也没强求。严妈想说一些安慰的话，但一时却又总说不出口，严妈在心里责怪自己好像也在责怪这个世界：都是猪狗不如的东西，这孩子多可怜！人家还是孩子，怎么能这样，今后可要多关心这孩子，母亲不在身边，没娘的孩子像棵草……严妈想着想着有些累，一会儿瞌睡上来，就像死猪一样头歪在一边弓着腰睡了，不久还发出了如雷的鼾声。

王二却怎么也睡不着，失落的心里十分酸楚。窗外宁静极了，死一般寂静的屋里，只有严妈的鼾声此起彼伏，像大海翻卷的波涛一浪高过一浪。王二翻了好几个身都无法入睡。大海十分遥远，天空十分遥远，故乡和老家也十分遥远。王二睁着的一双童稚的大眼。一直流泪到天明。

4

严妈虽然并没有做什么，但早上起来还有些担心，一直到王二吃完早饭平静地去上班，一颗悬着的心才放了下来。严妈感到有些对不起王二，人心都是肉长的，这孩子多可怜，想以后一定要对王二好一点，像对自己亲生的小孩一样关心他。一个还没长大的孩子，一人在外无人照应真苦，严妈这样想着心里就充满了柔情。

王二第二天上班下班，无论是吃饭还是休息，都不好意思见严妈，好像做错了事的孩子躲得越远越好。虽然严妈将最好吃的都留给了王二，严妈虽然比平时更关心爱护他，但这一切都让王二感到别扭难以接受。严妈都能做他的老妈了，还跟严妈那样亲热，那不是乱伦吗？那不是不道德吗？被别人和家里知道了怎么得了？再说王二也确实不能原谅自己，这不是自己堕落了又是什么？虽是严妈要求的，严妈也确实像母亲一样爱他，但那是什么爱，是玩火啊，他已走到悬崖的边缘，搞不好掉下去就会粉身碎骨，面对爱和诱惑，我不但没有反抗，还半推半就，还抱住别人的双腿入睡，还把头枕在她的双腿上，真是太可怕了……想想都丑死了，如果给外人知道就不想活了！还是跳到大海里算了，那样能洗清自己的罪恶吗？好在现在还没有人知道，下次可不能这样了。

王二走到严妈的房间准备拿行李走人，一进房间，见严妈已在小床上将被子被单都铺好了，换下来的衣服也洗好了，并将衣服叠得齐整整的放在一边。王二怕严妈伤心只有先躺下睡了，却怎么也睡不着，自己强迫自己不想严妈，但严妈的影子不断在眼前浮动，比动画片还要真切形象，好像在头脑里扎根了一样，挥之不去。下面的东西也不由地肿张起来……王二忍不住在被子和草席上猛压了两下，下面彻底地释放了，十分舒坦顺心，烦躁的心一下子也宁静了许多。窗外的月光透进来，清澈的月辉洒在王二脸上，王二的脸也更加苍白秀气了。

性是罪恶的，它像一头洪水般的猛兽冲决了春天的堤岸，一切是那样猝不及防。两岸的芦花开了，白色的芦花被秋风压低了，一直沉浸到冰凉的秋水里。水鸟在洁白的浪花上翻飞，影子也是苍凉的，在天地间一会儿高一会儿低。

严妈不知什么时候进来了，王二也没理她，王二脸朝墙里睡了。严妈不好作声，放下被子也准备睡觉。严妈躺下了，见王二在床上翻来翻去，说："二小，想家了？"

"没有。"

"那怎么还不睡，明天还上班呢！"

"不知为啥，就是睡不着。"

"闭上眼，什么都不想，一会儿就睡着了。"

"不知为啥，就是心烦。"

"昨天是我不好，伤害你了，孩子。"

"……"

"一人在外，多难……"

王二哭了，十分伤心。

"别哭了，快上来吧，我搂着你睡，也许会好些。"

"不要！不要！你千万不要过来，丑死了。"

"那我把灯熄掉。"

"不要，不要，我怕，我真的很怕。"

"我抱着你睡你就不怕了，你这孩子！我都能做你妈了，我是关心你，你还害羞啥？你就把我当母亲吧。"严妈在黑暗中摸索着下床，不知哪来那么大的劲，两手一搂就将王二抱到自己床上，王二在黑暗中搂着严妈的脖子，两条细柔的腿也搭在严妈的腰上。严妈用粗糙而又宽厚的手拭去王二脸上的泪水。

在床上，严妈刚脱掉了贴身汗湿的小褂子，一双大乳就贴着王二的脸上，王二犹豫了一下就抱住严妈亲了起来，严妈不知王二哪来这股子狠劲，说："乖，孩子，……"

"我……，我……，我……"王二也发疯了。

"我的乖乖……"严妈像母亲一样抱着自己心爱的孩子，一只有点粗糙的大手就伸向王二被火烤得有点发烫的身体……，王二感到十分的快活慰贴舒心，有一团火在心中涌动，又像一股电流从胸中穿过，一阵电闪雷鸣狂风暴雨后，王二彻底地累坏了，像死猪一样躺在严妈的身边。严妈抱着怀中的王二，用手怜爱地抚弄着王二散乱的头发……夜深了，远方的海浪此起彼伏；月亮升高了，凄楚而又温馨。一老一少在清凉的月光中躺着，是那样和谐柔美，又是那样悲怆无望。一些新叶在老树上枯萎死去，又有一些梦呓般罪恶的孽情，在老树与新芽交织缠绕的藤蔓里疯狂地生长，孕育着死灰复燃的激情。天地间一片苍老的浮云从人世间飘过，留下苦丁香的甘甜和岁月的沧桑。

5

王二一转眼到铁木竹生产社已经六个多月了，他不但学会了绞锣丝，还学会了使用钢锯和锉刀，最主要的是学会了打铁。打铁是苦了点，俗话说：要吃苦，行船打铁磨豆腐。打铁不好学，过去拜了师傅，还要吃三年萝卜干饭才行。王二是聪慧的，也有一定的悟性；他风箱拉得极好，就像悠扬的音乐一样富有动感和节奏。拉风箱是基本功，就像一个练唱的歌手，要从低音到高音都能轻松自如地掌握。打铁就要使用铁锤，师博是小锤，徒弟是大锤，一大一小组合成打铁中最为和谐的音乐。师博是教练兼指挥，师博一般不说话。什么时候开打，什么时候停止，什么时候重，什么时候轻都有讲究，都要听师傅在铁砧上的动作。这是无声的语言，只可意会，不可言传。王二使用的是十八磅的大锤，锤头和木柄都被磨得闪光锃亮。木柄有一人多高的铁锤握在手里挥舞，就像捏着根稻草那样轻松自如。王二有过硬的真本领，也学会练就了纯熟的高难度动作；他还能抢起十八磅重的铁锤，在身旁旋转一圈再准确无误地打到烧红的铁件上。准确坚定无误而又十分有力。这是一般的人无法做到的，但王二做到了。王二的工资也从十八元涨到二十四元。王二凭着吃苦耐劳不多言不多语，嘴甜又乐于助人，终于得到了工人师傅们的喜欢和认可，这是多么值得高兴的事。王二真的和工人师傅们打成一片了，不但学会了生活过日子，还学会了喝酒和抽烟，就是张英文师傅那又辣又呛的旱烟也能猛吸二口，而且很是老练。吸下的烟缕能在肚子里荡气迴肠，又从嘴巴里转悠一阵再从鼻孔里喷出一片浓重的烟雾。那烟雾从王二秀气的脸上腾起，又轻漫过来，像一片自由的云，在天空行走。

秋季捕鱼的旺季到了，所有的渔船都出海了，铁木竹生产社的工人却闲了下来。虽然每天还正常上班，但要做的活计却很少。工人们有的打牌，有的聚在一起开玩笑。每当严妈走来拿杂物或取炭烧饭时，工人们就起哄："王二，严妈的奶子大不大？有没有吃过严妈的奶？"王二涨红着脸站在一边并不言语，脸像一片红布，烧得难受。严妈解围道："不要瞎说，人家还是孩子。""孩子？裤裆的东西早长全毛了吧？""我怎么知道？""你不知道？你老牛吃嫩草还不知道？"严妈并不反驳，常笑骂道："死鬼，别嚼舌头，哪有的事，谁瞎说谁不得好死！""谁瞎说，王二你脱裤子让我们看看，到底长全毛了没有？"严妈并不恼，笑着走了，引起工人师傅一阵畅怀大笑。严妈走了，师傅们还是坚持要看一看王二的下面有没有长毛才放心。王二被几个工人师傅压着，裤带就要解开了，杀猪一样嚎叫。还是英文师傅上来解了围："一个小鸡巴，有啥看头？要看看自家女人去！"

"那不行，总得有什么来证明他是不是男子汉，不会是二愣子吧？"

"愣你妈的屄！"王二第一次骂出了粗话，用手指着身边一个巨大的石头磨盘说："我是不是男子汉就用这个石头磨盘做证明，我用双手一下举过头顶，行了吧？"

"行！那举不起来呢？"

"举不起来，不用你们动手，我自动脱裤子给你们看。"

"好！一言为定！"

"快举，快举吧！"

王二也不知自己能不能举起这么重的东西，但话一出口，再也无法收回，君子一言，驷马难追。王二已别无选择，只有铤而走险了。

英文师傅说："举不起，就算了，你还小，别举伤了身子。"

"还小？还小？！小人一样办大事，大人的事一样能做！"

"不行！不能说话不算数，举吧！"

"举吧，快举啊！"

"大卵子举了掉下来我们可不负责。"

"不会的，人家还留着将来娶婆娘用哩。"

人们开心地说笑着，比看戏还快活。

王二弯下腰，两手紧紧抓住磨盘的边沿，深深地倒吸了一口凉气。像举重运动员一样先蹲下身，猛一使劲，身子只晃动了一下就将石磨举过了头顶。一百多斤重的磨盘，被一个十六岁的孩子一下举起，就是大人也不一定能举起，工人们不由都惊呆了。嘴巴大张着好一阵无法合拢。空气好像也凝固了，沉寂了好一阵才有人惊呼："好！好！"

"我说小人能办大人事吧？你们还不信？！"

"过去女孩最小的十三岁就生小娃，十六岁的男子早就做父亲生儿育女了。"

"我看谁还敢瞎说，我就用磨盘砸死他！"王二把举过头顶的磨盘一下用劲狠狠地摔到地下，平滑的泥地上被砸出一个大坑。石磨歪躺在那里一声不吭。

再也无人敢妄言，工棚里死一般沉默，王二大步流星地走了出去。

6

王二很生气，也不知生谁的气，反正就是生气。他感到生活得很压抑，心中像有一股气，就是喘得不畅快。他知道师傅们都是好人，对他也不薄，但他就是不愿跟他们呆在一起。每当他们开些粗俗的玩笑，王二总是走出去，看看外面的风景，或在工棚前的土路上走一段再回来。他也知道纸包不住火，跟严妈的事再也不能继续下去了，当断不断，反遭其乱。

秋天了，一队队大雁飞向了远方，秋水也就凉了。村边的河水浩浩荡荡地流向远方。他不知何处是入海口，但修好的船一定是从这里下水然后进入海口的。大海像一个迷人的童话，海滩上留下闪光的贝壳和神秘的脚印；太阳每天都是火辣辣的，晒黑了人们的脸庞和身体，黝黑的身体像古铜色的雕塑，凝重而又壮阔；这是苦难与希望的象征，船工优美的脊背组成生命的波涛。大海是人们的向往，也是王二的向往。

王二上班和生活的地方都离大海不远，他能听到大海的潮声，从海边吹过来的风也是咸涩和潮润的，双脚在海水里泡一泡，再在阳光下晒一晒，脚面会有一大片白花花的盐粒。

王二在土路上走着，好在没走多久，王二就找到了一个很好的出处，一个像世外桃源一样安静而迷人的地方。离工棚约一百米的修船场地上，有一只不大也不小的船倒扣在那里，也许为了修船，船两边用四个很粗的木桩撑了起来，倒扣着的船就像一个小房子一样。也不知修好了还是报废了，从没有人问津。船的四面长满了青草，一些蚱蜢在青草上跳来跳去，大地像一个顽皮的孩子荡漾着春天。阳光和喧闹的世事被挡在了外面，那里成了王二临时的辟难所。王二在地面铺上了稻草，稻草上又铺了一张破旧的草蓆，还有一张用旧船板搭起来的桌子，一只断了腿用砖头垫起来的小凳子。一切都准备好了，一切都安排妥当后，王二对他的临时行宫相当满意。每当心情不好或闲得无聊时，王二就来这里看书，写作，想心事。他用饭票和大队知青王晓荣换来了三本书，一本是浩然的《艳阳天》，还有一本是高尔基的《母亲》，另一本是《艾青诗选》。王二特别喜欢《母亲》和《艾青诗选》，那些优美的文字和动人的诗句就像是写给他的，让他感到十分亲切，每当读着高尔基的小说和艾青的诗句，想想自己的生活，眼泪就不由自主地无声地流下来。流过眼泪后心里就敞亮多了，就像郁闷的天空刚下过一场透雨，心情也一下轻松了许多。他常想，我要是也能成为像高尔基、巴金和海涅、艾青那样的大作家大诗人就好了，他知道这是不可能的，但读书和写作还是给他带来了乐趣，也让他忘记了暂时的痛苦和忧愁。他没有纸和笔，就找来了记账的废纸头和缠着白胶布的圆珠笔，还有工人师傅们抽完烟扔掉的香烟盒子，他也如获至宝地捡了回来，把纸盒撕开展平后一样能写字。他先从散文和短诗写起，作为练笔他写诗歌也写散文，刚学写作他知道要写熟悉的生活；有些生活真的把他感动了，写着写着就泪流满面泣不成声。短短几个月，他就写了散文《夜游松林》、《海上日出》、《海边的相思树》，还写出了诗作《船和老渔夫》，他用幼稚纯真的心灵写下了这样的诗句：

船
搁浅在焦黄的沙滩上
破碎的帆
卷缩在一旁
星星，这希翼的望眼
在深墨色的夜海里掩藏
一个爱船如爱命的老渔夫
像守着久病的妻子
脸上布满了忧郁的沉思
暗红的烟斗一闪一亮

早晨
老渔夫
踏着波涛走来了
踏着刚升起的希望走来
走向船，他一生的伙伴
破碎而苍老的形象

躬着黝黑的脊背
挥起拳头似的铁锤
用老妇一样逢着头的凿子
把太阳光的光丝填进记忆里

敲出粗犷的歌唱

黄昏把船和老渔夫的影子
投向大地，远处
传来海涛雄浑的喧响
明天，船和老渔夫
又在浪尖上扬帆远航

　　王二对自己的诗还算满意，在当时来讲，也还算得上有点才气。但王二不知往哪里投稿，也不想投稿，王二知道凭稿酬是无法混饭吃的。要生活，他就得打铁，用血汗钱养活自已。但王二就是喜欢写作，只有把心中的东西都写出来才舒坦，吃饭才香，睡觉才安心。

　　是雄鹰永远不会在屋檐下生存，是云总会飘向远方的。

7

　　王二对写作越来越着迷了，除了上班他每天都得写，写大地也写迷人的星光。

　　为了能安心上班写作，王二把铺盖行李都搬到了船里，一旦离开了严妈还真有点想她，想她那丰满柔润的乳房，想她那粗壮的胳膊和大腿，和大腿中间温润滑腻的肌肤。其实躺在严妈怀里睡觉也是很舒服的。他搬到船里住，严妈曾给他送过被子和生活用品，也曾跟王二像做贼一样速战速决地发生过几次亲密关系，总之是淡而无味，再也不像当初那样充满激情。王二坚决不肯严妈留宿，如在露天的破船里被人发现，不管有没有那样的事，那问题就大了，关于这点危机和利害关系，王二还是晓得的，王二不呆也不是傻子，在有些事件面前他还弄得清轻重。

　　王二喜欢傍晚时在海边散步，看一轮夕阳落在海水里，把海水都染红了，连在海天一色里的渔船和上面的白帆也都是红色，很是慰然壮观，他想如果人生也能如此壮观就好了。平凡的人都是普普通通地活着，而且活得不如意的时候还很多。比如王二，像他这个年龄，本来应该上学读书，无忧无愁地生活。可现在他却要打铁流汗挣钱养活自己。现在生产社里的活是越来越少了，没活干就拿不到钱，拿不到钱就无法养活自己，王二有时很是无奈，也常常伤心流泪，这也是他无法开怀大笑的原因，人都是有痛苦的，只是不愿意说给外人听而已。所以他喜欢看风景，在大自然的美景里溶化淡淡的哀愁。

　　"王二，你在这里干啥？"王二一看是陈主任的大姑娘陈小兰。小兰这姑娘很奇怪，别人她都不愿意搭理，就爱跟王二讲话。因为王二是城里来的，既文明又爱干净；更主要的是王二有文才、有修养，说话有文化也有水平，一张白白净净的脸就是让人喜欢，看了心里也舒服。当初王二到严妈房里借宿，小兰就不高兴。她让父亲把王二安排到自己家里，做主任的父亲没有答应，父亲说："女孩家，少管闲事！"其实小兰也不小了，今年过完生日就整整十七岁了。比王二还大一岁哩！

　　"我在看海啊！"

　　"海有什么看的，我一出生就在海边，也没感到海有什么意思。"

　　"大海是很美的，天空也是很美的，关键你要有一双发现美的眼睛。"王二像作诗一样地说。

　　"我看到的大海每天都一样，日升日落，大海里除了渔船还是渔船，除了海浪还是海浪。"

　　"那是不一样的，太阳每天都是新的，大海每天也都是新的。当你知晓了大海，也就读懂了人生。"

　　"人生，人跟人是不一样的，这就是命，像我一辈子在海边生，然后在海边老死，还能怎么样呢，人活着，就得认命。"

　　"你可以跟命运抗争啊，美好生活谁也不能给你，得靠自己去创造。"

"怎么创造，每人都是赚钱吃饭过日子，结婚生儿育女，一想就没意思。"

"关键是要走出去，走出去就海阔天空，大海和远方的天空真的很蓝。"

"我不想要远方，远方属于有远大志向的人，我是一个海边土生土长的女儿，我只想能天天看到你，能和你在一起说说话儿，就是我一生最大的幸福。"

"是啊，人生有时就是这样，天空和大海就是像梦一样捉摸不透，有时很远有时很近。"

小兰不想讨论人生，一谈到人生就像大海一样不着边际，她只关心王二的生活："你白天上班，还看那么多书不累吗？我是一看书就头昏，还没看到两页纸头就大了。"

"关键是你没看进去，真的看进去了，你就连吃饭坐马桶都想看书了。"

"你坏，你笑话人家，人家是真心想向你学习的，你能教我读书写诗吗？"

"好啊，只要大小姐肯光临，我随时恭候奉陪！"

"我才不相信呢！那我们拉钩。"

"好，拉钩，拉钩，一千年不许反悔。"

王二的手指跟小兰粗壮黝黑的手指拉到了一起，王二笑了，陈小兰也迷人地笑了。她的脸红得像街头酒店灯笼上的红绸布一样，又亮又灿烂。

8

严妈出事了，严妈跟大队知青王晓荣在伙房干那事时被大队陈主任等人发现了。但陈主任等人没有马上冲进去，而是先派一个人从窗户轻手轻脚地爬进去，用竹竿把严妈和王晓荣的衣服挑了出来。大家都兴奋异常，对捉奸充满了浓厚的兴趣，许多人都等着看最后的好戏。

陈主任带着拿着扁担铁锹等家伙的工人民兵冲进去时，严妈和王晓荣赤条条地抱在一起，一白一黑的身体交织在一起，像两条巨大的虫子在耸动。那活儿正干得高潮迭起的时候，一下像电影画面定格在那里，展示着生动有趣的黑白人生。面对冲进来的人们，严妈没有多少紧张，倒是王晓荣吓白了脸，浑身颤抖，像呆了一样。

陈主任一脸的严肃，脸上的那几个白麻子也一下涨红了："你们这像什么样子，大白天干这种见不得人的事，大队的脸都被你们丢尽了。你们知道吗，你们这是犯罪，说重点，是破坏上山下乡，是破坏抓革命，促生产，这罪还不严重吗？"

"我有罪，我有罪，陈主任，我给你下跪，你就放了王晓荣吧，他还年轻，不能这样就毁了……"严妈用灶门口的一把稻草挡住下身，就差点跪地求饶了。

"还不快穿衣服，像什么样子，好看吗？"陈主住说，口气还是那样严厉。

刚才用竹竿挑衣服的人，不情愿地把衣服放到陈主任面前，盯住严妈的大奶子和那神秘的地方看了又看，像要一口把严妈吞到肚子里去。

"有什么好看的，要看回家看自己老婆去。就那巴掌大的一块地方，有什么神秘的，还不都一样。"大家都呆呆地傻笑，笑得十分开心和满足。

严妈和王晓荣很快就穿好了衣服，王晓荣也许太急，中山装上的一个扣子还搞错了，搞得上衣的下摆一长一短，又引起一场哄笑。

"就这样放了他们？"一个民兵好奇地问。

"没那么容易，谁都这样乱来，还有没有王法呢？找绳子把他们捆起来，捆在大队门口的洋槐树上示众，也好对革命群众进行一次深刻的触及灵魂的教育，今后看谁还敢这样？！"

"陈主住，你捆我好了，是我勾引他的，你就行行好，你就放了他吧。"严妈可怜地哀求道。

王晓荣低着头，苍白的脸没有一点血色。额前的头发散了下来，遮住了那张还算清秀的脸。

"不行，你们搞那事时的勇气都到那里去了，一人做事一人当，都捆起来示众。"

严妈和王晓荣被捆绑在大队门前的一棵洋槐树上，有人给严妈胸前挂了两只破鞋，给王晓荣也挂上一块小木牌，上面用毛笔写着三个粗黑的大字：流氓犯。

只一会儿，大槐树下就挤满了各色各样的人。风一吹，一些枯黄的树叶就落在严妈和王晓荣的身上。王晓荣在大队记账，平时也在伙房代卖饭菜票，什么时候和严妈搞到一起的，还真不知道。王二还向王晓荣借过书，请教过文学上的问题。平时不多言不多语，戴一副眼镜，文质彬彬的，怎么一下做出这么下作的事。

王二联想到自己，不由也吓出了一身冷汗。

虽然是晚秋，但下午的太阳还是有些火辣，严妈和王晓荣脸上都被太阳晒出了汗。王晓荣还是一言不发，男知青对严妈指指点点的，女知青都往王晓荣脸上吐口水。

严妈口干，想喝水，就有好心人用大茶缸从水缸里掬满水捧给严妈喝，严妈喝了整整两搪瓷缸子水，却不肯松绑让严妈小便。严妈实在憋不住，尿道口一松，一股热烫烫火辣辣的尿液就涌了出来，浸湿了严妈的半条裤腿，连脚下的泥地上也湿了一大片。

王晓荣虽然很喜欢严妈，但此刻十分悔恨跟严妈搞到一起，但世界上是没有后悔药吃的，早知道尿床就不睡觉了。现在做下错事，一失足成千古恨，再后悔也来不及了。王晓荣只希望早点死，早点离开这个世界，那样什么耻辱痛苦和忧愁就都不存在了。一死了之，一了百了，死了也干净。那样王晓荣还会得到同情，对他来说就是最好的安慰。

严妈和王晓荣到天黑才被放了下来，被带到大队部接受审问，大队的主任、副主任、民兵营长、妇女队长都来了。陈主任担任主审，王二担任记录。陈主任叫王二记详细点，不能漏掉一个字，王二点头称是。台上审的是严妈，跟自己多多少少就有些干系，所以王二的心情就十分复杂，既同情又痛恨；还有些庆幸，幸亏自己果断地离开了严妈，不然被审的就是王二了，现在有了替死鬼王晓荣，估计严妈不会说出自己，但他还是有些担心害怕。

两张马灯高高挂在大队部的房梁上，将整个大队部照得通体透亮如同白昼，陈主任见大家都坐好，他喝了一口水直截了当地问道："老实交代，什么时候搞上的，一共搞了几次？"

王晓荣低着头，一言不发，严妈声音还是像炮筒子："我做饭，他卖饭菜票，时间一长就熟了，就有了好感，"

"两人一共搞了几次？"

"就一次，还被你们发现了！"

"就一次？革命群众的眼睛是雪亮的！就看你老实不老实。"民兵营长说。

"两次。"

"两次？到底几次！"

"……"

"快说，不要挤牙膏，到底几次？竹筒里倒豆子，一粒不剩地全部说出来。"民兵营长拍了桌子。

"就三次，真的就三次，再多一次也没有了。"

"好，就算三次，都在那儿搞的，每次搞了多长时间？"陈主任抽出一支飞马烟点燃后说："都讲清楚嘛，做都做了，不要不好意思。"

"一次在山上的树林里，一次在我睡房的床上，还有就是被你们发现的一次……在伙房。"

"都分别搞了多长时间。"民兵营长问。

"不要再说了，就这些屌事！严妈回去再反思反思，明天我再找你谈，王晓荣要将前后经过写清楚，好好检讨自己的思想，检查一定要深刻。"陈主任跟几位大队领导交换了一下意见，最后手一挥说："今天就到这里了，明天继续！"

审讯就这样结束了，严妈始终没说出王二，这让王二松了一口气，心里对严妈充满了感激。严妈先走了，随后王晓荣也走了，步子有些踉跄，无精打采的影子也歪歪扭扭的，没有了正形。一屋子人一时没有散去，大家还在兴趣盎然地议论着，就像一部十分精彩的戏剧刚开始就落幕到了尾声，多少让人有些扫兴。

9

第二天下午陈主任要继续审问严妈和王晓荣，严妈和王晓荣却失踪了。整个大队都找遍了，也没能发现严妈和王晓荣的影子。有人说严妈跟一个广东来的一个收旧货的老板走了，也有的说是被一个锝头匠拐跑的，还有的说从琼港回了东台老家，总之是人没了，一下从这个地球上消失了。听说王晓荣做了那事后，自感再无法做人。无脸面对父母和亲戚朋友，在同学和同事知青面前再也无法抬头，只有跳海死了，一死了之，一了百了，再也没有忧愁和痛苦，一切的一切都烟消云散了。有人甚至看到王晓荣从海河大桥上跳了下去，陈主任也派多条渔船和老渔夫，用滚钩打捞尸体。渔民在大海搜寻了好几天，甚至动用渔政救护船在远海找了几百海里，也没发现王晓荣的影子。活要见人，死要见尸，日怪呢？王晓荣这阴间不要阳间不收的人到底到哪里去了呢？

严妈、王晓荣消失后，公社也派人来调查过，但都没查到什么头绪。时间一长，也就平息了，人们还是平平常常地生活。种田，捕鱼，打铁，修船，该干什么还干什么。大队一下子变得十分宁静，像一个世外桃源，大风每天吹拂着海浪，每天都能听到大海的涛声。

王晓荣不在了，大队陈主任开始对王二进行了多方面的考察。发现这孩子还老实，不多言不多语的，干什么事都有交代，对他和大队的其他领导也还算尊敬。面带三分笑，从不与人争执，肚子里有点墨水，一看就是当干部的料子。再说大丫头对他也有心，公社印主任也交代过，要放手大胆培养无产阶级革命事业的接班人，那就先培养培养。陈主任亲自找王二谈了话，又让王二在白纸上写了几个字，字写得十分周正，刚劲有力，该圆就圆，该方就方，一撇一捺都有讲究。陈主任看了十分满意，一连说了三个字"好，好，好。"王二从此接替王晓荣在大队记账，兼卖伙房的饭菜票；在当时也算有职有权了。王二做了干部，闲暇时还去跟英文师博学手艺。陈主任又说，这娃好，不忘本！

好日子过起来就快，王二到生产社快两年了。王二变了，像个大人一样，脸晒黑了，身块也大，干什么事都是想好了再做，心里有数得很。言语不多，老扎得很，不是一般人所能比拟的。也许生活就是最好的课堂，它会使人成熟起来。他对谁都一脸笑，对谁都尊重，他没有私心，他是真诚的，心口一致的，所以大家都满意，都说这娃不错。感到王二好的还有小兰，几乎到了以身相许的地步。她喜欢城里来的王二，衣着干净，说话利落，还喜欢刷牙，还会吹口琴吹笛子，还会说快板跳"忠字舞"，那一招一式都十分自然优美。她喜欢王二穿白衬衫，黄军裤，军裤上束着皮带，那精神样儿能把小兰的心和魂都勾了去。她是一天不见王二就难受，吃不下饭，晚上觉也睡不安稳。王二呢？像没事人一样，城府深得很。

现在小船成了王二和小兰约会最好的地方，宁静、雅致、空旷，还不为外人所知。王二在里面看书写作，小兰就在里面静静地看着王二，有时还将一粒剥好的花生米送到王二嘴里去："香不香？"

"香。"

"那在我脸上也香一个。"海边的女人真怪，亲嘴不叫亲，叫香，就出奇了，就生动了，就有味道了。

王二连书也没放下，就用嘴唇轻碰了一下小兰的脸。

小兰又将一个花生剥好了放到王二嘴里："再香一个。"

"别闹，人家看书呢！"王二嘴上虽这样说，还是又亲了小兰一下。这次亲的时间要长一点，但小兰还是不满足。

"你喜欢看书，读读读，屋中自有黄金屋，读读读，书中自有颜如玉，真的吗？"

"那是鼓励人读书，不过古时中举当官不就有钱了，颜如玉，就是指漂亮的女人，我不读书，你能喜欢我，你就是我的颜如玉啊！"

"你骗人，我一点都不漂亮，你能喜欢我？"

"你人好，善良，朴实，真诚，你有一种自然美，不做作。这些都让我喜欢。"

小兰不说话，又将一粒花生米剥好了，但没有再给王二，而是放到自己嘴里含着："张开嘴，我喂你。"

王二张开了嘴，小兰与王二嘴对着嘴，用舌头把花生米送了进去。

王二把花生米嚼碎了，又喂到小兰嘴里，小兰想也没想就吞了下去。这是王二用那洁白如玉的牙齿为自己嚼的，真香真香，连心里都有一股甜味儿。

10

秋天了，田野的麦子已经黄熟。湛蓝的天空飞过一只又一只海鸟，海鸟使天空和大海有了礴发的生机。一场秋雨下来，天气就凉了，凉得人们有了好心情，心里就十分快活。到年底了，大家都等得分工钱，伙房也做了肉丸慰劳大家。那肉丸大而有分量，有二两重一个，肥而不腻，一吃到嘴里就化了，十分的香，又美又纯，真是吃了打嘴巴子都不丢。张英文师傅这天中午已吃了二个肉丸一碗饭和一碗菜汤，也已经饱了，但他吹牛说：这肉丸一口一个，吃个十个八个没问题。说者无心，听者有意。坐在一边的民兵营长说："你真能吃？不骗人！"

"真能吃，不骗人，骗人是王八蛋！"

"好，算你狠，我们赌一下，我们赌二十个肉丸，肉丸二角钱一个，我们赌二十个，你只要吃下去，我再给你四元钱。你吃不下去，你就拿八元钱给我，双赌双赢，行不行？"

"行，我吃，我吃不下去拿八元给你！"

"好样的，英文，跟他赌，二十肉丸加在一起也没得多少。"

"英文师傅，算了吧，身体要紧，吃坏了身体不划算。"

"能吃就吃，怕什么，肉吃在你肚子里，实惠。输了才给八块钱，还是你划算。"

"你可要想好了，撑破了肚皮我可不负责。"

"怕什么，英文师傅，跟他赌，输了我们一人出一元钱给你，你就当白吃！"一下就有四人愿意出一元，加起来就四元了，英文还怕什么，就一个字："吃！"

像体育比赛一样，人们兴高采烈，气氛十分高昂激越。公证人也有了，就是大队的陈主任，谁还能不相信？这是一场十分公平的竞赛，胜利者虽然没有奖章，但有奖金和喝彩，同样无上光荣。双方的押金也已交到了王二手里，一场好戏就这样平静地开始了。

炊事员将肉丸端上来了，是用洗脸的大号搪瓷盆端来的，二十个肉丸汤汤水水地装了大半脸盆，别说吃了，看着也吓人！

英文师傅正准备动筷子，民兵营长又一声吼："慢着！"

"营长大人，还有什么指示？"

"不许喝开水，要喝水只能喝冷水。"营长这一手，真够狠，够阴毒的。

"行！没问题，就按你说的办，那开始了。"

"行！"

"那我先热热身，哪个运动员比赛前不先热身。你说呢？"

"只要你能吃下去，怎么着都行。"

英文师傅站起来跳了跳，看来是想把中午吃的饭菜压下去。

"快吃，别像个娘们，婆婆妈妈的，快吃！"

"也是啊，快吃吧，英文，冷了更难进嘴。"

英文师傅开始了，民兵营长又发话了："慢！"

"还有什么指示，有屁一块儿放出来。"

"干什么都得有时间限制，短跑长跑等体育比赛，那个项目没有时间限制。"

"行，你说多长时间。"

"我也不为难你了，就一个小时，超过了一个小时就算你输。你的钱就归我。"

"好，归你，龟孙子反悔！"

"一言为定！"

"一言为定！"

陈主任拿出了"钟山"牌手表说：现在一点十分，到二点十分为止。等一下，还有二十秒，大家都平心静气等待着，六、五、四、三、二、一，陈主任猛一吼："时间到！开始！"

英文师傅像等待在起跑线上的运动员一样，陈主任话音刚落，筷头子就碰到了肉丸。可以说英文师傅前十个肉丸吃得非常快，也非常容易，几乎是一口一个或两口一个，但十个以后速度就明显地慢了下来。有时一个肉丸要十分八分种，才能吃下去。

民兵营长充满了必胜的信心："我赢了钱一分不要，大伙买烟抽，朋友在一起，不就图个乐子吗？"陈主任对民兵营长的大度表示高度赞扬："这种风格很好，友谊第一，比赛第二。不管输赢，我都请大家抽飞马烟。"

"好！快！英文，加油！"

"加油，英文！"

英文吃了剩下最后三个肉丸时，实在吃不下去了，肚子里满了，嘴里也满了，没办法下咽。时间在一分一秒地过去。陈主任发出了最后的警告：英文师傅抓紧，还有最后十分钟，现在开始倒计时，十分钟、九分钟、八分钟……当陈主任说到还有五分钟时，脸盆里的肉丸只剩下两个，就是最后这两个，却是最最难吃的，英文师傅的嘴角已往外流油，脸色也早已苍白，额头上的皱纹里全是细细的汗珠子，在灯光下闪闪发亮！

"加油，英文，加油，英文！"

"英文，加油！英文，加油！"

"坚持就是胜利！"

"胜利永远属于工人阶级！"

英文感动得快流泪了，这么多人在帮助自己助威呐喊，今天就是死也要把二十个肉丸吃下去。不能认输，永远不能认输，人活一口气啊！

脸盆里的肉丸只剩下最后一个了，人们的欢呼声不绝于耳"英文胜利了，我们胜利了！""还有最后一分钟！"

英文把最后一个肉丸放到了嘴里。

"成功了，英文成功了，你真伟大！"

民兵营长无可奈何地说：张开嘴，我要检查一下。英文师博张开嘴，红口白牙，一点东西也没有。民兵营长说："还有汤没喝完，不能算赢！"

"放你狗屁，我操你奶奶，你当时说喝汤了吗？"

"你敢骂人，我揍死你！"

"你来啊，你来啊，你不揍就婊子养的！"民兵营长要动手，被大家拦住了。

"愿赌服输，我证明，英文师傅赢了，民兵营长输的钱我出，大家抽烟，大家抽烟。"陈主任说着给大伙散烟，也给民兵营长一支，民兵营长没有再开口。

英文师傅肚子撑得像个怀孕七八个月的孕妇，被大家用手携扶着架出去了，说走一走帮助消化，也许会好一点。英文师傅走了，像个企鹅，身子一摇一摆的，在黄昏的小路上越走越远。

11

　　王二现在对什么都不感兴趣，对什么都厌倦，干什么都提不起精神。只有陈小兰来了他才感到快乐，陈小兰是他的"欢乐时光"。王二那时候真是胆大包天，或者说色胆包天。那时小兰每次来他都要干那件事，小兰总不肯答应。王二不敢强求，只好作罢。小兰见王二真的很可怜，有些心疼。答应王二在外面摸一摸过瘾，怎么也不肯突破最后一道防线。王二就花样翻新地折磨着小兰。王二感到自己就是一个流氓，我是流氓我怕谁？王二摸透了陈主任和人们的心理，他终究还是个孩子，人们不会怀疑他。就是抓到了，他还是个孩子，最多教育一下，又能怎么样呢？陈主任能让自己的女儿和王二接触本身就是一种默认，他就是再狠也不会拿自己的女儿开刀。他能自己打自己的嘴巴。家丑不可外扬啊。再说我们在一起干了什么，他也不一定都知道。

　　食堂离大队部不远，小兰喜欢唱歌，每次都让王二给她伴奏。他们一起唱《浏阳河》、《在北京的金山上》、《扬鞭催马送粮忙》、《我们走在大路上》、《西边的太阳就要落山了》，那是他们最快乐的时光，他们忘记了烦恼和忧愁。大队部有演出服装，他们就一人穿一套，唱《红灯记》和《沙家浜》，高兴了还在戏台上走一走。一个紧握着拳头，一个手指着前方，做一个精彩标准的亮相。他们忘情地跳着唱着，感到世界就是他们俩人的，生活充满了阳光和鲜花，几乎也在他们面前铺开了五彩的道路。

　　等他们疯够了，天也就快黑了。他们一起走在回家的路上。路边高高的白杨兴高采烈地向他们招手，夕阳挂在树梢上，十分安静和甜美。走了一会儿，小兰说：我们俩人就这样走下去该多好，大海无边无际，天也没有尽头，我们一直走，一直到老，一直到死，一直到地老天荒。

王二发现小兰真的进步很快，说话也开始有诗意了。她开始每天刷牙，每天换新衣服，每天系不同的纱巾，一天一个样。脸红得像灿烂的朝霞，那是一种朴素的美，让王二终身难以忘怀。

"小兰，你今天真漂亮。"

"骗人，你那花心萝卜我还不知道？说我漂亮就娶我啊！"

"我真的要娶你了，我的娘子！"王二走上去抱了抱小兰，小兰的身子一软就歪倒在王二怀里。王二紧搂着小兰，用嘴亲吻着小兰，小兰也不言语，张大嘴巴迎合着他。

月光皎洁迷人，两个人蠢蠢欲动地试探着彼此最神秘的所在，时间过得要多快有多快。

"咱们快回家吧，家里人等着我们回去吃晚饭，不然真的不放心了。"王二依依不舍地说。

"我走不动嘛，我今天要和你一起宿在山上树林里。我要当一回野人！"

"快走吧！真的很晚了。你就不怕老虎把你吃掉？"在这人迹罕见的荒郊野外王二还真有点害怕。

"人家真的走不动了，要走你背我回家！像猪八戒背媳妇回家一样。"

"好好好，我蹲下，你爬上来吧。"王二真的很老实，小兰真的压在王二身上，两手搂住了王二的脖子。"抱紧了，走了！"王二一路小跑，感到小兰的两只乳房活了，像刚刚苏醒的小鸟一跳一跳的。王二不知哪来那么大的傻劲儿，就一鼓作气把小兰背下山去。小兰在王二的肩上，真的看到远方了吗？不过，王二也感到那晚的星星真亮，月色真的很美好。

12

小兰每次来跟王二见面，都带着她家的黑狗。黑狗很聪明，虽然小兰王二都没有跟它交代什么，它却像什么都懂一样，只要小兰一走进旧船，它就在外面忠实地给王二和小兰站岗放哨。只要看到生人走近旧船，黑狗就哇哇直叫，及时报警。所以说王二和小兰十分安全。

王二对黑狗也确实不错，每次小兰带肉包子给王二吃，王二只吃外面的包皮，里面好吃的肉陷都留给黑狗吃。黑狗对他十分忠诚，它知道主人听王二的，所以它也听王二的，这一点让王二和小兰都十分满意。

王二和小兰发生关系的第一次，是一个风雨交加的下午。那时破船外面黑沉沉的，风大，雨也大，雨水敲击着船板，就像无数黄豆从天空倒下来，声音十分的脆响，船体的边沿都挂满了晶亮的雨帘子。王二上午就约好了和小兰在船里见面，但外面下这么大的雨，王二估计小兰肯定不会来了，所以只好无精打采地捧着一本书看，他的眼睛虽然盯在书上，但书上的内容却一个字也没能读进去，他好像一直在等待什么，又一直在期待什么，虽然他对此也不再抱太大的希望，因为外面的雨确实下得太大了。但随着一连串熟悉的狗叫，有点让王二欣喜若狂，黑黑奔进来了，后面紧跟着小兰，小兰虽穿了一件透明的塑料雨披，但由于雨太大，头发和衣服还是被雨水淋湿了。王二找了一块干布，先帮黑狗擦了一下，黑狗就很乖地蹲在船舱站岗，再也不看他们。小兰进来后，脱掉雨披，就抱住了王二："我受不了，人家想死你了。"

"我也想你，我连书都看不下去，你再不来，我真不知怎么办，我爱你，我快疯掉了。"

小兰不管不顾地抱住王二就亲，手指上的指甲恨不能捏到王二的皮肉里去。

"先用毛巾把头发和身上的雨水擦一下吧，不然会受凉的。"王二说完又疼爱地把自己的一件上衣披到小兰身上。

小兰也不知受到爱的感染还是冷的原因，浑身直抖，连两个瘦弱的肩头也跟着一起颤动，王二把她抱得更紧，王二正准备进一步动作时，小兰说："我要尿尿。"

"就你事多，每到做正事，你都有讲究。"

"坏家伙，看你猴急的，这是正事吗？不要脸的东西。"

"谁不要脸？""就是你，就是你，就是你不要脸！"

"外面雨太大，就在这里面尿吧！"王二拿了一个洗脚的木盆递给她。

"你转过去，不许偷看。"

"我又不是外人，我都摸过你了，还有啥秘密？"

"那也不行，你看着，人家尿不出来。"

王二转过身去了，但很快又转了回来，他看到一道白光一闪，小兰已拉下裤子蹲下了，尿液带着哨声清脆地落在木盆里。小兰屁股上下抖了一下就准备提裤子站起来。

就在这时王二上来了，拿了一条干干净净的白毛巾说："我帮你擦一下。"

"哪用得着这么好的毛巾，拿张纸擦擦就行了。"反正已经全部被王二看到了，小兰也没再阻止，就蹲在那里等王二，王二用纸擦干后，就把小兰抱到一块用船板搭成的宽木板床上，用一件旧大衣把小兰包了起来。小兰虽然比王二大一岁，但身材瘦小，显得十分惹人疼爱，两人疯狂地亲吻着。王二将小兰的衣服解开，露出小巧白皙的乳房。小兰今天是豁出去了，反而不紧张了，一双晶亮的眼睛紧紧盯住王二。王二从上到下每一寸肌肤都细细地吻着，王二每用舌尖舔一下，小兰娇小的身体就为之一颤……王二开始进入了，小兰忍住疼痛终于没有哼一声，泪水无声地从小兰脸上滚了下来。王二用舌尖舔干了小兰脸上的泪水，咸咸的涩涩的，不知为什么，王二的心里也有些酸楚。

王二又轻柔地动了几下，每动一下，小兰的身子就一抖，就像风中的落叶一片片飘零。"我爱你，我爱你，你是我的女人，我要一辈子好好爱你。"

"我也爱你，为了你我什么都愿意做，你就是我的一切。"

王二的身体又像办公桌的抽屉，猛地抽拉了几下，身体里的激情排山倒海一样汹涌……。一切是那样自然，一切是那样美好，一切又是那样熨贴，像春天的微风拂过野花盛开的河岸，王二醉了，醉在一片花丛中，小兰像一朵成熟的野菊盛开了，小兰如含苞待放的花蕾一样张开着，身下白毛巾上的血迹斑驳灿烂，像一朵娇艳的梅花，怒放在严冬里，等待春的来临。

王二和小兰在船板搭起的木床上又温存了一会儿，他们依依不舍，紧紧地拥在一起，小兰小巧的身体就依偎在王二怀里。小兰感到很幸福，王二也感到很幸福。他们身上盖着一条薄薄的棉大衣，两人的小腿和脚趾都露在外面，他们并不感到冷，他们真的很温暖。主要是心里暖和。小兰两手抱住王二，两条腿也勾住了王二，王二再也跑不掉了。王二只有在里面沉醉，王二像一个猎手终于俘获了猎物，又像一驾刚刚走上大道的马车，一马平川地奔驰着，从身边逝去丰饶的野草和有着河流与稻草堆的村庄。村庄农舍里点着煤油灯，狂风大作，暴雨纵横，一会儿就被无边的黑夜淹没了。

13

小兰不知什么时候走的，连同那条黑狗的影子一起消失了。雨还在下着，不过已小多了，天地朦胧成一片。王二不知是高兴还是失落，头脑木木的，有些沉重，想睡一会儿却怎么也睡不着。王二捧着浸透小兰处女血的白毛巾发呆，满脑子都是小兰的影子，他跟小兰会幸福吗？

他会跟小兰结婚吗？他是一辈子在这里生活，还是回城，他真的不知道，反正人在哪里都能生活，活人还能被尿憋死？他就不信他王二就这样了，心里就有些不甘，万一小兰有了他的儿子怎么办？王二想不下去了，他想睡觉却睡不着，就点亮了煤油灯，在记账的本子上又写了一首诗，这首《船》的诗，让王二领悟了人生的另一种味道：

河那边
有许多
好风景

我背你过河

你的绣花鞋
在水面上飘浮
总不肯下沉

你说咱们回吧
在岸边的小屋里
我成了你的丈夫
你成了我的老婆

河没有老
我们却老了
可惜一生
总没做成一条船

儿子不是船

却踏着流动的星光

到对岸去了

生活使人疲倦，老婆使人疲倦，连幻想中的儿子也使人疲倦。王二累了，王二睡了，在睡梦中，王二梦见一条船，踏着流动的波涛和迷人的星光到对岸去了。

14

小兰自从那天离开王二后，就没有再来找过他，是生王二的气了吗？王二也不知道。有时在路上遇到，小兰就红着脸低着头羞涩地走开，也不跟王二说话，搞得王二心里总不安宁。王二到不怕，该发生的都发生了，想那么多也没用，还是听天由命算了。

大约过了三四天，王二实在憋不住了。他想去找小兰问问明白，到底发生了什么事，为什么见到了他也不说话，我王二到底做错了什么？就是定罪该千刀万剐，你也要开口说话呀，不然活人都会被憋死的。王二想，我才不怕呢，好汉做事好汉当，看到底能把我怎么样？

其实王二真的想错了，也错怪小兰了。那晚发生的事回家就被陈主任问出来了。陈主任本想发一通火，找王二算账，但看了女儿小兰一把鼻涕一把眼泪的，心又软了下来。跟老伴商量后，才决定尽快办理订婚的事，不然脸都丢尽了，大队主任的脸还往哪里放。

不过要订婚，必须先办两件事，一是要找介绍人，二是要跟王二好好谈一谈。陈主任就这么一个女儿，终身大事可不是开玩笑。还要跟王二的父母通一下气，他们的意见倒不重要，反正下台靠边站了，跟他们通气是给他们台阶下、给他们面子。就是一样东西没有，也不要紧，作为大队主任，他有这个能力，招个上门女婿他也养得起。谁没老的时候，他还等他们养老呢。王二这孩子能吃苦，有能力，又有心计，将来让他撑门面不会错。陈主任想到这里也不由地笑了。真的，在本公社本大队还真没有他办不成的事。跟王二父母接通电话后，王二父母千恩万谢，满口应承，就是在"五七"干校学习，确实脱不开身，万望原谅。请公社印主任做介绍人，为人爽直的印主任也一口就答应了，说到时一定来讨口喜酒喝。最后一关就是王二，就更不成问题了，糠箩里跳到米箩里，前途一片光明，他能不同意，不同意弄我女儿干啥，你是找揍啊，再说你还捏在我的手心里呢。能不顺从吗？识时务者为俊杰啊。陈主任本来是摇着手在大队部门口随便走走的。但一见到王二，两手就背到了后面，脸上的笑容也没有了。装出个干部样对王二说："你到队部来一下，我有话跟你说。"

王二是丈二的和尚摸不着头脑，见了十分严肃的陈主任，忐忑的心十分不安，在队部的椅子上他只坐了半个屁股，大有随时撤离逃跑的准备。

让王二万万没有想到的是，进了队部办公室，陈主任满脸堆笑地关心问："小王，最近工作生活怎样呀？有什么困难吗？"

"还好，谢谢陈主任的关心，托陈主任的福，我会认真学习，努力工作，好好锻炼。"

"坐坐。"陈主任把一杯热茶端到王二面前，王二激动地接过，茶水溅在手背上，有些烫，王二也没敢吱声，急着倾听陈主任的下文，他要弄清陈主任葫芦里到底卖的什么药。

"你觉得小兰这孩子怎么样啊？俩人相处得还好吗？"

"好好，真的很好，我向她学习，贫下中农有许多好的品质都值得我学习。"

"这就对了嘛，你跟小兰的事，我想征求一下你的意见，看看你有什么想法？"

"我没意见，我听陈主任您的，你指到哪里，我就奔向哪里、打向哪里。"

"小王呀，不是听我的话，是听党的话。年轻人嘛，要求进步。我准备你先入下党，担任大队党支委兼任团支部书记。再送你去海陵农机厂学习技术，回来就做生产社渔业机械厂的副厂长，怎么样？我也快老了，党需要你们这些年轻人啊！"

"好，只要是革命需要，让我干啥都行。"

"好好，从明天起，你就到大队部上班，晚上就睡在大队部，大队部也需要人值班，你们年轻人多吃点苦。大队将来还靠你们啊！"

"好好，是是，……"王二有些语无伦次，真是喜从天降，感谢陈主任的大恩大德，王二激动得眼睛潮润了，眼泪一不小心就会流下来。

从大队部走出来，王二还感到如梦似幻，像走在云雾里轻飘飘的，手里拿着陈主任塞给他的苹果，咬了一口，也是木木的不是很真实，更品不出味道，也许甜酸苦辣都有吧。

王二和小兰的订婚仪式办得非常排场，几乎大队、公社所有的干部全到场了，单酒席就办了整整十桌，还是流水席，前面的人刚吃完，后面的人就又开始了，当地的风俗是吃三天喜酒。公社的文艺宣传队也就连唱了三天。真是热闹非凡，让十里八乡的人十分羡慕。

应该说陈主任全家对王二还是不错的，订婚没要王家一分钱彩礼，还给王二买了从里到外的全套新衣服。名贵的"上海"牌手表也是陈家买的，不但要花钱，还要计划，没有一定的权力是买不到的，是想也不敢想的。那时公社书记才戴30元一块的"钟山"表，"上海"牌手表90元一块，那是什么概念，你想一想就知其中的道道了。皮鞋也是新的，要穿新鞋走新路。皮带也是新的，从此要勒住王二，别再想什么歪点子鬼心事。陈主任几乎把所有的同僚和当官的都介绍给了王二，让他们帮助举荐王二。王二在这些领导长辈面前，每一个都要敬酒，每一次都要让对方喝好喝痛快。三轮下来王二真的喝醉了，吐得一塌糊涂，他是被人驾着走回洞房的。在路上他手舞足蹈地说："我要当作家做诗人！"

"好，当作家做诗人……"旁边的人应承着。

"我要做支书做社长！"

"好，做支书做社长……"另一旁边的人也应承着。

"明天就做！"

"好，明天就做。"大家应承着。

"说准了啊说准了，谁也不许反悔！"

"一定一定。谁也不反悔……"大家一脸的庄重，谁也不感到好笑。

王二醉了，王二哭了，谁也说不清是快乐还是酸楚。

15

王二大醉了一场，在床上躺了三天才醒。这可急坏了小兰，小兰三天守在王二身边，一步都没挪。当王二醒来了，小兰才松了口气。陈主任也放下心去大队部了。王二喝了两碗稀饭，吃了二个油煎的鸡蛋。身上才有了点力气。王二让小兰吃，小兰说，见了油腻的东西就想吐，原来有喜了。王二高兴坏了，非要趴在小兰肚皮上听一听，小兰用手轻轻拍了一下王二：真是个呆瓜，才有几天呀……，怎么能听得到。说完脸上就飘过一片红云。王二开心地笑了。小兰也笑了，十分的满足。王二要帮助家里做点事，小兰不让他插手，说他身子虚。还是多养几天为好。王二哪里坐得住，非要帮忙。小兰说：你真想做事，就去队部吧，男人的世界在外面，围着锅台转的男人最没出息了。

王二穿上了平时的衣服，出去了，也就是去大队部了，人们都很尊敬他，他对人也客气。每天出去，身上都放着两种香烟，一种是高级的"大前门"，一种是普通的"飞马"，"大前门"是敬领导的，"飞马"是敬普通群众的。他当了官，一点架子也没有，甚至比以前更谦虚更温和更亲切，谁家有事他都乐意帮忙，跟乡里县里的关系也很好。他除了在村里搞农林牧副渔全面发展，还开荒造林，栽培果树。两年不到，瓜果就挂满了山冈，成了全县农业学大寨的先进典型。每年县里开三级干部大会，这是出头露面的好机会，丈人陈主任总说忙，总让他去参加，确实也结交了不少朋友。一年不到就荣升公社党委委员，大队副支书副主任。他才二十多岁啊，按照这个发展速度，三十岁前当上公社书记绝无问题，他知道这是与陈主任的努力分不开的，所以他特别感谢这个家庭，这个家庭也确实没把他当外人。

是的，人走好运的时候，真是插上门板也挡不住。王二家的喜事真是一件接着一件。父母都平反了，官复原职。父亲王祥圣担任海陵市食品总公司经理，掌管六县一市的食品公司和水产公司，真是权倾一方。母亲周凤英担任海陵水产研究所副所长兼国营水产养殖场副场长。哥哥也担任了远洋货轮的船长，在家里王二又变成权力最小的芝麻官。好在高考已恢复两年了，家里希望王二通过高考跳出农门，从此改变命运。初中同学钱晓玲也给王二寄来了复习资料。希望王二和她一起报考海陵师范学院。晓玲的父亲跟王二的父亲是至交，原任海陵市人大副主任，现任市委办公室主任，不但认识王二，还很关心王二的进步。钱晓玲更关心，而且这种关心还有另一层更深的意思，也只有王二晓玲心里清楚。双方心照不宣罢了。

王二开始偷偷摸摸地复习，一是怕小兰见了伤心，二是怕考不取丢人现眼。小兰却不这样想，这是王二改变命运的最好机会，人生能有几回搏，她表示全力支持并承担了全部家务。家里烧给她吃的鸡蛋汤骨头汤，她全部省给王二吃，她说动脑子最花费心血，最需要营养。王二是干大事的，王二不吃她坚决不肯动筷子，一定等王二吃完了，她只喝点汤，她心里才高兴。她对王二的关心真是无微不至，她每天要弯腰给王二洗脚，晚上王二读书晚了，上床脚有些冰，她就掀开毛衣，把王二的脚抱在胸前取暖，一直到王二的脚焐暖和了，她才放心。她真是有些可怜，每天要抱住王二的双脚，把头枕在上面才睡得着，小兰母亲说她贱，小兰说："我就是贱怎么了？我高兴！"

　　王二父母官复原职后，王二一次也没有回去。母亲下乡检查工作，来看过一次王二，见王二生活条件这样差，脸色就有些不好看。王二倒没什么。一边安慰母亲一边努力学习和工作，是金子在哪里都会发光的。晓玲也专程来过一次，并对王二一往情深。王二说自己已成家，让晓玲放弃。晓玲说，又没领证，不算数的。父亲和她都在城里等王二，等待他胜利凯旋的好消息。小兰像亲姐妹一样对待晓玲，俩人还躺在一个被窝里说知心话。这让晓玲反而有些不好意思。小兰妈说小兰头脑坏掉了，这世界上没有谁比她更傻，将来有苦吃有罪受。小兰不这样想，她说爱一个人就要全身心的爱，爱是付出不是占有。所爱的人有出息幸福了就是她最大的幸福。她既然这样想，家人也就无可奈何。

　　王二的父亲打来电报，说母亲病危，想最后看王二一眼，王二看穿了其中的鬼把戏，坚决不回，但心中还是有些不放心。小兰劝王二回去，看一眼再回来，不然小兰也不安心，并暗地里准备好换洗衣服和乡下的土特产，让王二明早就动身，偷偷地走不让父母知道，这让王二很感动，又抱住妻子小兰要死要活地温存了一回。

　　王二一到家，就被关到屋里，并请来最好的老师帮他复习。晓玲也常来，装着向王二请教。每当晓玲来，王二父母总是很开心，说这才是王家钟爱的媳妇。王二却不冷不热，有些不以为然。晓玲却拿热脸贴王二的冷屁股，一股心甘情愿的样子。

　　三个月的时间过得真是很快，一晃就过去了。离高考报名的时间只剩下十来天了。王二的户口组织关系都在乡下，要当地的公社出证明才好参加高考。王二父母急得像热锅上的蚂蚁，处处打电话求援。王二也思乡心切，想早点回到小兰身边。能不能开到证明王二到是无所谓，自己学到的东西，对自己的将来总是有好处的。

　　王二回到乡下的家，只有小兰高兴，一如既往地对他好。小兰父母都骂王二是"白眼狼"，没良心。王二没回嘴，心里有苦说不出。陈主任说：在乡下当个干部多好，几年一过就是公社书记，再几年一过就是县里的书记。学文学搞创作，在将来权力和金钱社会里，一点也不吃香讨巧。靠一支笔生存，穷困潦倒，屁用没有，屌用都没有！老婆孩子热炕头多好，非要写什么狗屁文章，还要惹祸，这不是自讨苦吃，作死吗？陈主任坚决不肯去公社帮王二开证明，把女儿往火坑里推，打死他也不干。

小兰这次表现得特别倔强，她拿出锋利的剪刀，对准自己的肚子对父亲发狠说：你明天不去公社给王二开证明，我们母子就死在你面前。你不要太自私，王二是什么人，你还不知道？也不为一个人的前程着想，你留住一个人就能留住心了？

父女抱着痛哭了一场。母亲痛骂女儿：死妮子，缺心眼，煮熟的鸭子都要让你搞飞了。我看你将来好心还有好报。有你罪受的，有你哭的时候，你等死吧！这世上没有谁比你再傻了，被骗了被耍了还帮别人讲话。

王二的证明终于还是开到了。他如愿以偿了，他以全市第三名的优异成绩考取了海陵师范学院中文系。当王二将录取通知书拿给小兰看时，小兰也激动得哭了。王二没哭，但心里十分酸楚，很不好受。他感到他是一个有罪的人，这辈子最对不起的人就是小兰了。

第二天，晨雾刚刚散去，乡村似乎在睡梦中还没有醒来，王二就坐着生产队的拖拉机回城了。小兰站在高高的山冈上送他。那条通人性的黑狗一直追着拖拉机奔跑，小兰的身影变得越来越小，最后终于不见了。黑狗又像一支箭转身向山村射去。黑狗的身影也不见了。王二的眼睛也模糊了，用手一摸，竟是一把潮乎乎的热泪。

再见了，我梦中的乡土，再见了，我梦中的小兰子。

16

王二已经二十多年没回他曾经所在的乡村了。大学毕业后，留在省城结婚生子。妻子晓玲在省发改委综合科任科长，王二在省文联创作室挂了个专业作家的闲职；经过多年的奋斗历练和人生的积淀，他已是省里有影响的诗人、著名作家了。不但创办了文化传播公司，拍摄的大型电视连续剧在首都北京都播放了。王二成了名人，常接受电视台的采访。当他看完自己的访谈节目，再看省台新闻时，他惊呆了，他在电视里见到了严妈和王晓荣，一个是中洋集团的董事长，一个是中洋集团的总经理，资产过亿，鳗鱼、河豚、海带等海产品直接出口销住日本、美国和东南亚各国，为国家创了不少外汇，还资助了几所希望小学。他们的言谈举止十分得体，很是风光，当初的影子早已荡然无存。通过电视台的朋友找到了电话号码，一个电话打过去，正是严妈接的，说明天就派车接王二回去观光，吃住她全包了，另还出资20万帮王二出文集。王二听了心里酸酸甜甜，一时不知说什么好。

　　王二真的被严妈接回来了，住在临海而筑的"远洋大酒店"。整天吃喝玩乐，"中华"烟"苏烟"一支接一支地抽，抽了半支就摔了又接上一支，直抽得嘴里有些发苦有些发麻，直到失去了知觉。见面那天陈主任也来了，他老了，他已经退休了，但当年的威风还在。职务由民兵营长接替当了主任，民兵营长稳重多了，言语也有了分量，只是还很尊重陈主任，陈主任说一是一，说二是二，一切照办。陈主任愤愤不平地说："世道变了，一些狗鸡巴不是人的东西都发了。"问到小兰和英文，小兰还好，在乡妇联做主任，但已是两个孩子的母亲，英文也退休了，一个小孩在北大念书，女儿移居新加坡，他就是不会享福，说一天不打铁身子骨就难受，真是贱骨头。晚上严妈、晓荣等所有熟悉的人都来陪王二，摆了整整六桌为王二接风，单"天之蓝"酒就喝了整整两箱。王二那次喝得有些多，醉得不成样子，是小兰陪了他一夜。小兰走时他也不知道，他想再见一下小兰，好好跟她谈谈，听说其中有一个小孩还是他和小兰的亲骨肉，他想见见，不知小兰肯不肯。严妈怕王二一人孤单寂寞，还请来了几个漂亮的小姐让王二挑选，说要好好照顾王二的生活，被王二拒绝了。他就是想腐败也不想让他们知道。第二天醒来，王二感到头脑清醒了许多，心情也好了许多。他打开铝合金的落地窗，一股清凉的海风迎面扑来，真的很舒适。极目远眺，海天一色，十分高远，一望无际的大海和远方的天空真的很蓝很蓝。

《莽原》文学杂志留用

病 房

世人都病了
需要住在病房里
治病的人
病的更重

——题 记

引 子

2013年5月的一天，单位体检，体检医生发现我的脖子上多了个包块，建议我到大医院去复诊。我给在省博爱医院当副院长的老乡挂电话，说要到他们医院去看病，看能不能找个好大夫。老乡口气很热情，没一点架子。他让我第二天直接去找他们医院最好的外科大夫，也是外科主任钟国龙，他专治甲状腺几十年，术后刀口愈合几乎分辨不出。第二天我找到正在坐诊的钟大夫，一个五十多岁秃顶老男人。

他给我加了号，做了一通必要的检查后，下午就让我住进了省博爱医院的病房，让我等待手术。等我住进去才知道，有的病人为了床位要等十几天，有的甚至要等月余。急诊病人往往在走廊加床三四天才有床铺。我能这么快被安排进来，多亏了我那个老乡，这就是有人有关系的好处。难怪我们那个镇子，大凡病大点的都会到省城去找这个老乡，的确方便多了。

我住的这个病房在整个住院区九楼，一共有六张床铺，一进门右手依次是 18 号、19 号和 20 号。20 号对面是 21 号，又依次是 22 号和 23 号。每个床铺之间有窗幔，白天拢在一起，晚上拉起来能隔开床笫之间的隐私，但藏不住呼噜和梦呓，更阻挡不住梦游者。最里面那面墙是个大窗户，站在那里可以鸟瞰大半个 N 城市。右面是洗漱间，含卫生和洗澡洗衣的功能。左边是衣橱，一个床铺对应一个，专柜专用。晚上五点开饭，吃的是上一天预定的饭菜。定餐前必须先到楼下的饭厅去预交伙食费，一般一百元起交，你会得到一张电子卡。出院前用不掉可以去退，很方便。上午八点和晚上六点主任查房，领队的一般是钟主任，一个房间一个床铺查，晚上八点以后，护士会强行把大灯关了，为了方便病人夜间起来喝水小解，特意在每张床铺上方四五十公分处装有插座和日光灯。在日关灯的旁边，有一个小方框，专门用来记录每个病人的基本信息，比如姓名年龄几级护理，有无过敏史，负责护士是谁。刚进去的每天只是量下血压和温度，一般为三级，手术前一天为二级手术后两天为一级，级别不同收费不同。我五月二十七号进来时，20 号床铺叠得整整齐齐，其他床铺凌乱不堪，显然都有人。可以看得出凡是病人不管开过刀抑或没有，基本在床上或坐或躺，坐在床边和椅子（一床一椅）上的不是家人就是雇来的陪护，他们或男或女，只有病人一律是男的。他们是：

18 号，郑振中，商人，37 岁，老婆比他小十岁。在充满暮气的病房里，她是一道非常亮丽的风景。

19号，张伟，国企内退（被逼下岗的）工程师，50岁。无业。离异。有一女判给女方。平时喜欢吟几句狗屁诗，鲜有发表，没人陪护。

20号，是我，一个科室的小科长，43岁。没人陪护。

21号，朱学善，45岁，大背头，皮白，市某局副局长，官架子十足，是这个病房里最不受待见的人。有一女，在国外读书，没来过。老婆陪护。

22号，蒋坤，68岁，头发全白，退休前系省干部处处长，慈眉善目，和蔼可亲，老伴走了三年，由独子蒋天明陪护。

23号，许国平，69岁，头发半白，本市退休职工。老伴早亡，有两儿子。雇一中年农村妇女冒充远房表妹陪护。

以上六人当中，除了21号朱学善22号蒋坤已经做完手术，脖子上插着导流管，23号许国平住得最早，但他属于8楼心胆科的病号，心胆科的床铺比甲状腺科更紧张，他借住九楼23号床已经七天了。由于胆管结石有炎症所以一直未能动刀。

18号郑振中五天前住下的，一直没安排他手术。我问他是不是每个人都要等这么多天。他说不一定，有的人进来第二天就做了，有的人等个十天半月也是有的。为什么会这样呢？郑振中笑嘻嘻地回答，按钟主任的解释，一是手术人数太多，得排；二是各人情况不同。

什么叫各人情况不同？是指我们每个人的病患有差异吗？我问。

"什么有差异，就两个字'腐败'！"没等郑振中说话，22号床突然冒出一句，本来他一直靠在被子上，阴沉着脸听我们说话的。没想到他一开口话这么重。他的话一下激起我和19号张伟的好奇。张伟本来是躺着的，这时一骨碌爬起来，连声问："腐败？哪腐败？"我们一起望向22号。22号蒋坤的儿子蒋天明赶紧站起来说："什么腐败，别听我爸胡说！"蒋坤面无表情不再言语。21号朱学善慢条斯理地官气十足地说："老前辈，我喊你老前辈你别生气，不是我说你，在没有证据的情况下不要乱说，那是要犯错误的！"这句话一下激怒了蒋坤，他想大声骂人，可毕竟脖子动不起来，骂出来的声音声嘶力竭："你住嘴！我不想跟你说话！你瞅瞅你不就是一个市局的小局长嘛，开个小刀，一早上来了几波人了？你还让人睡觉啵？再看看他们送的，大包小包的，你都敢收，我瞅你就是腐败！"

"你、你，我看你真是！"蒋坤最后那句话一下把朱学善刺痛了，他气得手指着蒋坤什么话都说不出来。朱学善的老婆噌地一下站起来，把腰叉得老高像个好斗的母鸡很不高兴地问："老人家，我家老朱哪得罪你了，啊？从一进病房你就跟他不对付，啊？咋了？听你口气你是纪委下来的？管的真宽！"蒋坤直了下身子，想回嘴，他的儿子蒋天明赶紧站起来不让他说，回身笑着代他爸给朱学善赔不是。看起来蒋坤的儿子比朱学善小不了多少，但说话处事三言两语非常地道，在我的眼里他更像个局长，说话处事比朱学善更沉稳更有耐性，一点不浮躁。

这就是我住进病房第一天发生在患者之间的争吵，争吵双方是我们百姓眼中的干部，一个是过去的退休多年的老处长，一个是正当年担大任的某局副局长。在我看来，他们的矛盾不过是不同时代产生的差异而已。等朱学善夫妇不在病房的时候，老蒋儿子蒋天明的解释多少能掌握一点端倪。蒋天明说，他老爸在职时住过一次医院，除了平级以上领导来看他他不骂人，其他人来他要么不见，要么当面把人臭骂一通。他会质问人家如果他是普通职工你们会来看望吗？常弄的人家一愣一愣的，很尴尬。现在，一个副局长住院，开个小刀，整个局甚至扫厕所的都放下工作来看望，这就很不正常了。分析他们为什么要这么做，表面上是尊重领导，联络感情，实际上是看中领导手中的权力，希望往后能得到提拔照顾，起码在自己做错事情的时候能给点面子。扫厕所的干吗要来？当然希望自己的工作不被别人顶替掉。所以对于现在的人情世故，我爸看不惯很正常。

吃过晚饭，我和张伟想跟18号郑振中夫妇聊聊他的生意经，没成想18号郑振中接完一个电话（他是商人，一天的电话非常多），跟我们打声招呼，就匆忙带着老婆走了。我和张伟在床上傻坐了一会儿，觉得无聊，就相邀下楼去逛逛。在大楼的门前广场，早已坐满了病号和他们的陪护，男男女女老老少少都有。我和张伟找了个人少僻静之处坐下，听着风，望着夕阳慢慢沉到门诊楼的下边，留下万道霞光和一个七彩斑斓的缤纷世界。

"好美啊！"看到这样的美景，我不禁激动起来，尽管这里是医院，四周坐着各种各样的病人，他们的存在大煞着风景，但我还是觉得这个世界别有风情，值得赞美和歌唱。张伟显然不同意我的看法，或许他生来俱有诗人的敏感和激情，面对那梦幻一样的世界，他没有感叹晚霞的瑰丽，反而想到自身的悲惨处境，他想吟诗，一时又找不到适合现在意境的诗，就自言自语道：世人病了，需要住在病房里，面对今后琢磨不定的日子，感到很恐惧……

"好诗！"我喊了一嗓子。其实我不懂诗。张伟笑答："什么好诗，我只是喜欢胡诌而已。""胡诌也好，请继续！"我鼓励他。张伟摇摇头说："接不上去了。都怪你，一嚷，把我灵感吓跑了，接不上去了。"

"那就聊聊你吧！反正没事！"我提议。

"干嘛不聊你？"张伟警惕地望着我。

我笑道："看你紧张的，我这人活到现在，娶妻生子，一路顺当，没啥故事，你让我聊啥？"张伟盯着我，盯我老半天。他想从我脸上读出谎言，结果他失败了。"好！聊我就我聊！好赖别笑话就行。"

"哪能呢，"我说。

张伟是从农村走出来的老大学生，他的存在就是一个传奇。

第一章 2013 年 5 月 27 日

19 号，张伟，今年 50 岁，护理三级。无药物过敏史。身高 1.8 米，戴眼镜，消瘦。寸发半白，粗直凌乱，像他的性格。业余喜欢作诗。

一

张伟从来没想过会去住院，且必须动刀。活了半辈子，除了吃药，见到针头都害怕，真要动起刀来他都不晓得会出什么状况，反正听到这两个字，头皮发麻，肌肉紧缩，心生恐惧。

记得七岁那年，他打"摆子"，那是他迄今为止病得最重一次。父亲背着他，穿过村头的老榆树，走上十七八里的山路去镇上看病。起先看到针头已经眼晕，当针头扎下去的一刹那，他"啊"一声惨叫，身子猛地弹起，力气之大，竟然打飞了针头，药水像雾一样飞向天空，吓得女医生跳到一边，连说了三声：这娃子！反应也太夸张了哟！那脸早已变成了紫茄色。

当时他觉得发生的一切挺滑稽。没想到，刚过五十岁的生日，就必须住院动刀了。化验结果一出，他傻了眼。开还是不开？表面上是害怕，暗下是对这家市级医院放心不下。他拿了报告，找个连医生都不信的理由逃了回来。犹疑了一周，决定到省级中医院去看看，这个决定有一半来自他的表妹。三年前他表妹跟他一样，被建议开刀，她的女儿不让，说好好的人在身上开个洞，元气一定散掉不少。她只好让医生开了一年中药。医生说，你吃，别说我没提醒你，如果瘤子越吃越大，一定是恶性的，你还是逃不掉的。一年过后，瘤子没见大，反倒小了一点。这样的结果自然免除动刀之苦。表妹"圆满"地达到目的，早让他羡慕不已。他决定也到省中院去，看看是否跟表妹一样吃吃中药就行。写到这，我必须说明一下，他这人怕打针不怕吃药，吃西药，很多时候连开水都不用，再大的丹药往嘴里一扔，就跟扔蚕豆似的。不过他中药没吃过，不能瞎吹，但我相信他表妹能行，他就不会有问题。

不几天早晨，他把手上事情安排好，坐上公车到省城那家医院已经九点多钟。挂号的队伍排老了，一个钟头后挂到一张专家号，电子屏显示排在他前面还有三十几位。他想他不能在那傻等，应该出去吃点早饭买份报纸什么的打发一下等待的时间。当然还有个重要理由：医院里，病人、病人家属以及穿着白大褂来来往往的大夫护士，还有穿着大褂的清洁工，就像一个大的批发市场显得杂乱无章，空气压抑沉闷显得不干净。

出了医院，感觉就是不一样，他呼吸着自由的空气，心情立马抖擞不少。只是肚子提醒他，赶紧带它去吃点东西，解决一下，否则就让他挪不动步。找到一家省城名字号，专做小笼包的，三十年前吃过，肚子对它的记忆还不错，皮薄、肉嫩、味美、汁多。不过吃它有讲究。记得第一次吃出糗事了，可以说上了大当。服务员把刚出蒸锅热气腾腾的小笼包端到桌上，他迫不及待地夹了一个，还没送到嘴边，包皮破了，一肚子的鲜美卤汁撒了他一身。他不服气，把身上简单擦了擦，又夹起一个。这回他学乖了，轻巧一点，温柔一点，哄那包子到了嘴边，猛一口把它含进嘴里，妈呀，好烫啊，烫的他呀，真想把它吐出来，又舍不得，只好让它在他的舌头上来回跳舞，那一刻，他的喉管不停发出哦哦呜声，冒着热气的卤汁顺着口角铺出来，惊动四周一片吃客。有人露出同情，有人露出不屑，轻轻骂他，"乡巴佬"。他非但没生气，反感到难为情。

其实，吃卤汁多的小笼包抑或汤包，应该先把它轻轻夹起，不要弄破它，然后把它送到嘴边，从侧面咬个小洞后再把里面的卤汁吸干，剩下的就可以放心大胆地咀嚼，不会出洋相了。

三十年后，他又站到这家变化不大的老字号面前。跟看病挂号一样，好东西总是要排队的。排了一会儿，他要了两笼，一如三十年前，先下意识地看看四周，发现并没人注意，便小心地夹上一个，再轻轻咬个小洞，再轻轻地吸，可惜只吸出少量卤汁，且一点没有三十年前的味道了。索性放弃小笼包的正确吃法，囫囵吞枣地吃去大半，剩下的只吃包子芯，厚厚的包皮全扔在笼屉里，他想用这种方式告诉老字号，老字号还是老字号，但面多了，肉少了，价高了，味道变了。

他的行为招来一片奇异的目光。

出了老字号，重上大街，那么多的现代化的摩天大厦扑面而来，令他顿悟，原来他吃的小笼包已经不是三十年前的小笼包了，小笼包也算是与时俱进了。他到路边报亭买了一份晚报，上面竟然带刮奖的，三十年前听说有带奖的报纸吗？当然没有，这让他更相信与时俱进的必要了。他捧着报纸，思思想想，走到医院后面一个很深很深的小胡同里，那里还有三十年前未改造的老街，甚至在一个大院陈旧的门头上，"纪念白求恩"五个水泥大字还那么醒目，只是大字上红漆早已随着岁月的流逝不复存在了。他感到新奇，感到温暖，他问坐在大院门口几个闲聊的老人，老人异口同声告诉他，这里曾经是省中院急诊室，后来盖了大楼就搬走了。原来是这样，他看看低矮的三层楼的大院，再看看高耸入云的摩天大楼，他明白沧海桑田和与时俱进的真正含义了。

咣咣！远处的钟楼发出准点报时的声音，不用看已经十一点了，得赶紧回医院。到了三楼内分泌科，大屏幕上正好跳出他的名字：张伟。接待他的是一个四十多岁看起来很和蔼的主任医师，她仔细认真地看了他在市级医院所有诊断报告，然后问他怎么说？他说你怎么说？女医生说，从你的甲状腺结节大小看要做手术。能不能不做？吃药？女医生沉思一下，去做个弹性 B 超吧，可能的话再做个穿刺。什么是穿刺？穿刺就是在你的结节里用针抽点物质，看看。看看？看什么？他似懂非懂。主任医师看他一眼，也不嫌烦：你别怕啊，说白了，就是看看里面有没的癌细胞。癌细胞？！他脑子轰的一下，望着主任医师发呆了。医师的助手，一个刚毕业不久的小男孩提醒他：愣啥啦，还不快去做，要不一会儿下班了。这句话让他突然清醒了似的，拿了病历报告冲出了诊室。交完费，他找到四楼弹性B超室，继续排队。到下班那一刻，他看见B超室的门开了一个缝，负责喊号的护士伸出头。他听到喊他的名字，他往里进。还有其他人也往里进。他看见B超仪器和空着的床。医生喊，张伟。他刚想答到。一个女人动作麻利地躺倒床上，医生在她的脖子上涂上药膏问：你叫张伟？那女人说不是。医生奇怪地问，张伟呢，哪个是张伟？我是。医生白他一眼，埋怨道：你这人真老实，该抢不抢，等着吧。

哇操！他晕了，感到莫名其妙，他恨恨地瞪着床上那个女人，心里不住诅咒她，希望她得恶性肿瘤，甲状腺癌，最好是淋巴癌，要是那样，他心里一定很畅快。可惜，他听到医生说是良性的，还真有点失望。不过，这一切等他躺在床上，很快就忘掉了。他一心一意配合医生的动作，让他咽口水他就咽，让他屏住呼吸，他就拼命忍着。开始，医生拿着仪器这块压压，拿块压压，还算温柔，接下来他在一个点上用劲压，使劲揉，好像压不住找不到似的，着实让他极不舒服。哎呀，他终于受不住，张开大嘴咳嗽起来。医生不高兴了：哎哟，就一会儿，又不让你死，动什么啊？！他没说话，心里却委屈：你试试，压的嗓子又痒又麻，不难受才怪。

报告出来了，上面写的大段文字都是良性包块，唯独在最大的包块后面有个指甲大小的硬块，高度疑似甲状腺CA。他不明白CA是什么东西，问医生，医生不耐烦地说：癌症。然后脱下象征白衣天使的大褂，出去吃饭了。可怜的他傻了，真的傻了，脑子里嗡嗡的什么也记不起来，整个人迷迷糊糊晃晃悠悠还没到内分泌科，主任医师的助手，那个小男孩已经站在门口向他招手了。他加紧几步把报告递过去，女主任医师看了一眼，手指第二行说：坏就坏在这个小的，好了，下午的穿刺就不用做了，手术！对于这个结果他不惊讶，刚才听见那两个可恶的字时，他就晓得手术是跑不掉的啦。不过，他还是想知道这个癌症的严重性，想知道如果这个瘤子已经扩散，自己的生命是不是受到了威胁？主任医师很轻松地告诉他，甲状腺癌是所有癌病中最轻的一种，是不幸中的万幸病例。他的助手干脆说，你偷着乐吧，即使扩散，也不会马上危及生命。听到这个话，刚才所有的紧张不安离开了他的身体，让他瞬间又恢复了一些胆气。

他问："手术是您做么？"他特地把"您"咬的很重，以示尊重。

主任医师说："不！我推荐一个人给你！"

"哪个呢？"他问。其实告诉他"哪个"他也不认识。他希望是眼前这个女人做，他有点失望。

主任医师说："省博爱医院的外科大夫钟国龙，他的手术做得好，那把刀在省内不是第一就是第二。"

"真的？那好啊，你好人做到底，写个条子给我行么？"

没等主任医师说话，小男孩抢着说："写啥条子，你以为走后门呢，报我们主任的名就成。"

主任医师白了小男孩一眼，也不晓得是怪他多嘴还是别的。他不管那么多，想到自己请假不容易，该问的他还得问："请问，一般开刀需要几天能出院？"

主任医师一边收拾桌面一面看着小男孩，她明显不想回答这个简单的问题。小男孩犹疑了一下："一般不超一周。"

"一周？有点长，不过，没关系，谢谢指点！"他很有礼貌的弯下腰，跟俩人鞠了一躬，动作夸张的有点日本人的味道。

下班了。

出了医院，他的心情轻松不少，他觉得省中院这个专家不错，态度好，也负责，还把省内最好的手术专家介绍给他，看来现代医院里还是有白求恩式的好大夫啊。

在去博爱医院的途中，他记住了这个女专家的名字，她叫诸琴，看她尖尖的鼻子，尚未松弛的下巴，一双很好看的大眼睛，年轻时一定是个大美人。呵呵。他笑话自己，一个面临脖子动刀的人还这么"色"。

二

对于一个乡下人，去省城不容易，去省城找个地方或找个人更难，有地址光坐车有时都能把人弄晕。现在还好，大的地方，如商场和医院往往和地铁相连，的士也多，只要你有钱，也舍得花钱，想到哪都比三十年前好找多了。

三十年前他陪他的大哥大嫂到中院看过一次病，那次是嫂子来看不孕的，结果并没什么大问题，后来他们到新华书店陪他买书，午饭后又到动物园看动物，回家的路上迷了路，转到一个大棚录像厅，听见里面乒乓声不绝于耳，勾的他和大哥迈不动步。嫂子善解人意，说，进去吧，看完再找路回家。他和大哥高兴地买票进去。三部香港武打片，一直看到月斜西山。那次进城是他和大哥嫂子唯一的一次，即使这么多年过去了，他还记忆深刻。

这次进城，三十年前的景象老在他眼前晃动，非常清晰。后来，他考上大学，毕业以后分配到很远的一个城市工作，由于为人迂腐，不善交际，又喜欢顶真，国企的上司几乎都不喜欢他，他在仕途上一直默默无闻。前年，企业搞内退，他终于忍无可忍，一怒之下办了内退，到一个日本人办的企业上班，没想到，几年下来，他竟然在日本企业如鱼得水，他那套迂腐的处世哲学让日本人如获至宝，很快升为主管，专门管理他那些自由散漫惯的中国同胞。中国同胞的工作效率大大提高了，劳动强度也加大了，在得到日本人赏识的同时，也自然得罪了自己同胞。背后，同胞骂他是汉奸，有人甚至扬言要组织锄奸团锄他的"奸"，为此他一度很迷茫，甚至想到过放弃。后来日本同事这样开导他：张伟君，他们把你的行为和政治挂勾，那样做是不对的。企业管理就是一部机器，工人是这部机器上的一个部件而已，工人如何做必须服从整个管理机器的需要。否则，工人的行为就要拖整部机器的后腿。张伟君，你的管理一丝不苟符合这种企业精神，我们很佩服。你原来的国企管理太不苟严谨，干部太讲情面，这是你们中国人长期养成的通病。而你做的其实是对的，你不要迷茫自责。

听了日本同事的话，他继续做下来了。没想到，几个月后，他还是辞职不干了，这回不为别的，而是为日本人在中国领土"钓鱼岛"所作所为。他对日本同行说，自己毕竟是中国人，不愿意继续给一个有强盗行径的国家服务，饿死也不。日本同行无奈地摇头说：张伟君，你真的很迂腐，也不可理喻，你的国家跟你个人的利益有什么关系？

他笑了，在这点上他觉得日本人究竟不懂中国人。不错，中国人在很多方面有毛病，平时或许也不是很团结，但在民族大义面前，中国人却从不含糊。

他再次失去了工作。

几年前那场离婚，把他所有的积蓄和唯一的房产留给了前妻和女儿，自己被打回原籍回到生他养他的家乡，除了内退工资和一只饥肠辘辘的空皮包，他大半生的奋斗都化成了肥皂泡影。这次失去工作，是自己主动辞职的，不后悔，但毕竟又失去了生计，再加上脖子上突然冒出的肿块，到了不得不动刀的地步，让他的情绪异常低落。他常想，一个老大学生，干了一辈子，没有地位，没有积蓄，三十年前从家乡赤条条的去，三十年后从外面又赤条条地回，别人不说什么，自己都感到难为情。所以，基于这种心态，平时他老远看见认识的老同学老熟人，尤其是那些取得地位和成功的人士，不管男女，他能躲就躲，能避就避，生怕人家笑话他。实在避不开，就和人家点个头，马上快步离开，从不跟人寒暄。

可是也有另外。不久前在老家的一条小巷里，他的自行车顶上一辆奔驰的头，把他吓一跳。他说声对不起，就想从旁绕过去，可惜人家奔驰车不让：车窗摇下来，里面探出一个大脑袋，怔怔地打量着他。他心想，怎的，还想讹我啊，这么小的巷子哪个说走小车的？真要撞，撞死你狗日的活该。他正想把心里话说出来，跟小车主人理论理论。不料那小车主人不但没有责怪他，反而惊讶地喊他：嘿，真是你呀，张伟。声音熟悉得跟亲人似的，就是一时想不起来是哪个。他眯着眼透过镜片瞅了老半天才看清，那人是他中学同学，外号大头。

回乡几年了，早听说这个大头搞工程发了，老婆跟割韭菜似的换了好几茬，就是没碰见过，这下真碰见了让他感到很不自然。要知道上初中的时候，他俩在班上关系最好，他对大头多有照顾。大头父亲早亡，家里全靠他母亲一人操持，生活非常清苦。有时候，大头家里揭不开锅，中午没的饭带，到吃饭的时候，其他同学坐在一起吃着带来的盒饭，唯独他大头坐在那看书或者一个人溜到小学校后面的树林里。后来他知道了，只要他没带饭，就把自己的饭菜分给他一半，直到初中毕业。初中毕业后，他继续读高中，大头回村务农。一晃三年，他一直没有大头的消息。考上大学那一年，听说大头在大队窑厂拖板车，他去找他。那次见面是他们至今最后一次见面。他踌躇满志春风得意挥斥方遒；大头却是灰心丧气人穷志短意志消沉。他学生头的确良白衬衫蓝咔叽布裤，大头却是帆布工作衣工作裤解放鞋外加乱蓬蓬的乞丐头，显得异常苍老。

好在大头精神不错，老远就笑着跟他打招呼："老同学，祝贺啊，我早知道你有这一天！"

他很谦虚地说："哪里，大头，你学习很好，干吗后来就不上了呢？"

大头苦笑着："张伟，我家的情况你清楚，我是老大，我得为我的弟弟妹妹考虑。"

无语。一切都是穷闹的。

没想到，三十年河东三十年河西，在家乡的小巷里，他最不想见到的人已经走下轿车朝他走来，他只好硬着头皮站在路边等他。

大头胖了，肚皮圆得跟皮球似的，西装领带，脖子上手指粗的大金链子晃得人睁不开眼。腰间夹个小皮包，眼睛上扣个大蛤蟆墨镜，直到走到他的面前才摘下来，老远口中就呼哧呼哧地说话，口齿不清，像头大肥猪似的气喘吁吁。一看大头这副装扮，他没感到自己穿戴寒碜，反倒觉得大头恶心，因为他打心底就不喜欢暴发户。但出于同学一场，怀旧，他努力装出惊讶的模样："哎呀，你是大头啊，怎么发成这样了？大概连路都走不动了吧？"

大头张开包了金牙的大口说："哪里哪里，我发嘛了么，跟你大学生比差老鼻子喽。"他掏出南京产的"九五之尊"："来一根？"

他摇头："我哪抽得起！"

"看你张伟，说笑呢。"硬塞给他一根，自己叼一根在嘴上，相互点着。

张伟抽了一口，说："不错，这是贪官周久耕抽的，好烟！"大头刚要说话，小巷那头来了一辆车，喇叭按的震天响。大头猛吸一口，对他说："张伟，我最近接了个大工程，特别忙，呦，这是我的名片，一定找我去，我们好好叙叙旧。"没等他回答去还是不去，大头已经上车，在关车窗的刹那，他大声说："张伟，别以为是大学生就瞧不起我，你不来看我就是看不起我这个土老帽！"说完，启动奔驰走了。这个大头，他当真不晓得他张伟落魄了？当真以为大学生（只是个好听的符号）胜过他的财富？他呶呶嘴，觉得挺好笑，把名片往身上一丢。他知道他不会去看望一位成功的老同学的，因为他不会自取其辱。

三

"你真的就从来没找过他，去叙叙旧？"我问。

"我去找他？笑话，我是嘛人，八十年代的大学生，那是天之骄子，混成这样有何脸面见人？他大头，如他所说就是一货真价实的土老帽，但他有钱，现如今有钱就是硬道理，我不想看他得意的嘴脸。"

"你要这么说，我没办法。但我不这么看。我建议你换个位置，就是现在流行的'换位思考'，如果你是他，你会瞧不起他么？我想你不会，你考上大学时春风得意前程似锦，你没嫌弃他，他也没躲着你啊。现在他有几个钱了就瞧不起你了？我看不是他瞧不起你，而是你自己瞧不起自己，你内心不够强大啊。"

张伟点点头说："你的话听起来不无道理，应该是那么一回事。"

"所以嘛，你要丢掉大学生这个躯壳，放下身段，做回你自己，你会发现你周围其实没人瞧不起你，不信你试试。"

"试试，试什么呀？"没等张伟说话，俩人身后响起郑振中的声音。

"是你！"我和张伟都很惊讶。

郑振中说："都几点了，你们还在聊天，护士该找你们啦！"

我和张伟四下一看，惊呼，原来那天早黑下来了，偌大的花园式的广场除了还有几个人影在朦胧的夜色里若隐若现，剩下就是我和张伟了。五月的夜晚，星星藏在云里，装出深沉的样子，风好像刚从天上吹下来，还有点凉。我把病号服紧了下，很自然想到我和张伟共同关心的话题。

"慢，郑大老板，我和张伟有话问你。"

"哎，我们真有话问你。"

"有话？有话不能上楼去说啊？"

"不！"我说。"上楼不方便，你看见的，21号22号说不出来的味道。"

"你们想问什么？"郑振中警觉起来。

"腐败！"张伟脱口而出。

"不错，郑老板，就是腐败，我们住院开刀咋就扯上腐败了呢？"

"你们？你们想腐败还不够格，他是说21号那个小局长呢。说实话，那小局长的确也太不像话了，从第一天住院开始，他的病床就没断过看望的人，而且每个人不是花篮就是水果红包，我亲眼看见一个自称小司机塞的红包就不下一千块，连我这个自食其力的生意人都红眼。22号他老人家当过处长，你说他心理能平衡？他手握权柄的时候不让人看望，现在无权无职床前冷落自然心里不爽，发点牢骚也属正常，见怪不怪。"

原来如此。我和张伟好奇解除了，心里释然不少。郑振中说走吧，张伟说走，我站住没动。我问郑振中：郑老板，冒昧问一句，你做嘛生意，怎么接了电话就得走，你家住附近啊？郑振中说他家住火车站附近，离此不远，十几年前他下岗后在鼓楼开了一家小公司，专门做楼堂馆所里的生意。看我们不说话，晓得我们没听懂，就拿酒楼饭馆打了个比方，他说饭店里所有的物件，大到空调，小到筷子筷套他都做。

噢，明白了。我动了下脚。郑振中说，明白了就走吧。走，我说。进了大厅，四个电梯只有一个尖头往下的，这里站了很多人。我也是话多，我问郑晚饭后接的那个电话蛮急的，不然怎么会匆匆离去？郑说，哪呀，是他同学帮他找了本院内科一个主任，主任答应帮他跟钟国龙主任通通气，一来让他早点安排手术，二来帮他清扫仔细点。

是么？我有点不信，总觉得郑振中没说实话。

电梯来了。上电梯的感觉跟在新街口闹市区坐公交一样，大伙围着门，慢慢往前挤，好不容易挤进去，电梯楞是不动：超载！

我和张伟还有一位老大爷主动走出电梯，一切变得正常了。

这是我和张伟这辈子第一次第一个晚上住在病房里，心情自然别样。快进六月了，病房里有点闷热，且多少有几只蚊子在耳边转，让人心烦意乱。睡了一会儿睡不着，我把上衣脱掉，光着上身觉得凉快一点。张伟见此，爬起来上下其手干脆脱个尽光，只穿个三角裤头。好在郑振中的漂亮小老婆不在，23号床的陪护是个四十七八的农村妇女，21号他老婆也四十大几，都是见过世面的老妇女，我们俩倒也心安理得。只是睡到半夜，我突然发现有个人影在我脸上晃了一下，我下意识伸手一捞，竟然抓到一个人，我问：你是哪个？对方嘘了一声说：别嚷，我是张伟！张伟，半夜三更你想干吗？张伟说：我抓呼噜声！你听，这呼噜声多大，我以为是你！放屁！我从来不打呼噜！不打呼噜好，你睡，我再去找。被张伟一闹，我的睡意全无，干脆滑下地跟他一起去抓呼噜。

21号有呼噜，但声不大，他老婆一点声息都没的，很好；22号有呼噜声，但不是老子蒋坤的，而是他儿子蒋天明的，我怀疑蒋坤没睡着；23号许国平有呼噜声，但跟他家女护工相比真是小巫见大巫。那个女护工睡在他的旁边，呼声真不一般。时而低沉，无声无息；时而如哨，尖而挺拔，直冲云巅；时而如雷，粗狂有力，力拔山兮。原来是她！我说，怎么办？张伟说，把她弄醒，要不然，我们一夜别睡。怎么弄？我问。我有办法，张伟说完，伸手捏住那女陪护的鼻子不让出气，果然不一会儿，女陪护只出气没进气，憋得呼噜声也没了，张个大口直喘气。张伟把手松开，女护工长出一口气，醒了，眼睛眨巴几下再闭上果然呼吸均匀。张伟对我伸出大拇指。我回敬他一个军礼，表示成功。随后，我们俩蹑手蹑脚回到各自床上躺下，那份抓着"呼噜"的喜悦跟抓到一个特务差不多，只是还没等到我们入睡，23号床那个特有的呼声又慢慢悠悠从黑暗中响起，且越来越嘹亮，不一会儿就恢复了原来的高亢激越，甚至有过之而无不及。

这一晚，我和张伟彻底失眠了。

第二章 2013年5月28日

23号，许国平，年龄：69岁，护理级别：三级，有青霉素过敏史。

一

六点吃早饭。每天都是馒头稀饭包子外加咸菜鸭蛋，老三篇，每个病号根据需要自己点。在早饭和八点半查房之间有2个多小时闲功夫，这是病号们交流的最佳时间。今天我们跟23床许国平聊昨晚的呼噜声，竟然慢慢熟络起来。

我们称许国平老许。老许的性格绝对开朗，对生活充满信心和乐观，或许年龄大了，对生死看得也非常开。他要不是这样的人，活不到今天。

他是个八级电工，八级电工到底有多大，我不清楚，但有一点可以肯定他的电工手艺非常厉害。举个例子，对面18号床头的日光灯光有点颤，他说那个灯的整流器有问题，不出三天准要换，第二天灯就灭了。

老许是个下岗职工，下岗那年刚满五十三岁。按说，凭他的电工手艺，也算得上是个技术工人，企业再困难也不会让他下岗的。事出有因，那年他得了胃癌，胃被切除三分之二，整个人变成一个废物，什么也不能干，只有回家。就是那一年，他的老婆经受不住生活压力，上吊自杀，留下他和两个儿子。大儿子上高中，小儿子上初中。可以说，老许家一夜之间塌了下来，沉重的负担压的他喘不过气。

给老伴办完丧事，老许跟换了个人似的，整天闷闷不乐，愁眉不展。原来一天抽几根不带嘴的上海前门就够了，现在一包多还不够。大儿子虽然上着高中，却一点不晓得做父亲的苦楚，他从小吃惯好的，穿惯新的，养成好吃懒做的习惯，即使家里如此变故，几天过后他就忘了，他照例跟父亲伸手要钱，该买不该买的他都买，老许同意给钱，啥事没有，不同意，他就以不上学来要挟。老许身体弱，躺在床上弄不过他，只好跟他说好话。他说亮亮，你妈走了，我又病得只有一口气了，你是家里长子，你要争口气，好好读书，给弟弟做个榜样。你听许亮怎么说，好好读书？考大学是吧？你晓得大学一年要花多少钱吗？两万多，到时你拿得起吗？堵得老许老泪纵横。

小儿子从小就是个听话孝顺的好孩子，他一直看不惯他哥哥的行为，所以哥俩很少在一起玩耍。他劝父亲要坚强地活下去，他甚至跪下来发誓一定好好读书，长大后好好报答父亲。说实在话，老许就是看着这个儿子，才有了生活下去的信心和力量。

老许说，这么好的孩子，为了他这个窝囊父亲和他那个不争气的哥哥也不会做出糊涂事。那是中考那年，在班上成绩一直名列前茅的小儿子，突然三天两头旷课，老师找上门，他老许也不晓得怎么回事。到了放学时候，他拿了根一米多长的细竹子坐在堂屋，那是小儿子长那么大他准备第一次揍他。小儿子回来了，老许冷冷地问：干嘛去了？声音里夹带着怒火，像火山岩浆随时喷发。小儿子感觉到了，他还是坚持说：我去上学的。话音刚落，老许的竹子劈头盖脸落在儿子的头上身上。老许边打边流泪问：你再说是去上学的！再说！老子打死你！儿子晓得瞒不住了，一下跪在地上含着泪讲了实话。原来，儿子是看着这个家实在太困难才决定放弃学业的。他做出这个决定曾经偷偷哭了好几个夜晚。难怪有天夜里，老许听见外屋有响动，且不时传来断断续续嘤嘤哭泣，他原以为是孩子他妈舍不得儿子魂魄回来了，后来才晓得是小儿子为了放弃学业伤心落泪。小儿子说，他大哥上次的话他听到了，也不是没有道理，我们这个家实在供不起两个读书的。他说即使他考上大学，谁来供应他读呢？大哥正在读高中，不如让他好好读，自己下来工作，既能减轻父亲的负担，又能支持大哥全力以赴。

听了儿子一番解释，老许伤心地哭了，他捶着胸责怪自己无能，让这么一个好儿子荒废了前途。小儿子劝他，不要伤心，天无绝人之路，上大学找不到工作的大有人在，有条件能上固然好，不能上也不一定就没有出息。他对老许说，爸，您放心，我做工会是个好工人；做生意一定会是个好商人。您放心，只要您好好活，我就会好好伺候您。

小儿子这么说也是这么做的。初中一毕业他就没有花过我一分钱，他在外面打工，做小生意积攒本钱，卖报纸，发小广告，送外卖，到珠江路电子一条街倒腾盗版光碟，凡是能赚钱的小生意他都去做。可惜他的付出算是白费了。他大哥不但大学没考上，而且还整天吊儿郎当东游西荡不务正业。

不务正业？什么叫不务正业？张伟问。

赌博！

啊！满病房的人都张大了嘴巴。

为了赌博，兄弟俩还打了一架，那架打的，都动了刀子，见血了，那架就像打在老许的心尖上，痛啊。说到这，老许坐在那啪嗒啪嗒掉眼泪。

"畜生！"22号蒋坤低低骂道。

"不像话！太不像话！"21号朱学善也愤愤不平了。

女护工帮老许擦眼泪。

安静一会儿，老许跟我们描述了那次打架的经过。

二

那年小儿子十九岁。他在中华路一家合法赌档门前做大排档，希望那些赌徒半夜三更赌饿了能来照顾他的生意。他的判断是对的，每天晚上，尤其是下半夜他的生意出奇的好，他请一个帮工不够使唤，后来又请两个三个还是忙不过来。这样的生意不下半年，他就赚了十五六万。有一天，小儿子一高兴，把他的存折拿出来给我和他大哥看，他说不用两年，他就可以争到几十万，然后他想用这笔钱和他大哥找个好地段开个正儿八经的酒楼，运气好的话大哥很快就有钱娶媳妇了。小儿子的理想感动着我，高兴的同时自然教育起大儿子来，我说许亮，你看你弟弟多出息，啥事都为家想，为你想，你不能再吊儿郎当混世了。你看你每天都跟些啥人往来，街西头王老五家的王二升，那是咱整条街都晓得的杂碎混子，你跟他在一起能有个好？老许的话忠言逆耳，大儿子哪里听得进去，他对老许和他弟弟大声嚷嚷，说他还真看不起那点钱，让他起早贪黑吃那份辛苦，遭那份伺候人的洋罪他打死都不会干，他要干就干大的。老许问他，你要干大的你干啊，干个给老子看看我就信你。大儿子恨恨地说，老子你不要瞧不起我，我是时机未到，时机一到，立马让你们刮目相看，哼！说完，甩了门走了，态度相当傲慢。

没过几天，我两个儿子在赌档门前打架了。二子告诉我，那天夜里三四点钟，他准备收摊。来了一波人，足有七八个，吵嚷着问还有没有吃的。二子查了下剩菜，看还有一条黑鱼，一点花生壳子，一把芹菜，都报了出来。来人中就有人不干不净地骂，几个屌菜，吃个鸡巴啊，你的大排档不想开了哇。脚下一用劲，把一张团椅啪一声弄成四脚朝天。这是明摆着给二子的下马威，二子如果不忍，他这个生意就做到头了。他想到他的父亲，还有那个不争气的哥哥，他握紧的菜刀慢慢松弛下来，他想他遇祸必须躲祸，避祸，不能意气用事，他没有本钱跟这些下三滥的混混无赖斗，他装孙子，他想他装孙子总可以吧？想到这些，他坦然面对这伙人的笑骂，他甚至弯下一米八几的大个子笑眯眯地巴结这伙龟孙子，他说，朋友，吃啊？不吃我要收摊了。来人把桌子一拍说，不吃老子来你摊子干嘛，少啰嗦，快搞，搞干净点，不然不给钱。

好嘞！二子招呼下手忙碌起来。这功夫，赌档里又出来两个人，二子一眼认出是他大哥许亮，另一个是街西头的王二升，他们径直走到那伙人面前，嘀嘀咕咕着。以后听他大哥大声说，兄弟们，今晚宵夜算我的，可劲造。有人笑话他，许亮，今晚就数你输得最多，有十来万吧，你现在除了这身破衣裳，你拿啥玩意付账？想吃霸王餐啊？告诉你，你做的出，我哥几个还丢不起那个人，王二升，你说是吧？王二升说，你们小看许亮了，这个摊子就是他家开的，你说亮子付得起付不起呢？原来这样，几个人起哄，嫌菜少，让许亮招呼一声多弄两个菜。许亮满口答应，站起来去找二子。

二子，我是哥，还有菜啦，给我弄几个来，我这几个兄弟都是道上混的，今后有他们罩着你就放心大胆地做生意，今晚不能亏了他们。

哥，菜真的没有了，太晚了我也没法去弄啊。

二子，你给哥争点面子，要不哥在兄弟面前太掉链子了。

二子想想，突然想到他还有一份盐水鸭，是斩给他老爸的，只是他不想拿出来。许亮急了，自己跑去找，一面找还一面说，老头子都五十多岁了，哪里吃得动，你是藏着自己下酒吧！他找着，刚要走，二子一把拉住他。许亮说，怎的，舍不得？二子说，哥，你别打岔，我问你，他们刚才说你输了十几万，是真的？你说啥玩意，你这是，他们开玩笑的话你也当真。许亮说这话时有点不自然。不对，二子说，他们没有一点玩笑的意思。哥，你哪来那么多的钱输啊，你不会……别听他们胡说，我没有。许亮明显在说谎。二子一把拉住他，哥，你讲实话，不然我跟你没完。看许亮不说话，二子急了：哥你说，你是不是把我的钱偷走了，赌了？许亮看着二子，装作满不在乎的样子说：二子，是我动了你的钱了，我本来想……话没说完，他的脸上就重重挨了二子一拳。

"畜生啊！"二子哭了，操起菜刀砍向许亮，许亮拿起椅子来挡，弟兄俩扭在一起，打得一塌糊涂。

说到这，老许又呜呜哭起来。

病房里谁都没说话，谁都不想惊了这份哀伤。等老许哭够了，他继续讲他悲伤的故事。

三

那场架把兄弟俩的感情打没了，老死不相往来。后来，老大从外面带回一个女的，跟我要房子要钱结婚。我想儿子再不好再不成器那也是我儿子，我想他也老大不小了，或许成了家生了娃做了父母，就会收心好好过日子。如果真是这样，我就阿弥陀佛，死都瞑目了。

我把大小两个儿子叫到身边，商量老大结婚的事。我说我就这套二室一厅的房子，还是当初单位分给我的，现在算是福利房，你们弟兄各有份。现在老大要结婚，老二就不能住客厅了，搬进来跟我住，我们俩住小房间。至于结婚的钱呢，这些年我把我的退休工资攒下来，也有个十来万，不够再借点，跟老二借，以后还。你们看还有嘛意见？

"我没意见！"老二心直口快，他的心事我晓得，大哥要结婚了，嘴上不说心里高兴，他不会反对我的安排。没料到，我大儿子倒有意见了，他说他对象家说了，必须把这套房子全给他，不然就不结婚。

许亮，你真是混帐东西！我当时就破口大骂，你还是人啊，房子全都给你，你让我和你弟弟住哪里啊？

许亮说，住哪里我管不着！你要是不同意，我就打一辈子光棍，看你死后跟我妈怎说。

我无语了。我想也是，我抱病活着还不就是看着两个儿子长大成人成家，如果真因为房子的事耽误了儿子，我怎么对得起他死去的妈呀。但这房子应该还有老二的一半，我有什么权利剥夺呢？我看着老二，实在说不出口啊。

老二看出我的心事，叹了口气，说：爸，你不要为难，这房子给我哥，钱呢不够我贴。回头又对许亮说：哥，你看这样满意了吧？许亮奶了下嘴问：你们嘛时搬走？我骂道：真是畜生！畜生啊！老二不让我骂，他对许亮出奇的冷静。哥，你放心，我跟爸收拾一下马上就走，一分钟都不会待。但是许亮，我今天把话摞这了，做完这些事，今生爸不再欠你什么了，我也不再欠你什么了。回头他把我扶起来，很温柔地对我说：爸，你把重要的东西，户口身份证带上，哦，还有病历，其他东西都别带了，我们走。

我听二子的，拿了小包跟二子出门。我多么希望我大儿子能挽留我，哪怕是说：爸，你们明天再走吧！可是直到我们走下楼梯，他还一直坐在沙发上玩手机，头都没抬。我们家住五楼，等我们走到四楼了，他才追出来，不是挽留我们，而是喊着，二子，过天吧别忘了送钱来！

这就是我大儿子的德性！可怜那个晚上，二子带着我住旅馆，一住三天，直到租到房子我们才搬走。这些年，我家二子生意做得很成功，有钱在奥体买房子，还娶了一个在名校当老师的媳妇，现在他们有一个可爱的儿子，一家人对我可孝敬了。

真是好人有好报啊！病房里的人都这么说。

大儿子呢？他现在怎么样？郑振中问。

是啊，他应该变好了吧？我和张伟几乎都这么认为。

老许叹口气，哎，一个人如果从根子烂了，想好都难，何况他从来也没想好过啊。

这话对喽，你家许亮就是烂泥糊不上墙！不信，老许你接着说，看我老蒋讲得对不对。

老许刚要接着说，一小护士微笑着进来给每张床发体温计量血压，并要求塞到腋下，这个工作我们昨天做过，所以都很熟练。小护士刚走，又一小护士面带微笑搬着血压仪进来，她先给18、19、20床量，然后给22床和23号床量，量完搬了仪器就走。哪个都没想到21床夫妻不乐意了："喂，护士，一个病房的人都量了，怎么就不给我们量？什么意思？"小护士回过头笑着回答："不好意思，医生没叫我量。""不叫你量你就不量了？"朱学善很不高兴。"这不是明摆着欺负人么？把你们护士站医生找来，就说21床朱副局长找他，瞎搞嘛！"小护士继续微笑着解释道："朱局长你别生气，他们几个还没手术，要量，22号床这个老师傅，本来就有高血压，必须量。你嘛，不量好啊，说明你身体好，还帮你们省钱呢。"小护士为了缓和气氛开了句玩笑。朱学善老婆听罢更不乐意了："哎，你个小护士什么意思？我家老朱堂堂一个副局长还要省个量血压的钱，传出去笑话不笑话？赶紧的，别废话，给我家老朱量！"小护士扬扬手中的纸，说："不好意思，工作单上没有，我不能听你的。"说完，转身就走。

"哎，你们都看见了，这护士什么态度！我要找院方投诉，让她回家！"朱学善怒不可遏。他老婆叉叉起腰翘起屁股站在病床前骂街："什么玩意，一个小丫头片敢跟我家老朱这么说话，这要是在××局，早把她一脚踢回家了！什么东西！"

哼哼。蒋坤鼻子哼哼，转过身，屁股对着21床。他儿子蒋天明继续玩那手上的电脑，连头都没抬。老许默不作声，他的护工给他使劲按着背和肩。我躺着没动，郑振中看手表，又看外面，似有心事；张伟忍不住了，他是个直性子，站起来带着讥讽说："可惜人家不在××局，如果在，我想你不踢，兴许还辞职不干哩！"

朱学善瞪着金鱼眼死盯着张伟，恨不得一口把他吞到肚里，嚼吧嚼吧再吐出来。他老婆扭着肥嘟嘟的身体扑到张伟面前，一手叉腰一手指着张伟的鼻子大骂："你是么东西，要你插嘴，真是老娘嗑瓜子倒霉嗑出你个臭虫，呸呸呸！"

张伟也不示弱，用手反指胖女人："不错，老子是嗑瓜子可不是嗑一个臭虫，我看是俩，两个仗势欺人的臭虫！呸呸呸，臭不可闻！"

朱学善终于按捺不住，他语气看似平稳却充满杀机："朋友，你在N市哪个单位？出院后我会找你们领导的，你等着。"

"够了！"没等张伟回答，老蒋转过身把床一扑怒斥道："朱局长，你看你们说的什么乱七八槽的，你是个局长，你现在住院也还是个局长，你受党教育多年怎么像个娘们似的，为了一句话，甚至为了一个无关痛痒的量血压，你都把个局长身份亮出来吓唬人，告诉你，别说你是个小局长，而且还是个副的，你就是市长省长来，在我面前，在病房搞特权，我老蒋跟那个小护士一样，一不朝他，二不尿他，三觉得寒碜。我说完了，有则改之，无则加冕。"

"你……"胖女人转身想跟老蒋理论，被朱学善拉住了，硬逼着她坐到床上。夫妻俩相互瞪着眼，像一对好斗的公鸡母鸡。

责任护士来了，一进门便跟病房里的人打招呼："时间到了，所有病人家属护工都出去吧。"

我看了下手机，八点半，这是主任查房时间，习惯了，每天都这个点，这边陪护出去，那边护士进来清理卫生，整理床铺。

郑振中问护士："钟主任今天来吗？"护士边忙边回答："应该来，没听说不来。"

郑振中走到门口朝护士站方向瞅一眼，很快又回到床上坐下，神情看起来有点魂不守舍，不晓得为什么。这时他的电话响了，显得特别刺耳。他接了，听了没几句，就大声发起火来："什么屌事都找我，我要是死了呢？在手术台上下不来了呢？你就不活了？什么？怎做？怎做你不晓得？我过去怎做，你就怎做，现在这个社会你不晓得怎做？晓丽，我看你活回来了！好了，等一会主任来我问问，如果明天还不做手术，我今天陪你一道去，对！好，就这样！"

原来他老婆叫晓丽。

四

几分钟过后，有点拔顶带点肚子的钟国龙主任带着一帮医生护士走进了病房。或许钟主任名气大，手艺精，大家都要在他的领导之下学手艺混饭吃，我看跟着他的助手医生护士，一个个跟在他的后面，大气不敢出。这让我想到我们的领导到下面视察，那帮随行人员的做派恐怕无出其右。这又让我想到 N 市某电视台有一档节目，叫×××工作室，×××是主持人的名字。主持人出了名，这个工作室就有了名。这个工作室离开这个主持人就无法存在。所以这个主持人就显得太重要了。他在这个室就是皇帝，说一不二。从编导到采编、摄影到记者，无不由他聘用。他说你行你就行，说你不行你就不行。我看跟在钟国龙后面那些人怕也是这种情形。

进门从 18 号床开始，钟国龙扫了郑振中一眼，三言两语把事情描述得很重："你的情况不太好，是恶性的。只是床位紧张，再等等看。"说完，他把目光投向 19 床张伟。只说了一句话：你是省中介绍来的，等等。目光投向我时，他的眼睛亮了一下，他可能记起我是副院长的老乡，对我说：你要准备好，随时做。到了 21、22 床，责任护士马上介绍病人的基本情况，特别是导流管出血量。钟国龙听罢给出意见：21号出血少，观察后明天拔管子，后天出院；22 号管子拔过后建议去做典 131，他 2009 年做过的手术由于没有调理吃药，现在癌细胞已经从淋巴转移到肺和骨头上，他的问题比较严重。下一个是 23 号老许。他对老许说，这两天没有疼吧？老许回答：没有，钟主任，在这不疼不等于回去不疼，我想再住两天，我实在疼怕了。钟主任说，你手术半个月以后才能做，我看你还是先回去，明天就走。明天？哦，明天我儿子没功夫啊。那就后天，后天一定走。那到时给我开点药。行，开点药。

钟主任查房结束，要回他的办公室。他的办公室在一上楼梯的左侧，一人一室。平时一般不在，只有查完房或者准备当天的手术他才会用一下。

有个人一直魂不守舍，他就是郑振中，从钟主任查房一刻起他的眼睛就没离开过钟的身影一步，钟查完所有病房，回护士站交代工作，郑振中一直站在病房门口，朝护士站门口张望。我碰碰张伟，示意他注意郑振中。张伟不明白，傻乎乎地问："郑大老板，你在干嘛？鬼鬼祟祟的？"郑振中很不自然地回答："没没、没什么，我是想找钟主任有点事。"话没说完，就走了。我追到病房门口，看见钟主任已经出了护士站，径直去了他的办公室，郑振中紧随其后跟了过去，不到一分钟又出来了，整个过程太快，我都不晓得发生了什么。我看着郑振中，发现他去时表情严肃，脚步沉重，回来时满面春风，脚步轻盈，这是怎么回事呢？等他回到病房，我问他前后变化，他神秘一笑说："无可奉告！"然后，低头拨手机，装作什么事情都没发生，这让我更加怀疑他做了什么，这种情绪一直拖到下午都没解开。

十点钟，陪护家属陆续放进来，有23床会打呼噜的农村妇女，有21床那个仗势欺人的胖女人所谓的局长夫人。22床的蒋天明没回来，18床郑振中转眼也没了。张伟跑到楼下买晚报，只有我望着表情痛苦的蒋坤，一直望着他那花白的头发，刚毅的面孔，我想从他的华发上看到艰苦岁月的痕迹；从他刚毅的面孔，看到曾经战胜一切困难的勇气和力量。然而，现在的蒋坤，卷缩在床上，病魔折磨着他，让他一直紧咬牙关不愿开口。他看见了我，看见我在看他，他的嘴动了下，想跟我说话却没有说出来。我轻轻问他，蒋处长，你是否需要帮助？他摇摇头。我说，你儿子呢？他说，我儿子到单位处理一下手上的事，一会儿来。

我说你儿子是做啥工作的？老蒋看看朱学善，说：他做一般工作，跟你差不多。我笑了，原来他儿子也是工厂会计，小科长。老蒋回道：差不多吧！说完翻个身，嘴上一个劲地直哐：哎哟哟，酸，我的肩膀酸死了，不能动。一旁的老许说：老蒋，不是我说你，你的病全怪你作的，09 年你开完刀，竟然不相信科学，不吃药，导致癌细胞复发扩散，多痛苦啊，你儿子怎么劝你你都不信。老蒋不作声。你儿子多好啊，从来不跟你急，第一天你手术出来，他喂你，守你一夜。第二天只在躺椅上迷糊一小会儿，一句怨言重话都没有，好娃子哦。

老蒋说："你也不错，你家二子开始天天来，现在隔天来，风雨无阻。"

老许说："感情我这辈子就落着这个儿子了，要不然我还活着干么呀！"

我说："老许，我一定要看看你家老二。"

"他一会儿会来。"他家护工说。"来了你看，一米八几的个子，帅得很。"

五

张伟买了份晚报带奖的，中了个小奖，奖励一份不太畅销的卫报，回来后他把卫报扔给我，自己靠在病床上戴着眼镜扒着报纸看。我感到奇怪，我问他近视多少度，他一口气说了一串，他说他近视八百，散光二百五，老花一百五的二百。我的天，人类眼睛上的毛病他占全了。

11 点半中餐。

餐后，我想休息，门外走进一个身材魁梧穿着讲究的男人，看长相很像老许。

"呀，老许家二子！"我心里惊呼，第一反应就是激动。我不知道我这和追星一族的心态有何不同。

想必张伟也注意到了，他和我都抱着同样的心情看着老许父子一举一动。

女护工首先拿了水瓶出去打水，出门时看了我们一眼，眼神怪怪的。老许看见儿子应该高兴，没成想他的脸板得跟深秋的大霜，一丝热乎气都没的。

有椅子不坐，一屁股坐到床上，正好压着老许的腿。老许哎呀一声，疼得直咧嘴，儿子跟没看见一样。儿子说：爸呀，你的病好点了？我想来看你，可我没钱，都不好意思空手来。老许冷笑：你会不好意思？你不好意思还不是空手来了？老许侧过脸，看着我们。我们这才明白，这位不是他家小儿子，而是他家老大许亮。看来老许说的没错，这个许亮一出场，就少了天理人伦，不是个味道。

"说吧，今天你来想干嘛，别跟老子弯弯绕，老子经不起。"老许说话不客气。

许亮四下看看，见我们读报看书睡觉，似乎都没注意他，他压低声音说他要离婚了，离婚后他要把七岁的女儿让他爸老许抚养。老许回答很干脆，说许亮离也好结也好他都不管，孙女他更管不着。理由很简单，他自己的命都保不住了，哪管得了别人！沉默片刻，许亮说，那好，孙女儿不带算了，钱总得出几个，他要雇人带。滚！老子没钱！没钱！老许终于发怒了，他坐起来指着许亮：告诉你，许亮，你不是人，就是一头狼，我这辈子不欠你的，也跟你没关系，死都没关系！你给我滚！

许亮站起来，轻蔑地看着老许把头一扬说："老头你都这样了，脾气还这么大，我看一时死不了！好好住吧！拜拜！"说完他转身要走，被迎面袭来的重拳击中，或许他没有防备，只一拳便仰面倒在老许的床上。"哪个狗日的打我？"在倒下瞬间，他口中还不停地咒骂。揍他的人抡起拳头扑上去还想打，早被我和张伟冲过去拉住。

来人指着许亮说："爸都病成这样，不想你来照顾一下，你还咒他，你是人么你！"

许亮爬起来，看是他兄弟二子，捂着腮帮人一句话没说跑了。

看样子他有点怕二子。

老许忍着疼痛爬起来："二子，打得好！要我能动，我也揍他！"老许话没说完，又躺下了。

21床朱学善想说话，被胖女人拽住了，口张了几张，终于忍住了。我和张伟松开二子。二子感激地跟我们一一握手，表示谢意。我们各自回到病床，继续看报。其实，一直在注意老许和他家二子谈话。

二子说："爸爸，他来干嘛？"

"让我给他带娃子，他要离婚。"

"神经病！别理他！我听人说他在外面玩得很不像话，前不久跟人打架还关了十天，我看亮亮是不想好了。"

"孽子啊！"老许捂住胸口骂道。

"爸，你好像不舒服，是不是胆囊又疼了？"二子弯下腰，看着老许的脸。

老许笑着说："儿子，没事，刚才给亮亮气了下，一会儿就好了。"

"是吗？医生还给你挂消炎水的？"

"今天没挂。哦，儿子，钟主任跟我说，让我明天出院，我骗他明天你有事，后天走，他同意了。"

"老爸，真有你的！"二子坐下来，握住老许的手。"老爸，后天出院你先到我家住，让我们伺候您。"

"那不行！你们夫妻那么忙，我不去，去了反而不自在。儿子，你放心，我胆囊不疼，一个人就没事，疼了，我再打电话给你也不迟，你说我说的对不对？"

"对是对，但我不能完全同意，起码……"

"起码什么，儿子？"

"起码要在我那住满三天，少一天都不行！"

"好！老爸答应你！"老许说完，很开心地躺下来，望着儿子，目光中充满关爱慈祥。

他家农村护工给二子和老许各倒了一杯水，然后到卫生间给老许洗内衣内裤去了。

二子问："爸，阿姨还行啊？"

"行是行，就是晚上打呼噜像打雷。"

"呵呵，阿姨还这么厉害。"二子笑着说。"爸，后天我们出院，阿姨怎安排呢？"

"今天你把账给人结了，结到明天，让她明天先回去，等我手术时再打电话叫她。"

"爸的主意真好，等她洗完衣服我跟她说。"

那个农村女护工洗完衣服出来，二子把她叫住，把刚才的想法跟她说了，女护工一点意见都没有，把工资一揣，很高兴地出去了。

我和张伟看到这么和谐温馨的一幕，不禁相互点头称颂。

六

两点半左右，郑振中和他老婆晓丽走进病房，还没坐定，责任护士跟着进来了。

"18床，你做生意要钱不要命了，不打电话你还不回来。通知你，明天早上第三个手术。一会儿你到护士办公室，值班医生有话说。"

郑振中答应着，放下手提包，跟着护士出去，半个小时后就回来了。回来对我和张伟说："今天晚上就不让吃饭了，22点后不许喝水，一直到明天做完手术。"

"为什么？"我问。

21床朱学善抢着回答："是这样的，明天人全麻以后，胃部肌肉是松弛的，如果胃部有食物，手术过程中很有可能倒胃，如此很可能导致病人窒息死亡。"

"呵呵，有这么严重？没听说过，还有呢？"我问。

"多呢，一共要签好几份协议，其中最严重的是失声。医生说甲状腺靠声带很近，弄不好会失声。不过，失声三到五个月就能自动恢复。

还有，如果手术期间需要，医生会给患者用一种药，价格大概一千多块，不在医保报销范围，所以要提前告知，等等，不一而足。"

"我的天，一个小手术怎么会有那么多玩意，太可怕了吧。"我说。

老许说："不要怕，我做胃癌切除时，比你们还多呢。作为医院，手术前总是按最坏打算的，这也是院方给自己找好退路。"

"不错，院方先把可能发生的事预先告知，省得出现情况院方再做解释会很麻烦的。"朱学善官腔十足地给着点评。

蒋坤哼哼着，不知道是想表达意见还是疼得厉害不想说，抑或有事，比如想喝水，想去厕所，儿子蒋天明又不在，他又不好意思麻烦别人（午饭是张伟帮着打的）。所以他只有痛苦地干哼哼。

我说："老蒋，有什么要帮的吱一声，别不好意思，您可是老革命喽！"

老蒋说："谢谢，请不要叫我什么老革命，我早退休了。咳，我现在就想上厕所，你能帮我一把吗？"

老蒋话一说完，我、张伟还有那个郑振中都过来帮扶，把个老蒋感动地差点掉泪。恰好这时蒋天明来了，一边谢着大家，一边跟他老子道歉。老蒋说，别别了，儿子你工作忙，老子现在已经拖累你了，你何罪之有啊！

晚上查房，钟国龙主任特地点了郑振中，跟他交代注意事项，这是一般病人得不到的殊荣。郑振中受宠若惊，他对他老婆晓丽说："还是起作用啊，不然能这么快，还对我这么客气？"晓丽点头，表示赞同。

我和张伟云里雾里，不晓得发生了什么事。只是觉得郑振中一定有什么背着我们，是什么呢？当时我们什么都不知道。

第三章 2013 年 5 月 29 日

18 号，郑振中，年龄：37 岁，护理级别：三级，无过敏史。身长一米七六，平头，寸发，单眼皮，神采奕奕。

一

还有几个小时，郑振中就要奔赴"刑场"，这让郑振中和他老婆晓丽即紧张又兴奋。不多一会儿，来了两个六十几岁的老人，他们是郑振中的妈妈和他的姨妈。他们听说郑振中要开刀，特意结伴而来。两位老人很健谈，性情也很近，看起来从小感情就不错。尤其是他姨妈，据说是退休教师，现在还被学校返聘为初中语文老师。她很愿意跟我们聊天，我们也愿意听她讲东讲西。谈到郑振中时，作为姨妈除了埋怨就是埋怨。

哎，我家振中虽说生意做得蛮大的，但都靠他一个人，太辛苦了，他现在的病说不准就是累出来的。

她侄儿媳妇晓丽不高兴了：姨妈，你怎么说生意全靠他呢？我不是一直在帮他？

哎呀呀，是姨妈说漏了，我侄子辛苦是早年创业的时候，他老婆，不，叫前妻一点不支持关心他，让他受了多少苦啊，要不是晓丽，我侄子也没有今天！

什么呀，什么没有今天呀！振中有病你还怪我啊！晓丽挽住姨妈的胳膊。

你看，你就会抓姨妈的字眼！我说的今天不是你想的今天，哎呀呀，我一个中学语文老师都给你绕糊涂了。

病房的人几乎都发出笑声，只有蒋坤奶了下嘴，想笑没有笑出来。他的儿子蒋天明在玩手提电脑，发生什么似乎跟他都没有关系。

郑老板，我喊。

嗯！郑振中答应。

从你姨妈刚才叙述，你也有很长很精彩的故事，如果不介意的话，你能说给我们听听么？反正待着也是待着，无聊。

郑振中摇摇头：我就是一下岗职工，有啥故事啊，不像张伟还有老许，我就是一平常人。

你是平常人？晓丽说，你才不是平常人呢，姨妈，他不说，你说，说嘛我都不介意。

好！我和张伟鼓掌。老许坐在床上微笑点头，表示支持。蒋坤瞪着眼睛，盯着振中姨妈，脸上毫无表情。朱学善和他老婆轻声说着什么，一会儿抬眼瞄一下我们，立即把目光移开了。

姨妈开始说郑振中的事儿，就像在课堂上跟同学讲解《孔雀东南飞》中的焦仲卿和刘兰芝的爱情故事，我们每个人都被深深打动了。

说振中是单位下岗职工，不如说是他主动辞退单位，下了单位的岗。那几年单位效益非常不好，可以说内外交困。他想了好多天，辞职报告写了撕撕了写，那感觉就像婴儿离开母体之前，还有根喂他养他的脐带紧紧相连，割断它谈何容易？报告送上去的那天，厂长感到很惊讶，不相信自己厂里也有主动要求下岗的，而且是他最近就要宣布提拔的技术科副科长郑振中。

我说振中啊，你吃了啥混账糊涂药做出这种事？难道老姚（技术科科长）回去没跟你吹风？你这种行为，在这种时候要是传出去，前途就完了，晓得啵？我劝你收回成命为时不晚。厂长很看中他，想保护他的名节，挽留他。郑振中似乎不领厂长的情，他看着厂长的眼睛，目不转睛，让厂长都不敢跟他对视。

厂长，他说，你不要回避一个事实，我们厂还能挺多久？下岗乃至企业破产就在眼前，皮之不存，毛将焉附？到时你提我当副厂长都没的用，何况区区一技术科科长？厂长，你说我说得对啵？

厂长望着他，晓得他是王八吃秤砣铁了心，而且说实话，郑振中说的也是事实，留住人留不住心，不如放他一条生路。他签了。签了第一份职工下岗协议。等郑振中接过协议书，他看见厂长双眼湿润了。

他听从厂长的意见，没有买断工龄，只办了下岗手续，他是希望有朝一日还能回来，为自己的企业效力。不过，他的希望很快落空了，下岗第二年，企业便被卖掉了，单位里许多职工都自谋职业，包括厂长都退休在家开了个酒楼，做起了生意。你别说，厂长酒楼生意不错，店里所有用的都是由他供应。每次送货，厂长都会留他在酒楼喝两杯，谈谈旧事，叙叙心曲，很开心。

现在郑振中的生意做大了，开起了餐饮厨具批发有限公司，跟许多大的餐饮单位有业务往来。比如N市有名的几家大酒店，所有椅套厨具都是他供应，一年赚个三五十万不成问题。只是开始那几年，郑振中日子不好过，一没资金，二没业务，开个门面，三十平米左右，房租竟要五万。第一年，他拼死拼活地干，还赔了几千。前妻不高兴了，跟他吵，跟他闹，把家里的钱扣得死死的，一分钱都不让他动，他只好出去借。那年头，许多厂倒闭破产，职工下岗跟开水下饺子一样，扑通扑通直往社会大锅里跳，哪个手里还有那么多闲钱等你来借，转一大圈，借个三千五千，他一分钱都不敢乱花。

记得有天晚上，他骑着踏板车给离家很近的一家饭馆送货，回来时踏板车没油了，他想加油，一摸身上一分钱没的，他把车推到自家楼下，看着屋里的灯光和印在窗户上老婆的身影，他犹疑了。

人总说家庭是港湾，每个在外飘泊的游子，飘泊久了累了，都会回家歇歇，借老婆的肩靠靠。可是，他不敢进去，他觉得自己作为一个男人很失败，他无颜见他们母女，更不好意思问老婆要钱加油，他知道如果让那个刻薄的女人知道他连十元钱都掏不出来，她不但不给钱，还会把她笑死。他抬头四望，发现周围高楼林立，万家灯火，充满温馨和烂漫，而他形影孤单，有家难归，十元钱加油费难倒了他，想到这，一股热泪涌出眼眶，让他痛心不已。

那一晚，他从七点半一直推到十点才回到自己租赁的小门面，进了店，他把门反锁，然后跪在地上痛快地大哭了一场。此后，他一直很少回家，想女儿了，就到超市买一大包女娃喜欢吃的零食带回去，陪女儿说说话，聊聊天。后来，他的生意有了起色，有了几家固定的客户。再后来老厂长的女儿晓丽帮他联系上一家代销厂家，从此他的生意突飞猛进，再也没了资金短缺之忧。没过多久，他把原来的店面退了，租了一间上下足有二百平米的楼做门面，正式注册为 N 市振中餐饮厨具批发有限公司，开业前他张榜招聘，第一个来应聘的就是晓丽。

"晓丽，你开么玩笑？你爸饭店正用人呢！"振中当然不会录用他。

晓丽说："我爸饭店是我爸的，所以我就是个打工的，打工的想给哪个打就给哪个打。现在，我想给你打工，有错么？"

晓丽的话说得振中无言以对，支吾半天才答上来："话是不错，但是我这边不能用你，用你我就得罪你爸，得罪你爸我就没酒喝了。"

"看你这点出息！"晓丽说："告诉你，甭废话了，我，本姑娘，你要也得要，不要也得要，哼！"

振中遇上赖皮了。不过，晓丽是个优秀的女娃子，也是个热心肠的人，这一年半载要是没有她的帮助，他郑振中绝对没有今天。要，他求之不得，但一定是断了老厂长一条手臂；不要，他还真舍不得。晓丽不管他，给自己填了一张表，贴上照片，希望工资一栏填着："随便给。"

第二天，晓丽来上班，郑振中没办法，就把内部账目包括人员管理都交给她。没成想她做得非常好，免去他许多后顾之忧。振中负责进货，送货，拓展业务，不到两年，生意越做越大。可以说，在 N 市这个行当里，他的实力已经进入前十。这一切晓丽功不可没。

二

正当公司生意蒸蒸日上之际，也不晓得哪个多嘴多舌的家伙，跑到振中妻子面前绞舌头根子来了，把振中和晓丽的关系道破了。平时那女人从来不来公司，那天径直冲进公司闹得个底朝天，见到晓丽就打，把公司三台电脑都砸了。

说实话，振中和晓丽是天生一对，俩人在事业上互帮互衬，有共同语言和目标，即使成为情人关系在当下也无需大惊小怪，然而两年来他们朝夕相处，却始终没越雷池一步。这里不完全是因为晓丽是个大姑娘，要对她终身负责，最主要他们两人都是有原则的人。但那女人不相信，天天来吵来闹，公司经营受到很大影响。没办法，离婚。经过多次协商，那女人拿了一笔数目可观的钱带着振中女儿走了。振中的公司只剩下一个躯壳。有两个老员工看公司状况不佳，跳槽了，只有晓丽没有走，等振中一离婚，她就回到他的身边。就是在那么困难的时候，晓丽决定嫁给振中，那一年晓丽二十一岁，振中三十一岁了，第二年他们有了自己可爱的儿子，今年六岁，可爱得很。

姨妈说到这，晓丽情不自禁地拉住振中的手，相互对视，眼里满是幸福。姨妈正要接着往下说，振中妈妈打断了她："妹妹，不要再说了，让振中休息一会儿，养养体力，毕竟两顿没吃了。"姨妈看看表，连忙说："同学们，这堂课足足上了50分钟，下课！"说完，给病房里所有的人鞠了一躬，引得大家又是一阵哄笑。

之后，病房很快安静下来。那时间大约九点半的样子，应该是第一个病人手术结束的时间。我躺下来，闭上眼睛想想刚才听到的故事，回味其中的细节，感叹一个下岗职工的成功真的不容易，有时候他们甚至抛妻弃子才能换来事业上的成功，我不晓得这样的代价值还是不值。

责任护士领着两个小护士进来，她们麻利地给郑振中床头安装心电仪，呼吸机，这一切都是为手术后预备的。十点，有医生和护士进来给振中打了一针镇静剂，打完以后让他等着，一会儿有人接他走。

这一通忙碌，一下就把病房的紧张气氛调动起来，我和张伟都不敢说话，我们都在想好好的一个人，马上就会在脖子上被划上一道长长的口子，血往下滴，患者跟死人一样，脖子被钟主任扒开，用锋利的手术刀，轻轻一拉……哇，我真不敢往下想了。

门外出现一张病床，一个戴白衣白帽的细瘦男人，不知道他是医生还是只管负责接送手术病人的工人，反正往门口一站，对着手上的文件夹拉着长音喊："18床，上路了！"声音听起来懒洋洋的，就像几顿没吃一般。而且"上路"二字听起来特别刺耳，让人想到壮士一去不返的悲壮，增加了病人的恐惧。

三

18床郑振中进去手术三个多小时，还没出来，病房的人似乎慢慢把他忘了。

老蒋睡了一觉。儿子蒋天明还在玩手提电脑，好像没完没了。张伟到楼下买了张新报纸，这回没中上奖，所以我就没看。护士来给朱学善量了出血量，出去一会就把医生叫来了，医生看了会儿，对朱学善说："朱局长，从昨天到现在你出血量低于20CC，根据钟主任的意见，我给你拔掉导流管，你现在跟我走。"朱学善手托着导流瓶在他老婆的搀扶下（其实根本不用，他要摆谱）跟医生出去了。过了几分钟，朱学善轻轻摆动着脖子进来说："拿掉倒流瓶真舒服！"我说，朱局长，你下午可以出院了。不！明天！我明天出院！朱局长口气十分坚定。我问为什么。他神秘一笑说：秘密。他这个动作倒是一扫他的官僚做派，让人感到了亲切。我跳下床，凑到他的面前，故意求他：朱局长，你能告诉我什么秘密吗？你要不告诉我，我今晚就睡不着了。朱学善说：其实告诉你无妨。你晓得我们局有多少人吗？上下一百多人，都是局大院里的，外面的不算，你说来多少人看望我？多少？我问。几乎都来了，只差一位。哎哟，我说我的大局长，只差一位算什么差，我看你的人缘不错了。那不行，差一个也说明我在群众中还缺乏必要的威信。那你说你局哪个重要人物没来？打扫大楼卫生的老卢！

哎呀我的妈呀，还以为什么重要人物，一个打扫大楼卫生的有嘛油水，你都不放过吗？再说你一个大局长也不缺他那点"孝敬"，是吧？

朱学善没有立即回答，而是把我拉到床边悄声对我说："你想哪去了，他可是我们局以前的老局长，我哪敢要他的'孝敬'。我们局有个不成文的规矩，只要老局长探视过的干部，八九不离十都会提升，我当然希望他来，你说呢？"

"说，说什么呀，就你能胡说！"胖女人进来，一把揪住朱学善的大耳朵，把他拉到21床。朱学善像个孩子，只是"哎呦哎呦"叫唤，并不生气。

22床的老蒋和小蒋正在小声说话，他们好像在说下一步治疗的事情。老蒋说不治了，活着不如死了的好。蒋天明不高兴地说，你怎么晓得死了比活着好？古人说，好死不如赖活着，这里面一定有它的道理。再说你的病怪哪个？一直要你治，你就是不治，药也不吃。说这个有什么用，反正我活够了。那好，你不想活，我抱着你一起跳楼去。老蒋笑了，他没想到儿子会说这样的话。我也觉得老蒋这个儿子跟老许家老二差不多，是生着了，真孝顺，只要到病房，他就忙这忙那，忙完坐在那，一动不动，不多嘴不言语，让人感到安全同时又感到深不可测。

老许家的护工在帮老许整理东西，大包套小包，除了晚上和明天早上要用的饭盒牙膏牙刷，还给他留下了当晚换洗的内衣内裤。整完了，她对老许说，老许，等一会子我就走了，你要保重啊！你和你家二子都是好人，我没干还多给我一天钱。老许说：你们在农村比我们还不容易，要是容易还出来打工干嘛呀？你去，等我做手术打电话再喊你来。哎呦，这几天听你呼噜声倒习惯了，你这一走怕还睡不着了哩。这句话让女护工感动得眼泪花花的：老许，你都这样了，还有心开玩笑，真是的。

护工拎起自己颇为陈旧的手提包，跟老许打完招呼后，再跟我们每个人点点头，最后说："不好意思，这几天的呼噜打扰你们了，我走后，你们今晚可以睡个好觉了。"除了朱学善，大家都说"没关系，一路走好"。

护工刚走，估计还没到一楼，病房里突然冲进一个女人，什么话没说，就一下跪在老许的床前，放声大哭。

四

这女人三十几岁，脸上有点雀斑，整体挺匀称，没来过，除了老许估计没人认识她。

老许喊他英子："英子，你这是干嘛呀？跑进来跪在地上就哭？起来，有话好好说！"

叫英子的女人就是不起来。

"为嘛呀，是不是你们夫妻闹离婚的事？"老许估摸着也就这些事，眉头皱着，嫌烦。英子拉住老许的手："爸，要是光离婚就算了，许亮还要卖房子，我听人说他在外不但嫖，可能还吸，如果他走上那条道，就是金山银山还不给他败光了啊！你老人家必须去阻止他呀！"

"这个败家子的玩意，真的没救了！我不管，我也管不了他，许亮他不是我儿子，我没这样的儿子！"老许越说越激动，那只本来就不是很有力气的手在眼前划着，一圈一圈的让人眼晕。英子站起来，她跟老许说起了道理："爸，许亮是你儿子，你不管，当初何必生他？生他出来你不管，还让他到处害人，他害我，害我一辈子，对你有什么好？"

英子的话让老许无言以对。不错，许亮毕竟是自己的儿子，子不教父之过。许亮的事情自己一天不死都不能不管。他答应英子跟她走，马上就走。老许真的很倔。

我说："老许，你身体不好，如果不介意的话，我陪你们一起去，也好给你个照顾。"

"行，我老许家丑不怕外扬，不怕！"说完，气恨恨地出了病房。

我对张伟说："你也走，看看热闹去，成天待在这病房里把人都闷坏了。"

张伟说好，甩下报纸跟我出来，追上老许，一起坐电梯到了楼下，我和张伟一边一个夹着老许的胳膊上了一辆的士，按着英子提供的地址，不久来到临江的一个小区。这是许亮朋友××提供的地址，应该比较准确。15栋一单元402室。英子不敢上去，她说她被许亮打怕了，许亮见她一次打一次。我和张伟只好让她在楼下等着。老许呢，我们连拖带拽把他弄上去，然后由张伟敲门。门敲得不紧不慢，听起来很有节奏，一点不像来逮人的样子。许亮在里面问："哪个呀？干嘛的？"张伟随口答："抄水表的！""抄水表的？大前天你不是来过了么？""是。是来过了，但我发现你家水表接头处有点漏水，我是来给它紧紧的。"许亮说："等着，他妈的真麻烦！"

搞定！我竖起大拇指夸张伟。

门开了，许亮头发凌乱、敞胸露肚，光着脚丫站在我们的面前，他迷离的眼睛下是那只很有型的鼻子和那张很性感的嘴巴，嘴巴上歪叼着一根烟，或许是看见了老许，他往门边上一靠，问："老头，你怎么来了？病好了？"老许没理他，跟我们说："走，进去！"许亮把手一伸，说："老头，你不能进，你儿子正在里面那个，你进去怕不好吧！""混账东西！"老许忍无可忍，挣脱我和张伟扑向许亮，他要掌刮儿子的嘴巴，可惜双手被许亮抓住了，许亮往外一送，老许站立不住，直直向后倒来，我和张伟赶紧一把抱住。

我说许亮："许亮，他是你爸，都快七十的人了，你这样推他想让他死啊！"张伟也说："你是人啊！"老许哭了，他说他对不起许亮他妈，没有尽到做父亲的责任，不但没把儿子养成人，反把儿子养成了畜生，甚至比畜生还畜生。老人的哭声苍老而辛酸，充满失望悔恨甚至还有点无奈，当然这一切并没打动许亮。

内屋出来一个时髦女人，年纪不外二十一二，长发、大眼、蜂腰、上身仅套一件低领绣花透视衬衫，里面连乳罩都没戴，两个圆圆的黑色小乳头像两只小眼睛顶在衬衫后面向外张望。衬衫下面仅穿一件极小的花裤头，两条细细的小腿上有一块湿湿的亮亮的东西，很像是一块刚射出来的精斑。时髦女人走到许亮面前，挽住他的胳膊，什么话都不说，只是很狐很媚地看着我们，让我们心烦意乱。

老许毕竟长辈，更不好意思往时髦女人身上瞅，他侧着脸对许亮挥手："畜生，让这丫头走！"许亮哈哈大笑说："老头，你不是挺拽的嘛，我今天就让你见识见识，阿玲，快出来，你未来老公公来了！"话音刚落，我的妈呀，从里屋又走出一时髦女人，也是长发披肩，年纪大概比刚才这个时髦丫头大一点，但脸蛋更娇美，身材更惹火。

许亮一手搂一个，问："老头，儿子给你一下找两个媳妇你满意吗？她们比那英子在上吧？"见老许不回答，许亮提高声音喊道："老头，那个臭女人，她在哪？是不是她告诉你我要卖房子？不错，老子就是要卖，她管得着吗？"老许说："房子是我的，我不同意！"许亮说："房子早就给我了，我有权利卖不卖。好了，死老头，你走吧，没你的事，你管不着！""你，许亮，我是你爸，我有权管你！"说着，老许又想扑上去打，我和张伟死活不放手，气得老许原地上下直跳。

"老东西，你走不走？"许亮瞪大眼睛，摆出一副痞像，显然来气了。

老许说："不走，老子就是不走，看你能把老子吃了不成！"

"好！你不走，我叫你不走！"许亮一把拽过那个小女人，把她抵到门边，抬起她一条腿，就要扒她的短裤。这个动作不但让我们始料未及，连里面那个叫阿玲的女人都惊叫起来。我一看不好，赶紧叫老许撤，老许闭着眼睛狂骂："畜生啊，我怎么生了你这个不要脸的畜生啊！"

下了楼，面对英子我们什么都说不上来，英子晓得没办成，站在原地傻了一会儿，就蹲在地上捂着脸呜呜哭了。

我们拽着老许，上了一辆的士，直接回到医院。这时18床郑振中做完手术已经回来了，他的母亲阿姨和艳丽都围着他。我和张伟把老许扶上床，让他靠好，就过来看望郑振中。

<h1 style="text-align:center">五</h1>

刚做完手术的郑振中让我们吓了一跳，鼻子上插着氧气，心电仪

一遍遍走着,心电、血压显示正常。脖子上张贴着大块纱布,纱布里钻出一根带血的塑料管直接通到导流瓶,管子和瓶里都是血,让人感到恐惧。郑振中其实醒了,但麻醉剂还没有完全过去,所以他的眼皮一直很重,跟我们说话,声音不高,呜呜嘟嘟的,口齿也不太清。我和张伟不便再打扰,各自回到自己的床上想心事。张伟想什么我不晓得,我想得挺多挺远,想到后来觉得人生一世,草木一秋,苦多乐少,不禁感叹做人很悲凉,很不易,也很可怜。

晚饭前,郑振中的姨妈和老婆晓丽都回去了,只留下振中老妈陪床。我和张伟晚饭胡乱吃点,相约到楼下坐坐。刚走出门口,见一粗布粗衣鹤发童颜的老者正向人打听21床在哪里。我和张伟指着身后那间病房告诉他里面正是。老人谢过,昂首挺胸走进去,很快就看见21床坐着跟老婆说话的朱学善。朱学善也看见他,马上从床上滑下来,迎着老者走过去,那个热情,那个激动让我们没想到。张伟轻声说:"八成是局长他爹来了!"我没言语,但已经猜到这就是朱学善一直在等待的人,即前任的前任的老局长,他们局扫大楼的但却能给人带来好运的人。

"哎呀,老局长,我终于把你盼来了,你不来我就不出院了。"朱学善紧紧握住老人的手不放,就像老局长给他送来了乌纱帽,他一松手就飞了似的。老局长使劲把手抽出,很客气地对朱学善说:"朱副局长,你刚开完刀,身体虚弱,还是上床吧,不要太激动了。"朱学善说:"没事没事,老局长,只要你来看我,我身体就好了,你坐你坐。"朱学善把老局长让到椅子边坐好,叫胖女人给老局长倒杯水,再去扒根香蕉。女人明显不愿意去做。还是朱学善瞪眼色她才磨磨蹭蹭去做的。没等她把香蕉扒完,老局长站起来要走,他说他来时就买了一箱酸奶还有八个苹果。朱学善说"不要!",那态度非常坚决。老局长没管他,丢下东西就走了。

"真抠门!来看你就带几个烂苹果,怎么好意思拿出手!学善,这是你把他当成神仙,要换我不会给他好脸色的!"女人发着牢骚。

"闭嘴，你懂什么！"朱学善训斥女人。"去，收拾东西，我们现在就走。"

"好啊，走！这鬼地方，让我一刻都待不下去了！"女人兴高采烈开始收拾。朱学善拿起电话给自己的司机打，让他半个小时左右到医院接他出院。司机说他半个小时可能赶不到，朱学善显得很不高兴。胖女人问："怎么啦？"朱学善开口就骂："妈的小陈，跟我在电话里阻三阻四，说他出去有点事，半个小时赶不到。你说小陈胆子是不是越来越大，气不气人？"胖女人说："回去开掉他，换一个就是了，我早看他不顺眼了！"

朱学善没说话，他看见22床的蒋天明冷冷地看他一眼，又继续玩他的手提地电脑。蒋坤半醒半睁的眼睛一动不动，让人想到那些死于非命的人。

十几分钟后，女人收拾好了，大包两件，小包三件，除了一包是换洗衣服，其他都是各种高级营养品滋补品，其中很多都是几百上千块钱一盒的燕窝人参，还有一盒是正宗的夏虫冬草，非常昂贵。床肚下面有一堆奶粉水果，不下于三十份，码在一起都顶到床肚了，有的水果比如香蕉已经发黑，发出淡淡的怪味。女人说这是第三批东西，前两批把家里都堆满了，问还要不要了。朱学善歪头往下瞅了瞅，说不要了。他话一出口，躺在床上的蒋坤轻轻叹了口气，儿子天明瞅着朱学善，眼里好像快要喷出火来。这让朱学善打了个激灵，浑身感到不自在。他对天明又好像对我们所有的人说："哦，东西都是好的，都是我局职工和干部的心意，我们拿不走，你们不介意就分了吃了吧！"天明没理他，我说，朱局长你放心，我们保证把它消灭掉。朱学善跟我点点头，张伟却狠狠瞪我一眼。我晓得他是一个死心眼，他和22床父子一个德行，饿死都不会吃。

第四章 2013 年 5 月 30 日

20 号，我，一个科室的小科长，43 岁。女儿高考冲刺年，夫人陪读。无过敏史。

一

别看我住院，每天嘻嘻哈哈挺开心的，其实我觉得自己挺可怜，在女儿的前途面前，我的生命似乎不值一提。我抱怨老婆不关心我，老婆说我不识大体。她说女儿前途很重要，是因为她代表我们的未来；我的生命固然重要，但这个病没有危险，所以她很放心让我一个人去。她说一旦确定手术，她会马上过来照顾我。我知道老婆心里有我，只是一心无二用。我只好等何时手术的消息。

昨晚朱学善刚走，护士站护士在护士长和驻站医生的带领下简单做了查房。我和张伟问护士长何时动手术，护士长说她不晓得，要问钟主任。早饭后，我和张伟商量，看怎么要求钟主任尽快给我们手术，我们俩的声音不大，还是让 18 床的郑振中听见了。他借他妈妈的力量已经能坐起来吃稀饭了，只是小便还需要用尿壶在床上解决。他对我们说，不要再等了，你就是再等几天还是轮不上的。

郑振中的话让我和张伟很诧异，什么再等几天还轮不上？这是为什么？是不是等候手术的人太多了？郑振中摇头有气无力地说："你们俩一人一副眼镜，跟我一样就是书呆子！前天，你们看见我找主任了吧？""是啊，我看见你鬼鬼祟祟的，不知道你干嘛哩。""我现在就告诉你，你们可要保密啊。""好，我们一定保守秘密！"，"那你们过来。"我和张伟过去。郑振中把嘴巴送到我们耳朵面前，还没说话，对面 23 床的老许就嚷上了："看你们神神叨叨的，不就是送红包么，难道说连这个你们都不晓得？"郑振中、我还有张伟不约而同地"啊"了一声，显得很惊讶。郑振中问："老许，原来你晓得啊，为什么不早跟我们说呀？我要不是去找熟人托关系，还不晓得呢。"老许说："嗨嗨，这种事，嗨，我还以为你们都晓得呢。"22床老蒋吃力地昂起头说："我老早晓得了！那小郑去一趟，第二天就手术了，我就晓得干嘛去了，我说腐败吧，就是腐败，这个世界还叫人活不？"

我惊讶地望着老蒋坤，突然想起住院第一天蒋坤就喊过"腐败"二字，只是他儿子天明没让他说下去。这回我明白了，原来老蒋指的"腐败"是指医院里收受红包的现象。这时他儿子蒋天明放下手中电脑站起来问郑振中："一个患者一般要送多少钱？"郑振中往外面看了一眼，见没有护士进来，压低声音告诉蒋天明："两千，还有送三千的，最少两千吧。"老许接茬说："两千还不多呢，我上次做胃癌切除，找熟人还收我一万块，你不送把你开死也就是个意外。"

"无法无天！"蒋天明阴沉着脸，说完这几个字，又坐回22床玩上手机电脑。

我突然想到老蒋坤已经开过刀，不晓得他送没送过，张口刚问，没想到老蒋坤气愤至极，话没出口，已经咳嗽得山摇地动，让人心痛不已。儿子蒋天明站起来一边给他老爸拍背一边对我说："你这个同志，不是我说你，你也不看看我爸是什么身份，他这一辈子就没做过行贿受贿的事，告诉你，给医生主动送红包，那就是行贿，当然医生收红包，跟干部收受贿赂一个性质，其实性质是很严重的。我们不会，也永远不会去做。"

啪啪啪，有人鼓掌。他就是张伟。而我、郑振中还有老许我们没有鼓掌。或许我们都是俗人，不得不向世俗低头。最起码老许和振中已经送过礼了，他们已经成为世俗的附庸品，而我在听到有送红包这个潜规则之后，心里特别没底，我想到老许的话，当然不会相信医生会主动把人开死，但我怀疑医生会把我的身体当儿戏，本来口子开一寸就能完成的手术，他嫌麻烦把你开两寸，让你伤口留下一个明显的大疤，这有什么不可以？还有我是冲着钟主任的刀法来的，我不孝敬他，他就让助理或者实习生来给你开，这有什么不可能？想到这些，我恐惧了，即使蒋天明的话很有道理，也无法抵消我的恐惧。

我决定找张伟谈谈这些想法，争取他的支持。

七点五十八分，晓丽换婆婆回家休息。八点零五分，老许的儿子二子来接老许出院。老许跟我们所有人打招呼，那依依惜别的感觉，不同于一次晚宴，一次结伴旅游，因为大家萍水相逢，短暂相聚，又要各奔东西，一般很难再见，也不想再见，谁想在病房再见呢？我和张伟代表病房里的人送送老许和他的儿子，我们祝福老许早日康复，有个幸福的晚年。

老许走后，我把张伟拉到电梯一角对他说，离钟主任查房还有一会儿，关于红包的事到底送还是不送？张伟很肯定地告诉我，他不送，也劝我不要送。他说现在社会上许多不正之风、歪风邪气，都是我们自己造成的，如果患者都不送，医院还是会照开门，医生还是会照看病，送红包就是犯罪，损人不利己。

我同意张伟的话，但我告诉他，他讲了一个"如果"，可惜现在没有"如果"，而是你不送有人送，而医院里有限的资源，比如最好的医生、最好病房、床位、设备，总是被那些送过红包的人优先占有。最现成的例子是，郑振中开始没送，他的手术时间一直没有确定，然而他上午送了，下午就安排了，真是立竿见影。这一切都是你我亲眼所见，难道你还不信？张伟说可能是巧合吧。那好，我说，一会儿我给钟主任送，看会有什么结果。张伟不同意我这么做，我没答应他。

清场。查房。

我跟郑振中那天一样，站在门口，一直等钟主任查完房，独自一人走向自己的办公室，才不紧不慢尾随其后。那一刻我的心情特别复杂。我看我的行为像个要去秘密接头的地下党，如果真是这样，我倒是很高尚。可惜我是给人家行贿。

按郑振中的交代，我快速打开办公室的门，钟主任抬起有点谢顶的大脑袋注视着我。我晓得他在看我的手，看我哪只手会掏出他所需要的东西。我从裤子口袋里用右手掏出一个小红包，我说我是 20 床的，姓王，希望您多照顾。这样说也是郑振中教的，说完我把红包一扔，以最快速度退出来。

整个送礼过程没超一分钟，钟主任一句话都没吭，没说好，也没说不好。我像刚杀了人似的，慌慌张张从里面奔出来，一头撞在一个人身上。他是张伟，我压低声音问："张伟，你干嘛？你是不是改变主意啦？改变就进去，正好没人。"张伟透过厚厚的镜片，仔细端详我，好像不认识我一样。"你怎么啦？"我问。张伟说："你完了，你现在就跟小处女一样，刚刚被升级为女人了。""张伟，你说什么玩意呢？乱七八糟的。"我掉头就走，他跟在后面。

进了病房，看见护士小唐又带了新人进来，他们一个是年轻人，大概二十五六的样子，一看就是大学毕业生，被安排在 21 床；另一个四十几岁，是个地道的农民，他被安排在 23 床。郑振中看见我，问我办成了没有，我说办成了，他点头。张伟跑到 23 床跟蒋天明说，成了，很自然。蒋天明什么话都没说，只有老蒋坤叹口气，无可奈何地说："腐败跟我的病一样，癌细胞一扩散，就不好治了！"

病房出现死一样寂静。

二

或许添了新人，互不熟悉吧，午饭后，大家很少说话。我先躺下，张伟看今天新报，不久也睡了。我听到他特有呼噜声，不高，但跟他的性格一样，倔强执拗。

蒋天明扶着他父亲上了趟厕所，看我还没睡着，跟我打了个招呼，让我照顾一点，他自己拎着手提电脑回单位，说有要事。看他一天到晚提个电脑装模作样的样子，估摸跟我差不多，顶多就是会计科的一个小科长。

迷迷糊糊期间，刚要睡着，忽然被人叫醒，叫我的人原来是责任护士小唐。她身后站着值班医生。看见他们俩站一块我有点紧张，心想难道明天就要手术？不错，就是明天手术。小唐肯定地说。那19床的张伟呢？没有他，有21床。我的天，医院怎么这么现实啊！我几乎叫出了声。我说：小唐护士，你们不会搞错吧，张伟跟我一起进来四天了，21床才进来明天就做，这是怎么回事呀？值班医生回，我们也不晓得，钟医生怎么安排就怎么做，有问题你找他吧！说完，让我到护士站参加术前学习和签有关协议。等护士医生走后，我赶紧把张伟摇醒。张伟问我怎么回事。我说你快到护士站问问，为什么没有你。

张伟没有动，他问21床送红包了吗？21床说送了，除了三千块，外加一只美国皮包，价值300美元。

张伟不说话了，脸色出奇地难看。我说老张，这回你信了吧？俗话说人在屋檐下不得不低头，我看这样吧，等晚上查房，如果钟主任来，你就准备点，争取后天手术，你看呢？张伟奶了下嘴角，似笑非笑地对我说："你去吧，让我冷静想一下。"我走了半个小时回来，看见张伟的床是空的。我问18床郑振中老婆晓丽，她说张伟出去了，你一走他就走了。我想不出张伟能到哪里去，除了楼下广场。我到楼下广场去找他，果然看见他坐在一阴凉的树阴下，皱着眉头想心事，我走过去，在他面前站了一会儿，他一点都没有发觉。

我忽然觉得张伟这个人很可怜，大学毕业，奋斗一辈子，混得身边连个照顾的人都没有，是社会的原因，也是他自身的原因。就拿送红包这件事来说，不错，我们每个人的经济条件不一样，两千块钱对于一个已经失业的人来说不是一个小数目，他不愿意送，是情有可原的。但是，人活在这世上，跟活在这个病房有什么区别呢？哪个能保证自己不向别人低头？当然，送红包不对，说重点就是犯法，可又怎么办呢？人家送，你不送，你可能被一推再推，到时候实在推不下去了，他给你胡乱一开，又怎么办？我想我还是劝劝他，让他"入乡随俗"吧。可是这个张伟，真是倔到家，犟到家，他给我两个字："不送"，让我一点办法都没有。

快进六月了，太阳一天比一天炽烈。前方那座高大的楼层就是博爱的门诊楼，右首是他的手术楼，手术楼的对面是癌症病人住院部。22床的老蒋坤据说下午拔导流瓶，明天转到癌症病区继续治疗。

"你怎么晓得的？"张伟问。

我说是护士站护士们说的。

过了一会儿，张伟感叹道："你没觉得 22 床父子与人不同吗？"

我说我感觉到了，同时也感觉到你也与众不同。

张伟笑了一下说："我就是比较固执，对事比较较真，容易得罪人。"

"较真好啊！"我说："其实，一个单位一个人应该有不同的对立的声音，这样才能三省其身，你不过就是那个反对派罢了，没有什么不好的，只是一时不为人接受罢了。总之一句话，不能觉得大家都拥护就一定正确，真理往往掌握在少数人手里就是这个道理。你笑什么？我说的不对吗？"

张伟说："哪里，你为了让我开心，说了这么一通违心的大道理，真的不必。我晓得我这样的脾气和个性不好，但我就是不能与社会不良风气同流合污。"

"那你真的不打算送红包了？"

"是的，我可以不做这个手术，也决不向世俗低头。"

"既然这么说，我就没办法了。明天要手术，我想上去睡一会儿，你走吗？"

"我再坐一会儿，你去吧！"

张伟站起来，要跟我握手。我说握嘛呀，反正我们明天还不会分手。说完，我掉头回病房，时间大概三点十几分。

三

蒋坤的导流管拔掉了，但由于第一节脊椎已经钙化，压迫到第二节脊椎，所以老蒋已经很难站起来。他躺在那，瞪着眼睛看着病房所有的人，不晓得他在想什么。

儿子蒋天明还没回来。

我躺到三点三十几分。张伟回来了，竟然带回一男一女两个人。男的跟张伟年龄差不多，也就 50 岁左右吧，个头不高，一米七的样子，肚子隆起如八个月的孕妇，头很大，他的头占整个身子四分之一，似圆似方，像早期的大头机器人。上身穿一件宽大的竖条蓝白相间的短袖衬衫，下身是件白里透黄的棉布裤子，脖子上戴一手指粗的大金链子，一说话，满口大黄牙，让人感到恶心。这人我好像在哪见过，想了半天就是想不起来。等张伟把他们安排坐好，准备给我介绍时，我忽然想起来了，他应该就是张伟故事里那个在窑厂上班后来发达起来的大头同学。果然，张伟一开口，跟我猜的一模一样，他就是那个暴发户大头。女的叫什么，张伟也不认识。光头主动出来介绍："老同学，我晓得你要手术了，而且还晓得你他妈的离婚了，光棍一个，手术完没人照顾，我就自作主张给你找个人，她姓陆，以后你就叫她小陆就行。"

没等张伟表态，这个叫小陆的女人面带微笑主动把手递过来："张哥，以后小妹有做得不到的地方，请多包涵！"

"不敢当！不敢当！"张伟伸手轻轻握一下，赶紧松开。我上下打量这个姓陆的姑娘，三十出头，柳叶眉，杏眼，穿得很时髦，也很讲究，看起来很不简单。

"小陆，我跟我同学出去讲两句话。"在光头和这女人目光碰撞的一刹那，我看见女人眼中出现一丝柔情，是夫妻？情人？同事？我一时猜不透他们之间的关系。

看着光头和张伟出去，小陆很优雅地坐到床边，朝我笑了笑，然后有心无心地四下打量着病房和病房里其他人。

我在偷偷观察她。皮肤白得像二月雪，跟郑振中的老婆晓丽比，又是一番美丽的风景。我想到我老婆，就算倒回二十年，老婆也没有这两个女人中任何一个漂亮。

下午老婆就要来了，也不晓得现在她在家里干什么。我想她可能在给我收拾要换的衣服，抑或已经在来博爱医院的路上。

我惦记着大头跟张伟说话。走出病房，站在离他们俩不远处的宣传橱窗边假装看里面的内容，他们俩说的话我听得一清二楚。

张伟问："大头，你怎么晓得我住院，而且还晓得我住在博爱？"

大头回答："我去你们村找你，你哥嫂全告诉我了，他们要不是身体不好，就来医院照顾你了。嗨，我说张伟啊，我们在中学时就是要好的一对，你都混成这样你也不来找我，你干嘛你？你看你现在的家，两间厨房，还是你父母留给你的吧？瓦上长满了青苔，地上猪屎鸡粪，还能蹲人啊？"

张伟一言不发。大头继续说："张伟，我跟你说，我晓得你比较清高，混得再不好也不会求人，但是我们是么关系？我们的关系人家不晓得还好，晓得你跟我是同学，我的面子往哪放？所以，我没征求你的意见，就给你找个护工，她就是小陆。"

"我不要！"张伟毅然决然回绝。

"为什么？"大头问。

"用不起！"张伟回答很干脆。

大头哈哈大笑："哪个说让你付钱的，小陆一切费用都由我出，你尽管用就是喽。"

"你出钱？那怎么好意思？我不要，更不能要了。"

"看你个轴脾气！告诉你，我还有个用意，"

"什么用意？你别又给我出馊点子！"

"哪呀，我是成人之美，想给你做月老，你看小陆正点不正点？"

"胡搞你个大头，人家才多大，我多大，当她爹都够了，你别瞎搞，丢人现眼的。"

大头嘻嘻淫笑道："有嘛丢人的？告诉你，小陆离过婚，她说要找就找个成熟的，刚才她上楼梯时告诉我，她中意你，现在就看你的喽。"

"瞎搞就是瞎搞，你晓得我混成屎了，她跟着我图什么呀，一点前途都没的，这不是寒碜我吗？"

"哪个说的？只要你同意，我包她对你没意见。"

"你说得轻巧，你说，怎么包？"张伟不信。

大头说："我让你去我公司任副总经理，年薪十万，你说她还会瞧不起你么？"

张伟愣住了，显然不相信自己的耳朵。

"怎么样？你同意我们就成交，不同意，我马上带小陆走人！"

张伟还在犹疑，我冲过去劝张伟："老张，你们俩的谈话我全听进去了，你同学这是在全心全意地帮你，你别犯傻了，应吧？！"

"应？"张伟像是对我又像是对自己说。

我急坏了："应，肯定应啊！天上掉下来的好事啊！多好的工作，多美的人啊！全送给你的！我怎的没这好福气呢？"

张伟说："那我把好事送给你。"

我说："好啊，工作我不要，我有，你把小美人送给我，我要！"

话音刚落，我的耳朵被人扭住了，而且扭得生疼。我大声嚷嚷："哪个啊！这么没轻没重的！"

"你说呢？"扭我的人把头伸过来，我的妈呀，原来是我的老婆来了。

老婆说："嚯，几天没见，你长能耐了，什么小美人你都敢要！给我进去跪下！"

一看我老婆来真的，张伟和大头赶紧站出来给我解围。张伟把事情前因后果说了一遍，我老婆才放过我，她笑着对张伟说："有这么好的事，你就答应吧！别辜负你同学还有人家女人一片心。"

我说："还不答应啊？我老婆说得准没错。"

"没错！哪会错呢？"大头笑。他的笑怪怪的，坏坏的，让我突然有了一丝怀疑，像做梦一样。

第五章 2013年6月1日

今天是"六一"儿童节，在我即将进入外科手术室的时候，我提前祝天下小朋友节日快乐。

一

我非常恐惧那个时刻的到来，这跟张伟小时候害怕打针是一样的心情，我怕我在最后的时刻会突然从手术台上蹦下来，然后夺门而出。后来我好像真的这么做了，而且还一拳把拿手术刀的钟主任打趴在地，引得很多医生在后面追我。我跑啊跑啊，跑到长江边上跑不掉了，我想我完了，我伤了人，如果被抓回去，医生一定会报复我。果然，我被抓回手术室后，四肢被几个有力气的医生死死按住，钟主任在我的脖子上狠狠划开一个大大的口子，应该能清楚地看见喉咙以及气管上的小洞，正不住地往外冒气。我感到浑身燥热，呼吸急促。我想我不行了，这样下去我会死，我睁开眼睛，大喊救命，可我看见钟主任、小唐护士还有许许多多的人在我四周狂笑，最可恶的是张伟，他竟然也穿着白大褂扣着大口罩人五人六地站在他们中间跟着一起笑，就是不来救我。我来气了，鼓足气力大声喊道："张伟，原来你是个奸细，你可恶！"。张伟说："死到临头，你还喊！"他拿起一件衣服往我脸上一按，我惊叫一声，一屁股坐了起来。

我看见病房里所有的人被我的惊叫吓住了，老婆摸着我的脸，问："怎的，做噩梦了啊？"我说是啊，太恐怖了，特别是张伟，竟然要捂死我。张伟说，你问你老婆，我坐在这里一步没动，谋杀应该跟我没关系。小陆也说，她可以作证。

我摸摸我的脖子，一切正常，不禁唏嘘那梦里的景象，跟真的似的，想想还后怕。不过我现在庆幸自己还活着，让我看见我的老婆、张伟、小陆、蒋坤、蒋天明还有郑振中和晓丽。我把他们细细扫了一遍，大脑清醒了不少。都是因为今天要手术，心里紧张，才导致昨天晚上没有睡好，这马上就要上"战场"了，还迷糊了一阵，作了这么一个怪梦。

"来了！"从郑振中开始，晓丽张伟都不约而同地提醒我。我看见小唐护士进了病房，分别给我和刚来的21床各打一针镇静剂。几分钟后，我烦躁恐惧的心安静下来，甚至蒋天明挽着他的父亲出院，来跟我们一一打招呼，我的心里都没有一丝波动，我很安静地挥挥手，就算跟这一对父子告别了。搁平常，我应该会把他们送到门口。

来人接我时我还是有点紧张，但我没忘记跟每个人告别，就像跟每个牢友告别一样。张伟送我到门口，我抓住他的手说："老张，听我的，人在屋檐下不得不低头，我希望我回来能听到你明天也上'战场'。"张伟说好，把我送上一张流动的病床，老婆跟那个细瘦的男人推着我。张伟一直把我送到电梯口。

下了电梯，我被推进一个长长的阴森通道，走了好长一段时间。我判断那条通道是从住院部通往二号手术楼的。果然不久我们进入一个大厅，瘦高男人让我老婆在大厅等，他把我塞进一个新电梯，人就走了，也许去接下一个人。我也不知上了几层，反正很快被推到手术室的门口排队。在这里等待的时候，我平生第一次感到孤单凄凉，就像被人抛弃在茫茫荒原上的羔羊，随时会被其他动物吞噬。

手术的门开了，有人报着20床的床号，再报着我的名字，我答到，她就过来把我推进麻醉室。里面灯光幽暗，男男女女都捂着大口罩，这种环境即使给我戴上眼镜也没办法看清里面的人，何况我的眼镜出病房时已经被拿掉了。

有人上来绑我的手脚，胸前被一个皮带扣死，不得动荡。他问我一些手术前的情况，比如昨天晚上有没有停食，刚才有没有人给我打镇静剂，等我一一回答后，他说他也要给我打一针，话毕，那针已经扎进我的左手血管里。还有一个人，拿了一个罩子在我鼻子上扣（之前听振中说过，应该是麻醉雾剂），又问我前面一些刚刚问过的情况，我如实回答。他又把罩子在我鼻子上扣一下，这回时间比原来长，我用鼻子吸吸，一点味道都没有。他问我："早饭吃了没？"我说护士不让吃。他又问："现在国家主席是哪个？"我说得很准确。他不再问我什么了，把那个罩子扣在我鼻子和嘴上，不再松开。

等我醒来的时候，时间已经过去了四个小时。这四个小时，我没有记忆。而我的脖子跟郑振中一样挂上了导流瓶。

二

回到病房，一直给我挂水，消炎的、止血的、补水的，昏昏噩噩、迷迷糊糊睡了半天。

期间，我好像听见有医生来给郑振中拔管子，告诉他明天上午走人。郑振中和他老婆晓丽千恩万谢。后来，我听见晓丽接了个电话，说他们参加的某大医院食堂招标可能要黄，要郑振中必须亲自去一趟。振中破口大骂道："这些乌龟王八蛋，真是喂不饱的狗，几百万的业务送了几十万还不行！还有完没完？"晓丽用手捂住他的嘴，让他小声点。张伟站起来说："小什么声，怕什么？"我浑身无力躺在床上听着，心情无比沉重。他们和我都是不良风气的帮凶。

小睡一会儿，张伟的同学大头来了，他问张伟什么时候手术，张伟说不知道。小陆抢着告诉他病房里一些潜规则，别人都做了，张伟就是不肯。大头沉下脸严肃地问张伟："是真的？"张伟点头默认。大头立即埋怨张伟："老同学，我说你别生气，你还晓得你出去混不出来的原因是什么？"张伟答："嗯，你说！"做出一副洗耳恭听的样子。大头说："你也太死了，你是送不起还是舍不得？你不送你吃亏，在这里多住一天你不花钱啊？这点帐都算不清，单位领导能用你？你看我大头，出来混的第一天就没把自己当人，我到处给人做狗做牛做马才有今天，市里不敢吹，在乡里县里我通吃，你呢？"大头一通话劈头盖脸砸向张伟，让他的脸色越来越难看。大头不管他："这样吧，我晓得你经济也不宽裕，回头让小陆去办一下，不就是几千块钱嘛，至于嘛。"

"说完了？"张伟阴沉着脸，冷冷地问。

我感觉张伟语气中的那股冷。大头应该也感觉到了，他回道："说完了。你看呢？"

"我看不需要！"张伟几乎是咬牙切齿地说出这几个字。

"你看他，犯犟了不是？"大头看着小陆。小陆劝道："老张，还是听你老同学一句吧，我去办，一会儿主任查房我去，你放心吧。"

"哪个要你去？你是哪个？告诉你大头，你们一个都不许跟我办，办了我就不开了，不信，你们试试！"

"咳你个张伟，你这是狗咬吕洞宾不识好人心嘛，我这是为你好！"

"谢谢，我不需要！我张伟一辈子都这样，狗改不了吃屎，行了吧？我就这样，他给开就开，不给开就拉倒，我不信邪。"

"你看你，什么玩意儿！我拿你真没办法！算了，算你狠，你有罪自己受去吧！"站起来夹了包要走。小陆跟在他后面急了："严总，我怎么办？"大头把眼一瞪生气地说："你什么怎么办？你是他的女朋友，你当然要好好照顾他，照顾不好你一分钱别想拿到。"说完，气呼呼地扬长而去。

小陆看了张伟一眼，厌恶地坐到椅子上生闷气。张伟伸出手碰了她一下，问："怎的，生气了？"小陆没理他，把脸朝向另一方。张伟说："放心，大头到时不付工资，我付给你总行了吧？"小陆回了一句："哪个要你的钱！"张伟笑道："我的钱不是钱啊！好了，不要生气了，是我不对，我向你们道歉可以吗？"说着，跟小陆敬了个礼，不伦不类的，把小陆逗笑了。

应该说五十岁的张伟喜欢上了这个比自己小十七八岁的漂亮女人，要不然他不会如此低声下气，展现他柔情似水的一面。

三

晚上吃了一点稀饭和小菜，感到浑身无力。查房的时候，钟主任特地告诉我，我的甲状腺切了百分之八十，快检良性，没什么大碍。

我放心了，可张伟何时手术，钟主任没有明确答复，这让我跟着张伟揪心。查房以后，张伟的脸色非常难看，我怕张伟出问题，便使眼色给小陆，让她陪张伟到楼下走走。小陆会意，死拉活拽把张伟拉下了楼。

活该有事，小陆和张伟刚到楼下，就碰见要下班的钟国龙。张伟忍不住上前质问他为什么还不给他手术。钟国龙爱理不理的回答："什么时候手术由我来定，你耐心等就是了。"

张伟说："还要等多久？"

"该等多久就等多久！"钟国龙没有客气。

"是不是等收到我的红包？"张伟单刀直入。

钟国龙先是愣一下，马上明白是怎么回事，立即恶狠狠地说："你不要血口喷人！"

张伟说："'要想人不知，除非己莫为'。"

"神经病！"钟国龙骂了一句，掉头就走。走了几步，忽然站住，转身对张伟换了一副笑脸说："后天你准备手术吧！"钟国龙的态度一百八十度的转弯，让张伟一时无所适从。还是小陆反应快，连声说："谢谢！"。钟国龙摆下手说："不用谢，让他以后留点口德就好了。"说完，他昂首挺胸地走了，一点都看不出他内心的虚弱。

有一辆奔驰车停在不远处，有个女人站在车前，张伟怎么看都觉得眼熟，等钟国龙走过去跟她上车，他才突然想起来，那女人正是省中院给他看病并介绍他来博爱手术的诸琴。

一切好像都明白了。张伟最后挥起手对我说，他要调查这个诸琴和钟国龙的关系。

我说调查出来有什么用，如果他们是夫妻关系再正常不过，如果是其他关系也摊不上你我去管。

张伟不说话。但我还是感动于张伟对原则的坚持，也为他后天能做手术感到高兴，同时也为他担心，怕钟国龙在手术过程中做小动作，对他报复。张伟却不以为然，他说就是一个皮内小手术，他能怎么样？难不成还敢要他的命？张伟说不怕，我也就没什么话可说了。

四

九点以后，估计郑振中不回来睡了，小陆爬上 18 号床，一会儿睡着了。十点刚过，郑振中悄摸摸地回来了，张伟赶紧把她摇醒，她一边起来一边紧着道歉。看起来小陆还是一个很有礼貌和品位的人。

郑振中说没关系，拉了一下床单坐了下来，白天倒好的凉开水还在杯子里，他拿起来一口气喝光了，喝完长叹一口气。

我和张伟关心他，都主动跟他打招呼，问他搞定了没有。他说搞定了。我问：又花了多少？十万。我吐了下舌头说："现在干啥都不容易！"张伟突然大声说："什么不容易！就是腐败！我看我们这个社会都病了，病得还不轻！"他的腔调跟出院的蒋坤一样，他这一嗓子，把所有人吵醒了，大家都怔怔地望着他，以为他发了疯。小陆扯扯他，轻声责备："你干嘛？神经啊！"张伟也觉得不好意思，跟病房里的人摆摆手，什么话也不说，躺下睡了。

至于睡着没睡着，反正一夜无话。

6 月 2 号大清早儿，郑振中老婆晓丽开车接郑振中出院，走时郑振中走过来跟我和张伟一一握手，祝福我们早日出院。在他转身一瞬间，我看见他的眼里有亮亮的东西在闪烁。我跟张伟说我看见了，他还不信。

从第一天住进病房开始算，几个熟悉的病友都陆续离开了我们，他们是 18 号床的郑振中；21 床的朱学善；22 床的蒋坤；23 床的许国平。而我下午拔导流管，明天早上肯定也要滚蛋。想到这些，我看着张伟都觉得心里酸酸的。

没想到张伟这家伙心真大，在那个狐狸精似的小陆唆使下竟然到外面吃大餐，把订的中餐全给我和我老婆，把我俩肚子撑得尤其我老婆只想上厕所。最可恶的是，直到下午我拔管子，他和小陆还没回来，护士找他量血压都找不到，打电话，还关机。这时我隐隐感到大事不妙，张伟肯定被小狐狸精拉去开房了。

这个好色的张伟，亏得没当上官，要不然一准也是个有病的贪官。

四点左右，张伟和小陆回来了，大包小包买了不少东西，在张伟的授意下，小陆还送了一把香蕉给我们，我老婆推辞不过，收下了。这一趟出去，可以看出张伟和小陆的情感距离拉近了。等小陆出去打开水，我给张伟做了个男人都懂的手势，张伟轻声说："不服啊？"我又做了个祝福的手势，张伟说谢谢。

6 月 3 号，老婆扭动着肥胖的身躯早早收拾好准备出院。我跟张伟互换手机号码，再三约定一个月后一道来复查，不见不散。我跟他说，如果哪天跟小陆拜堂成亲不请我，我会把他张伟十八代祖宗骂一遍。张伟跟小陆保证一定不会把我拉下。

上午七点半，张伟第一个上"战场"，我把他送到电梯口，跟他道别，虽然短短几日相处，我跟张伟的心贴得很近，像老朋友似的，真有点舍不得。他看起来跟我一样，拉住我的手死死不放，直到小陆提醒我，我才不得不松开。而这时我的眼泪在飞，张伟一定是看见的。

尾 声

几天以后，我忍不住给张伟打电话，不料张伟的嗓子哑得一点声音都发不出，呜呜啦啦，什么也听不清，我让他叫小陆接，他又是一阵呜呜噜噜。我猜小陆一定不在他身边，要是在，小陆一定会抢过去接的，干脆挂了电话，省得张伟活受罪。回头我跟老婆讲，老婆说会不会是那钟国龙有意报复？我说不可能，因为手术前签的协议就说术后有可能失声，慢慢会好的。

半个月后，我打电话给张伟。电话那头，张伟没接，小陆接的。小陆告诉我，张伟的伤口恢复得不太好，不但声音发不出来，脖子还歪了，不知怎么搞的。我说钟主任的刀省内闻名，不会出现意外的，劝她放心，养养就好了。小陆说她也是这么劝张伟的。我问张伟现在在哪？小陆告诉我，他已经在大头公司上班了。我问他们现在的感情怎么样，小陆笑着说，就等吃他们的喜糖了。

挂了电话，我真为张伟高兴，也为他有那么一个好同学感到骄傲。

一个月后，张伟忽然主动来电话告诉我最近他的一些情况，他声音沙哑低沉，呜呜噜噜的，很多时候听不清，但主要意思我还是弄清楚了：他已经离开了同学大头的建筑公司，跟小陆的婚事告吹了。这让我很吃惊，想问个中究竟，他说电话里说不清，约我第二天去博爱复查，告诉我一些详情。我欣然应允。

已是七月，外面热浪滚滚，空气一点就着。马路上所有的车辆都紧闭窗户，开着空调，而行人的长河里，游动着各色的遮阳伞，每个伞的下面应该都有一个动人的故事。风很大，能看见厚实的灰尘卷上炽烈的天空，瞬间遮住毒辣的太阳，给大地短时间投下一丝阴凉。

到了博爱医院二楼，我以为住在城里的我，会比张伟来得早，哪晓得他早到了，歪着头，握住我的手，想哭。我劝他不要激动，先打听一下钟主任几点加号（注：正式挂号需要提前一周，对复诊病人或已经来就诊的外地患者进行补号），然后再找个椅子坐下聊。他同意了。

打听到了，十点以后加号，时间尚早。我和张伟坐下来，拉一会儿家常。我问他怎么这么早就到了。他说他昨天就来了，跟大头一翻脸就直接来了，住在上次跟小陆开房的那个旅馆，他觉得他这次没脸回家了。我说，你既然住进上次跟小陆开房的房间，说明你爱上了小陆，据我所知，那个大头和小陆对你也是真心实意，你的脾气啊，怎么跟他们闹翻了呢？

真心实意？跟他们闹翻了？张伟不服气。他妈妈！世上有这般真心实意的吗？他们把我当呆子，做灯泡，让我戴绿帽子，还要我装聋作哑，强颜欢笑，他妈妈，把我张伟当什么人了，还有脸找我谈！张伟说着，瞪着大眼睛，如果大头在，恨不得一口把大头吃了。我让他消消气，不要着急，慢慢说。张伟叹口气，开始跟我讲述他不愿意讲述的事，整个过程他反复强调被人耍了，让我不要笑话他。

做完手术第三天，小陆打电话让大头开大奔来接张伟出院，本来打算让张伟直接到公司去休养，由小陆照顾，张伟非要回家一趟，处理一下家里事务。那天我打电话给他，他一个人在家，小陆的确不在身边。十天后，他亲自去了大头公司。大头欢天喜地安排一套房给他住，并让小陆照顾他的生活起居。住了十天，张伟觉得不好意思，就去找大头安排工作，大头关心他的伤，他说不碍事，大头就把他安排到三十里外的一个工地做监工。张伟去了十天，夜里突然想小陆了，就打的回公司，等他打开宿舍的门，他让眼前的情景惊呆了，大头和小陆光着身子坐在床上，俩人一点也不紧张。大头甚至还掏出烟给自己点上，吸了一口，问他张伟要不要。张伟气得手发抖，心发颤，一时只晓得"你、你、你"，其他一句都说不出来了。

大头和小陆不急不忙穿好衣服。大头喊"坐"，小陆给张伟倒了杯水后，微笑着站在一边，没有一点愧意。张伟进去，看着小陆骂道："贱货！回头收拾你！"。然后，对大头说："大头，你这做的叫啥事？嗯？朋友妻还不可欺，你说，你是嘛意思啵？好端端地给我戴绿帽子，你是人啵？"

大头怎么说？他说他把小陆介绍给他张伟实属无奈，自从小陆来到他的公司，他就喜欢上了，并且跟她很快有了一腿，他很想娶她，他要是不娶她，她跟不了他几年，毕竟人家有孩子，不可能没名没份跟自己一辈子，可他大头实在喜欢她，但又不能再离婚了（现在的妻子比小陆小，而且有背景，他大头得罪不起），想来想去，大头想了个两全其美的妙计，那就是找个信得过的人把小陆寄存在那，名义上是那个人的老婆，其实是自己的女人。他把这个主意说给小陆，小陆问大头到时候吃不吃醋？大头说如果寄存在别人处他会，如果寄存在老同学张伟那，他不会。他说他要报张伟的恩，跟张伟管一个女人。小陆竟然答应了。

最后，大头说："事情就这么个事情，情况就这么个情况。现在，不是我大头给你戴绿帽子，而是一开始是我让你给我戴的，想通了，你就会释然了。其实，这个事我迟早要告诉你的，没想到你今天撞见了，我就把事情挑明了。如果你同意我的安排，这件事就这么定了，我大头掏钱，给你们办个风风光光的婚礼，不过，婚礼的晚上，你必须让我先入洞房，我要做小陆实际上的新郎，这个要求不过分吧？"说完，他把小陆揽进怀里，开怀大笑。

张伟的痛苦无以言表，这个世界多么荒唐，这种不要脸的事竟然发生在他张伟的身上，他真不好意思跟人张口啊！他走上去，甩手给大头和小陆一人一个耳光，低低骂道："一对狗男女，想利用我达到你们的目的，休想！"说完，掉头走出宿舍。

那一晚，张伟跑到公司不远处的小河边，整整哭了一夜。他恨大头和小陆做出这等龌龊的事，但又一时放不下他对小陆的感情。说实在的，那女人让他空活了半辈子，她的手段让他销魂，让他痴迷和依恋，他抱着她就像抱着一段温润湿滑的碧玉，抱着她就有一种触电的感觉。他这一辈子活得比较窝囊，他遇到的女人屈指可数，除了已经离他而去的娃儿她妈，他还碰过一个女人，一个妓女。那妓女故意戴了眼镜，装作高雅和贞洁，那晚把他哄进一个小巷，上了一个楼梯，到一个大套房间里。还没等张伟反应过来，那妓女已经褪了衣裤，挑逗他进入。那一次他失了理智，犯了他半辈子第一次生活错误。

其实，一个单身老男人犯点这样的错误可以原谅，可张伟事后后悔不已，尤其是得到小陆后，他不止一次发誓要好好对待人家，绝不能做对不起她的事。他做到了，小陆没了，他的忠贞失去了依托。他又成了一个孤独的单身，像一只断线的风筝在空中毫无目的的坠落。

他住进和小陆开房的旅馆，温习着那晚和小陆的缠绵，他抱着枕头哭了一夜，到了早上，他好好洗了个澡，下定决心要和过去的日子决裂。他对着镜子里的张伟说，张伟就是张伟，不会因为别人改变。

张伟说到这，眼里噙着泪，望着大厅里熙熙攘攘的人群。我握住他的手，只能握住他的手，觉得任何安慰的话语都显得苍白无力。一切应该由张伟自己走出来，走出让他倒霉失恋失意的世界，他能走出来吗？

加号的时间到了，助理女医生把几十个人的就诊号要了去，不一会儿让我们到一楼去挂号。人群像潮水朝一楼挂号窗口拥。也是无巧不成书，在楼下碰到几个人，他们便装打扮，器宇不凡，不太像是来看病的，更不像医生护士。最让我们惊奇的是里面有一位熟悉的面孔，他就是老干部蒋坤的儿子蒋天明。他显然也看到了我们，主动走过来跟我们打招呼："不好意思，我有重要的会要开，不能跟你们多聊，谢谢你们在病房里对我父亲的照顾！"，回身对站在身后的年轻人说："小李，这两位是我父亲的病友，那天走得匆忙，请你把他们的联络方式记一下。"蒋天明说完，跟我们一一握手，快步奔向电梯。

年轻人把我们的手机号记录下来，说声"谢谢"也要走，被我和张伟拦住了。我们异口同声地问："蒋天明是干什么的？"年轻人神秘一笑说："保密！"说完，夹起公文包消失在人群里，留下我和张伟傻傻站了半天都没反应过来他话的意思。

好不容易挨到挂号窗口，收费员告知钟国龙的号停售。我说我们加了号的。收费员回答加号也没的用，统统改挂普通号。为什么？不知道！再问，收费员不高兴了：呃，你这人还好玩啊？我就是一收费的，上面让停就停，我有啥办法！我们只好改挂普通号。这时人群中传出小道消息，说刚才钟国龙被省纪委的人带走了，不知道是真是假。我和张伟吃惊之余，已经猜出了蒋天明的身份，不禁暗暗高兴。

挂完普通号，上去就诊。里面的人也在议论钟国龙的事，似乎钟国龙的倒台在医院里大快人心，医院里许多医生护士的脸上春风荡漾。这个普科医生就是一个代表，他看我伤口的时候说，你送了，很肯定；看张伟的时候，他说你没送，他对你做了手脚，你的声带可能永远恢复不到从前，你以后说话黯哑低沉，甚至有永远失声的危险，你的颈部主神经受了伤，按说作为省内著名外科专家不应该犯这个低级错误，难道说你得罪了他，他有意为之？普科医生的话让我和张伟惶恐不已，因为我们心里清楚，张伟的确没有给钟送红包，而且还揭了他的短，顶撞了他，如果不是有意为之，天下怎么就有这么巧的事？

可恶！我说，这么伤天害理的事他也敢做！真不是人！张伟说，他不这样做，怎能让患者怕他，乖乖送钱呢？告他！找蒋天明告他！让这个畜生坐一辈子牢，而且还要赔偿你的肉体和精神损失！张伟苦笑说，算了吧？他这一辈子尽遇到这些事了，比如大头和小陆他们就欺骗了自己的感情，难道也要他们赔偿吗？如果要赔偿，还不如像今天能看到钟国龙的倒台，看到形形色色的丑恶现象在他眼前消失，让许国平的老大能改邪归正，让郑振中的生意能在平等中竞争，这是多么大快人心的事啊！可这一切是说就能做到的吗？

　　病了

　　世人都病了
　　需要住进病房里
　　他们的病
　　由谁来治？

　　张伟低声吟着，竟然跟上次接上了。我对诗真的不感兴趣，我打断了他的吟诵，觉得今天是个好日子，应该找个去处好好庆贺一番，不应该在这吟诗作赋，徒增惆怅。张伟说这个主意不错，问我到哪？我建议去酒楼。张伟反对，理由很简单，就是我们刚做了手术，不能喝酒。既然不能喝酒，跑到酒楼干嘛呢？他提议还是去吃小笼包，既实惠又怀旧。张伟无疑怀念过去的时光。

　　我答应了。

　　吃完小笼包，张伟把我领到上次闲逛的小巷。因为小巷在省中院高大的摩天大楼的阴影里，显得特别阴凉，热浪从高楼顶上扑下来，早已化做阵阵清风，让人在喘不过气时有了喘息的机会。我们来到那个作废的门诊大院门口，张伟抬头一直死死盯住唯一尚存的"纪念白求恩"五个水泥大字，只是可惜了上面的红漆早已脱落，让人不再激动。

　　我这时才明白，张伟并不是毫无目的来吃小笼包，也不是随意带我走进这个即将拆除的小巷，他是带我来看看这五个大字，这五个大字曾经在我们心中是多么的神圣。

　　张伟继续吟道：

　　病了
　　世人都病了
　　需要住进病房里
　　白求恩不在了
　　病了谁来治？

"钟国龙啊！"我开玩笑说。

这句话似乎触动了张伟，他顺势又接了两句：

> 治病的人
> 病的更重

"好诗！"我再次喊出声，这次我似乎听懂了。其实我不可能真懂，但我听出后两句的味儿，挺入耳的。

张伟"哦"了一声，露出惊讶之色，他的神情告诉我，他相信我也懂。他想考考我对这首诗的理解到了什么程度，这反而一下提起我对这首诗的兴趣，我不懂装懂，进一步发挥：张伟，你听着，这首诗你想告诉我们这个社会就是一个完全病了的社会，比如老许一家，朱局长，郑振中，还有你哪狗屁同学和那婊子养的小陆，甚至包括你我，还有蒋坤和他的儿子，或多或少都有病，有肉体的，也有精神的，还有社会的，社会病了，他也跟着病，怎么办？来给我们治病的人可能是另一个钟国龙，难道我们要把所有的钟国龙都杀光吗？显然不可能的，怎么办？

说到这里，我看着张伟，看他有啥反应，我真怕我说错了。没想到张伟夸我了，说我讲得好。在我的记忆里他很少夸人的，看来我是瞎猫撞见死老鼠，对上了。张伟没理会我的虚荣和满足，他接着我的话说："怎么办？今天的钟国龙是碰到了蒋天明，要不然你能对钟国龙这样的社会精英怎么样？其实我们每个人都生活在带菌的世界里，每天跟有益与无益的细菌打交道，几千年来，这个世界就是在病态下不断前进，不断进步，如此而已。"

"那你说朱学善会倒霉吗？他在病房里太张狂了，蒋家父子对他很感冒！"

张伟说："倒霉不倒霉我不晓得，但我记得那个老局长是晚上来看朱学善的，你说有晚上来看病人的吗？那分明是暗示朱学善，他的官做到头了。"

"哎呀，还真是的，张伟，你快赶上算命先生了，佩服佩服啊！"我朝他拱拱手。他像没看见我似的，把他的得意之作又吟了一遍：

　　世人都病了
　　需要住在病房里
　　治病的人
　　病得更重

　　临到我们分手，这首诗就成了这简单的四句。地铁进站那一会儿，我问他是不是太简单了，他对我大声说：还简单吗？我们不是都出院了吗？我说什么意思啊，他没有回答，朝我挥挥手，进了车箱。

谁都不容易

1

许晓华快五十岁了，在南平江城打工也五六年了。女儿许晨露也大了，并且在电子厂找到了一份不错的工作。拿的工资足够自己用，再也不要许晓华负担烦心了。女儿去上班后，出租屋里就剩下了许晓华一人，不免有些孤单，那种难言的苦楚和落寞是不容易说清的，就是很苦，是心里苦。他多么想找一个人说说话儿，白天有口热饭吃，晚上有个温暖的被窝。人活到老了，也该有个伴儿，相互携着手，在燃烧着火红夕阳的河边走一走，或在公园的长椅上坐一坐，然后在月辉中踩着纷纷飘飞的落叶回家，一切是那样美好且充满了诗意。

但在异地他乡，又有谁会为许晓华牵线搭桥呢？城里的婚介所他不敢去，怕钱被骗了。报上也有征婚启事，但那都是别人登的，是有选择的，他不一定就能应征得上。再说鱼目混珠，泥沙俱下，骗子也多，真伪难辨。他也想登一个，那样他就可以光明正大的选别人。只要给了钱，手续齐全，报纸就会按时登出来。他相信政府办的报纸，绝不会骗人。许晓华自从有此想法后他一天也坐不住了。说干就干，这一次许晓华丝毫没有犹豫，甚至有一种决绝奋勇牺牲的感觉，他发誓一定要把自己推销出去。是好是坏先把这段路走了再说，许晓华已经这样了，再坏又能坏到哪里去。许晓华在本市晚报上刊登了一则一百多字的征婚启事，启事在周末版"玫瑰之约"登出来后，当天就接到了许多电话短信。年龄从二十八岁到五十八岁的都有，时间年龄跨度有些大。职业是各行各业的全有，且条件都不错，对方的要求也高。人长得怎么样，性情怎样到无所谓，主要要求经济基础，最好有房有车。这些都不错，谁不想日子能过得好点呢？许晓华在南平没有房，房在通州老家。是商品房不错，但在六楼，地段也不是太好，值不了多少钱。当时还是许晓华父亲主张买的，叶落归根，不然老了暮年回乡，连间住房也没有，住在那里呢？连个住处也没有那就惨了。人老了，就不值钱了，遭人讨厌不说，想租房都租不到，真是死无葬身之地。许晓华狠狠了心，把十几年打工挣得来的五万元辛苦钱汇回家，父亲又出了一万多元才将一套九十多平方的房子买下来，还有车库，挺好的。虽没装修，但总算有了房，一颗悬着的漂泊的心总算安顿下来。许晓华也有车，而且是两部，一部是三轮车，那是装东西做小生意用的，一部是破旧的自行车，是去菜场买菜用的。自行车的一个踏脚坏了，座蹬也坏了，许晓华都没有换，因为什么都换成新的，就容易被人偷去。只要好骑，还是破旧的坏车好，安全。放在外面风吹雨淋也不心疼。

许晓华征婚也还算实诚，征婚启事上没说有车，只说有房。是自主创业，是自己做老板，经济基础佳。现在卖菜的，卖茶叶蛋的，买衣服鞋子袜子的，都能统称老板，许晓华为什么就不能称为老板呢？许晓华虽然钱不多，但十万八万还是拿得出的。外面还不差钱，还勤劳朴实，应该也能算是一个好男人。经济条件好虽谈不上，日子还是能过下去的。现在什么都讲究包装，废铜能说成黄金，一根稻草都敢说成金条。许晓华这征婚广告词一点也不能说成是欺骗，顶多是不诚实不老实。老实能卖几个钱，老实是无用的代名词，老实就等着吃亏吧！但你想想，如征婚都像中央电视台焦点访谈实话实说，许晓华一分钱也没有，经济条件很差，打工流浪漂泊居无定所，吃了上顿愁下顿，每天为生存而奔波，又有哪个女人愿意跟你呢？学雷锋无私奉献啊！屁话！一个女人陪你睡觉，让你快活舒服，你却让她去喝西北风，现在这样的女人已不多见。现在没有钱，还找女人干啥，还结的哪门子婚，是头发昏吧！

许晓华选择了好几个合适的人见面，但见面后都不太理想。要么许晓华不喜欢别人，或且是别人不喜欢许晓华，有条件特别好的，许晓华自知高攀不上，但条件太差的，许晓华又不想要。许晓华本身生活就不容易，找个更差的，那不是难上加难雪上加霜？结婚成家后就是柴米油盐过日子。没有钱再美好的爱情也无法维持下去。太年轻漂亮的，许晓华也不敢要，前两次婚姻他已伤得不轻，他不想刚刚愈合的心灵再次受伤，也不想自讨苦吃。婚姻是讲究平衡的，哪一方的分量重了或轻了都会失去平衡，最终走向解体和灭亡。还有一点，就是男人终归要比女人强点，不然日子就不太好过。

许晓华跟牛芳珍第一次见面时，还是精心打扮了一番。他刮去了满脸的胡须，用女儿用的"小护士"洗面奶精心洗了把脸，跑到镜子前一看，真的白皙光洁了许多。自己还没太老，这一切都让许晓华感到满意。又洗了一下头，头发很自然地蓬松着，既有美感又十分飘逸。穿着也是讲究的，上身穿着黑色立领短款的皮革衫，虽是假皮的，才一百多元钱一件。但穿在许晓华身上就是精神。里面是高领的绛红色的羊毛衫，显得青春灵动又不失沉稳的气质。下身是"九牧王"的休闲裤，颜色虽然被洗涤得有些发白，但典雅高贵的本质不变。脚上是新买的深宗色"红蜻蜓"皮鞋，虽然有点挤脚，但还是有模有样，一点不失男人的风采。一切都准备好了，许晓华又睡了个好觉，让自己能有饱满的精神投入一场新的"战斗"。他要坚挺地掘进，他不能像有的男人还没上场就败下阵来。他的脖子上还戴上了母亲留给他的一块玉，但愿母亲能在九泉之下保佑和祝福自己。玉佩刚戴到身上有些凉，一会就被胸前的体温捂暖。是的，春天来了，新的希望又开始了，人都是充满希望和欲望的，不然活着就没劲，这种欲望能使一个人翻滚腾挪破浪远航，在古老的河流飞扬着雪白的浪花奋勇前进。

夕阳收尽了最后一线余晖，夜晚显得宁静而美好。约会的时间很快就要到了，许晓华准备出发，他又仔细地洗了一把脸，连耳朵根子后面都洗到了，用毛巾把脖子上也擦了擦。将"大宝"护肤霜挤出一点搽在脸上，脸上有些凉，也有些苍白。但胡须根子还黑黑的，像破土的新禾在春天茁壮成长。许晓华又挤了些奶液，想把胡须上再涂一涂，但不想用力一挤却挤多了，在手心里有些滑，有些流淌着的潮润。他不想浪费，只有在脖子上又抹了抹，脖子也白了些，并留下一些清清的香气。就像兰草在夜色中点亮了星辰。一切都准备好了，又再次用"黑人炫白牙膏"刷了牙，牙齿也亮丽银白了很多。口香糖是要带也是要吃的，他不想接吻时留下口臭。一切都准备好了，但好像还有那里美中不足，原来是口袋里都是散钱，那样拿出来多丢身份和面子，他又找出一只多年不用的真皮钱夹，那是正宗鄂鱼牌的。他用干毛巾将钱包擦干净，再将一千元现钞放进去，还真有些分量，也很饱满和殷实。事先准备好的一条红色的真丝绸巾，也放在随身携带的挎包里，如果见面还算满意的话，就将绸巾送给对方，一条绸巾值不了多少钱，但多少是一份心意。女人嘛就是靠哄，哪怕一点点温暖，也会使女人动情的，这也是一种无言的表白。女人是能理解的，许晓华心里也是明白和知道的。恋爱也是一门高深的学问，女人这本大书有的男人一辈子都没能读懂。

从江城的太平花苑到安庆门只有 168 路公交车。这条线路许晓华以前很少坐，他都是从胜德路坐 106 到华中门的居多，那也是一条进城的线路，因为常去城里进货，他相对要熟悉些。168 路公交车上人不是很多，他随便找了一个位子就坐了下来。汽车在夜色中前进，许晓华想看看车窗外的景色，却一点兴致也没有，他只想早点到达，早点见到相约的女人。不然忐忑不安的心总放不下。他想今天最好就把事给办了，但又不能轻举妄动。他甚至想检查一下裤裆里面的"武器"，看是否拉得出打得响。但一切是那样兴奋又无法预知，他的心口还怦怦地跳着，脸也红了，只是在夜色中无法看到而已。许晓华在车箱中迷糊地假昧着，一会儿还真的快睡着了。到达安庆门时，他还真有点紧张。刚刚到站下车，他就被抛在无边的夜色中。他真的不知道等待他的未来将是什么？

2

许晓华一下车刚拨通了手机，就看到一个四十多岁的女人已站在那里等他。在浓浓的夜色中他看不清女人的脸，只见对方中等身材，甚至有点矮，衣着也很普通。她确实不是许晓华想要寻找的那种女人，也不是梦中曾经出现过无数次的女人。许晓华想要什么样的女人呢？他的择偶标准又是什么呢，连许晓华自己也不是很清楚。许晓华想一走了之，这样以后的事就不会发生了，那许晓华的人生也许就是另一种结局了。但许晓华最终没有走开，还面带微笑地上去跟牛女士说了说话，话语不淡不咸的，但总算打破了僵局。牛女士虽没有十分热情，但一点也不冷淡，一切都显得很淡定。许晓华知道这是一个不一般的女士，是啊，一个四十多岁的女人，一个已活了大半辈子的女人，会没有故事吗？连许晓华自己都想着笑了，这种笑有一点苍白，也说不出高兴还是失落。

站在路边，风有些大，夜色开始包围了这座城市。大路上行人匆匆，汽车在快速地奔驰着，远处高楼上的霓虹灯迷人地闪烁着。星月和流水是看不到的，也许在世界的另一边。

生活是汹涌澎湃的，两人像被抛弃在大海边的贝壳，只有耳朵聆听生命的轰鸣。矗立在人流中，如果不走开，就有些浮萍漂在水中的感觉。站着路边总不是事儿，许晓华主动地说："我们找个地方坐坐吧！"

"好，随你！"

到哪里去坐呢？公园呢？离安庆门很远。麦当劳呢？是很好，但人多又太吵了，不好，去上岛咖啡，附近好像也没有，还要打车。也不好。只有去旅馆了。好在身后就有一家快捷酒店，钟点房三小时才五十元。房子和设施虽有些陈旧，但许晓华也顾不上那么许多了，他问身边的牛女士行不行，牛女士低着头，只说了一个字："好。"

登记钟点房，也是要身份证的，许晓华忘了带，幸亏牛女士有。登记完后，许晓华交了钱，拿了酒店楼上旅馆部客房号的钥匙，就和牛女士一前一后地走上楼，两人一时无话，刚打开门坐了一会，服务员送来茶水就又轻手轻脚地退出去了。现在房间里只剩下了他们俩人，双方都想打破僵局，但一时又不知说什么好，空气也好像停止流动了。除了日光灯"丝丝"地响着，就是死一般的寂静。一只飞蛾在灯光前盘旋，怎么也找不到出口，就不停地飞翔着舞蹈着。

许晓华这时才认真地打量了一下牛女士。她今天也穿着皮衣，是一种巧合吗？许晓华真的不知道。皮衣是深棕色的，拉链一直拉到顶端，就像一首工整严谨的格律诗，中间不但没有标点符号，甚至连分段也没有，只有一口气读完。脖子上系着淡蓝色的纱巾，一半吐在外面，一半藏着衣领里，像一股蓝色的火焰，跃动着青春的火苗；脸是圆的，也是光洁美丽的，只是有些许的沧桑和迟暮，那是傍晚黄昏的落霞，凄清宁静柔和而且优美含蓄芬芳。一条牛仔裤太普通了，应该是在某个展销点大市场买的那种，价格应该不会超过一百元。脚上是双黑色的高跟皮鞋，恰到好处地衬托出高耸的胸脯。皮鞋里穿的是一双红色的袜子，是多么的不协调啊！一定是匆忙中忘记换下，或是本来就是如此品位呢！许晓华抬起头时，发现牛女士也在打量自己，但他真的读不出牛女士眼中的全部内容。春天总是被晨雾遮住了，一切都是朦胧的。

　　双方像地下党接头一样，看了对方的证明材料，验明正身后才正式交谈起来。牛女士还让许晓华看了她的工作证和医疗卡。许晓华知道对方叫牛芳珍，这是一个属于乡村的有点老土的名字，许晓华从这名字就想象到田野落霞和故乡的炊烟。那里牛羊成群，还有一条穿过古老村庄和稻草堆日夜流淌的大河，和乡村松软的土炕以及温暖的油灯。牛芳珍名字虽土，却在大都市一所名牌大学的后勤集团工作，并强调自己是正式编制内的工作人员，工资待遇是很好的。本人在城里有两套房，现和父母一起生活，儿子沈小威在外地读书。许晓华从眼神和言语里知道对方对自己是满意的。许晓华本想也说一下自己，但话到嘴边又停住了，他其实就是一个四海漂泊的流浪诗人，他能说些什么呢？在充满铜臭的金钱现实社会里，他真的狗屁也不是，什么也没有。没有生活，也没有希望和未来，他是一个四海漂泊的人。

　　室内是有椅子的，并且是两把，但俩人都没坐。甚至连泡的茶水也没有喝，茶水渐渐凉了，上面的热气早就飘散到空气里。空气里有了一些生机，语言也不像刚进来时那样生硬了。牛女士开始叫许先生"晓华"，许晓华也开始叫牛女士"芳珍"。俩人在床上也坐得越来越近。许晓华试探性地把"芳珍"的手放在手里抚摸着，见芳珍没有抽走，知道对方默许了，然后又开始抚摸头发和胸脯。当隔着衣服摸到乳房时，他发现芳珍的肩头颤动了一下，就倚到了自己怀里。许晓华一下就把牛芳珍抱紧了，两片还有些陌生的嘴唇紧紧地缝合到一起，并且大口大口地吮吸着，当晓华的手向下伸去时，他发现芳珍的身体已温软了……当一切准备就绪，他才发现芳珍的两条弯曲的腿张得很开，拼着命迎合自己。许晓华在温暖潮润的身体里坚持顽强地战斗，他想很好地发挥一下，但由于地理环境不熟，对陌生的身体还未开垦过，多少有点紧张，还是很快就泄了，但作为男人他是快乐的，成绩也是达标的，基本上已完成了属于自己的最初的使命。只是不知牛芳珍心里想些什么，应该初步印象还是不错的。

性爱是神奇的，它能把一对本来十分陌生的人变成情侣，变成茫茫人海中的知音。从酒店的楼上走下来时，他们几乎早已变成了一对相识已久的好朋友。芳珍是拉着晓华的手走下楼梯的。

3

许晓华把牛芳珍送走后，没有坐车回家，确切地说是太晚了，公交车早没有了，只好打的士回家。虽然钱不多，还不到三十元，但如果有公交车，许晓华是不会乱花这个钱的。当家过日子，来钱不易，每分钱都是金贵的，有钱也要用在刀刃上。从出租"的士"上下来，走到出租屋还有一段路，那就慢慢走吧，刚才坐车，腿脚都发麻了，走走也好。许晓华在太平花园这座出租屋里住得有些年头了，就是闭上眼他也能摸到。从出租车下来，许晓华被清凉的风一吹，发热的头脑才清醒了点，感到今天的事办得实在有些匆忙，不太稳妥。怎么能第一次见面就发生关系呢？这样有些事就不好处理了。到底谈不谈？不谈，那还弄人家干什么？既然弄了人家的身体就像一桌菜你已动筷子吃了，再退席有些话还真不好说了。许晓华有点懊悔莫及，都是自己惹的祸，看来也只有自己承担自己收拾了。干什么事怎么这样没头脑？一失足成千古恨啊！

许晓华还没走到家，就收到了牛芳珍的手机短信。他以为一定是热烈的关爱或是问候平安之类的客套话，或者是骂他臭流氓之类的话，如果真的那样反而就好了，痛痛快快地吵一架就可以不谈了。现在谈恋爱，第一次就发生关系的多着呢，也不是什么大不了的事。你情我愿，大家都需要，谁也没强迫谁，又能怎么样呢？但打开手机，见到短信后，他不由倒抽了一口冷气，整个心都凉透了。整个短信只有短短的一行字："我要三万元！"

凭许晓华的直觉和对牛芳珍的了解，他知道这不是敲诈，也不是恐吓，而是一心一意地想和许晓华成家，这应该是订亲或成家女方要求的费用。但这还是让许晓华气愤，他妈的才碰了一次，是不是也太贵了。再说也不是黄花大闺女，要那么多钱干啥？没钱还不结婚了？说实话现在结个婚，三万元确实不多，但对没有多少积蓄的许晓华来说，这一笔钱也确实不是个小数字。所以许晓华想也没想，也只回了一行字，比芳珍的还要简短，文字也是冰冷冰冷的数字：两万元。

不行，三万元，一分钱也不能少。

我就只有两万元，还是留着吃饭的。许晓华像精明的商人学会了讨价还价。

我就要三万元。许晓华感到好笑，他似乎看到了芳珍朴实且有点憨厚的面容，你要三万元，就有三万元吗？笑话。我确实只有两万元，实在没办法了。

两万元就两万元，一分都不能再少了。只知道占便宜，狼心狗肺的东西。

许晓华并没有生气，只回了一个字：好。

许晓华答应牛芳珍后，牛芳珍并没有要许晓华马上拿钱，这让他长长松了一口气。但牛芳珍首先给他上了一堂"身体课"。那是他们美好生活的开始，虽然都是老机器了，但也要重新磨合，只有磨合好了才能真正上路正常行驶。

说老实话，长这么大，活到快五十岁了，许晓华对男人和女人的身体还真的没什么了解。以前发生夫妻关系，都是灭完灯后躲在被窝里战斗。很少看到对方的身体。今天可就不同了，一进宾馆的标准房，芳珍就让许晓华把衣服全脱了，全裸着一起走进冲凉房。芳珍不但自己洗，还帮许晓华擦身，擦着擦着，许晓华下面就有了感觉，像钢炮一样举了起来。许晓华有些害羞和不好意思，他想穿衣服，却被牛芳珍用浴巾裹到了床上。一上床两人就投入了惊天动地的生命搏杀，许晓华也不知哪来那么大的干劲，整整四五个回合，都没败下阵来。

4

牛芳珍拉着许晓华的手走着，牛芳珍倒没有什么不适，许晓华感到刚才也许用力太猛了，身体一下被掏空了，身体有些发虚，腿脚也有些发软，就像大浪中的小船飘得很。

走到大街上，烈日当空，太阳白花花地照着。俩人似乎刚从地狱里走出来，接受光明的洗礼。俩人头都有点昏，脚步也有点松软轻飘，每走一步都像走在云彩上。

芳珍说："今天还早，我带你回家，见一下我父母，怎么样？"

"太早了，还不是时候，以后有机会再说吧。"

"一点不早，都这样了，还早？你是不是还想找富婆？"

"没有。我今天没带钱，第一次上门与上人见面，总归要带点礼品吧！"

"我有单位发的苏果卡，我父亲不抽烟，买两瓶酒，再买点水果就行了。"

"也好。"许晓华银行卡上也是有钱的，只是暂时还舍不得花。

"什么也好，今天的钱我先垫上，你还是要还给我的，知道吗？"

"知道了，老婆大人。"

当许晓华拎着从苏果超市买的东西，坐车回到牛芳珍的家时，许晓华才知道牛芳珍家的房子也是租的，每月 600 元，是装修过的单室套，厨房和洗手间都有，一家人住着还是很温馨的。但一直到走到楼梯口，许晓华的脚步还有些迟疑，不知见面该说什么好。作为在江城打工的一个外地人，又没正式工作和固定收入，在古城里生活了几十年的牛芳珍的父母会不会接纳他呢？许晓华心里真没有底，一点也不知道结果，不过好在还没有投入资金，可进可退，大不了不谈，也没什么损失，许晓华想到这一颗忐忑不安的心又坦然了。

开门后，许晓华递上礼品，并叫了伯父伯母。芳珍母亲的头发早白了。但面色还算红润，衣着虽然普通，但一点也不感到土，几十年的城市生活，毕竟跟乡下人不可同日而语。芳珍的父亲应该也有七十多岁了吧，但剃着光头，在日光灯下闪闪发亮，衣着虽不是名牌，但还很讲究，透着精明和练达。一点不像下岗后靠踩三轮车拖货开马自达带客为生的。不管怎么样，这毕竟不是自己的家，还是小心为妙。说话做事都要把捏着分寸，小心行得万年船。

牛芳珍的父亲拿了拖鞋递给许晓华，母亲递来了一杯新泡的热茶，应该是雨花茶或碧螺春，不然色质不会那样清淡而含蓄。许晓华谢过，双手接过茶杯半个屁股坐在椅子上，好像一个小偷走错了家门随时准备逃跑一样。

牛芳珍到是很热情，芳珍的父母表情很随和，但也有些淡，说不出热情还是不热情，就是很平常的那种。好在许晓华也是走南闯北见过世面的，对一切都显得无所畏。

晚饭菜的标准是古城市民的标准三菜一汤，这比许晓华老家一菜一汤的生活水平还是高多了，一顿饭中很少讲话，吃得多少有点沉寂和淡漠，许晓华吃得不多，也没吃出什么味道，总没老家吃饭随便，也没跟朋友吃饭时香。踏进别人的家门，就要守规矩，一切都得见机行事。出门看天色，进门看脸色。长这么大了，这点许晓华还是懂的。吃完后许晓华抢着洗碗，但还是牛芳珍拿去洗了。许晓华边看电视边和老丈人谈论着国内国外的形势，一谈到蒋介石，芳珍的父亲总是很有精神气，说曾在夫子庙小吃店旁边看到蒋介石宋美龄夫妇出来散步，连一个卫兵也没带云云，许晓华装着惊讶地张开嘴，有时就附和几句，但从不发表意见。他知道这个家毕竟是别人的，自己现在还是外人，说什么都不重要。说多少干吗呢？人多话多，癞子头上疤子，言多必失，话说多了反而不好。沉默是金，一言不发，别人反而不知道你的深浅，不知道深浅，也许还会更神秘些。人们对高深莫测的东西总是尊重的。如是一碗白开水，一眼就能看到底，谁还会把你当回事呢？

芳珍的碗洗好了，又把地拖了拖。芳珍的父亲说"你带小许出去走一走"，母亲也说："早点回来，我还有话跟你说。"许晓华知道要走了，也站了起来，跟芳珍父母告别，说些客气话。芳珍也换了衣服走了出来，芳珍的父母到是送到门口，但许晓华的前脚刚迈出门，后面的门就关了起来。像一堵墙，透着苍白和冰凉。

5

夜晚的小区是宁静的，也是温馨的。微风轻轻地吹，竹林的叶子"沙沙"地响。一两个遛狗的人从身边走过，天地是那样安宁祥和。

许晓华想和芳珍去河边走走，看看河边的风景，也想跟芳珍好好谈一谈。但芳珍说明天还要上班，想早点回家休息。还是先看看正在装修的房子吧。晓华也没意见。是啊，装修房子也是大事，他已不是外人，将来也是他的家，总归要看一看的。

芳珍家新买的房子在一楼，方便老人进出。虽然前面没有院子，但宽大的草坪，且长满了花草，空气很好，阳光也很好。坐在家里就能享受到温暖的阳光。

芳珍拿钥匙开门、打开电灯后，屋里就十分明亮，甚至有些慌眼。房子现在虽然还是毛坯，但泥工木工已进场了，一切都在紧锣密鼓地装修之中。单装修费就八万元，芳珍没跟晓华提钱的事。晓华也松了口气。在城里能有九十多个平方米的家，应该还是很不错的。如果在城里找了老婆，又有房子住，就算在城里有了家，再也不用四处漂泊了。这一切也让晓华安心和满意，人一辈子奋斗不就是想有一个安稳的家吗？

芳珍带着晓华参观着房子，从一个房间走到另一个房间，并介绍说那是房间那是客厅，那是厨房那是洗手间，那是阳台那是书房写字间。小房间父母住。大房间她和晓华住。晓华和芳珍在大房间停了下来。房间里有一张木工用的长条木櫈，由条櫈晓华想起了小时候看到父亲办的种猪场公猪和母猪配种的情景，不由又来了兴趣，说想跟芳珍在条櫈上操练一下。晓华本是说着玩的，想不到芳珍就真的躺在上面。晓华他怕木板太硬，芳珍受不了，再说房子还没装修好，连窗帘也没有，外面的灯光能照到屋里来，屋里的灯光也能透到外面去，房子里面的动作外面的行人一定会看得清清楚楚。晓华没有足够的时间完成前戏，草草了事收了场。

"我从现在起就是你的人了，以后可不能在外面再疯了。"

"知道，知道。你也要忠于我，不然的话……"

"不然怎么样，你能把我吃了？"

"我是爱你的……"

"说了鬼才相信，狗改不了吃屎，男人都是花心的！都不是好东西！"

"我再也不会找别人了，自己老婆都应付不了，还花心，怎么可能呢？"

"那你什么时候娶我，你总不能一点表示都没有吧？"

"我一定娶你，到时保证让你满意。"

"这还差不多，不娶我，我就告你玩弄女性，让你吃不了兜着走！"

"……"许晓华再没说什么，只是感到倒抽了一口冷气，背上凉凉的。裤裆里的东西也松垮了下来。芳珍和晓华走出来时，夜已经很深了，风有些冷，芳珍问晓华要不要加件衣服。晓华说：不要。

芳珍恋恋不舍地将晓华送到车站，晓华坐上公交车就走了，晓华回头看到车窗外的芳珍还在向他不停地摇手，只是那黑影一会儿就消失在无边的夜色中。

6

牛芳珍的父亲没上过学，是解放初在识字班学的文化，大字不识几个，但基本上能看懂报纸认识钱。他有一个与他本人不太般配的名字——牛文才。母亲叫朱秀霞，这名字倒是很般配，文字与人很相像。俩人应该吃过不少苦，牛文才是放牛娃，又没有双亲，是个孤儿。母亲朱秀霞也没有父亲，是靠母亲一手抚养大的。牛文才年轻时也风光过，肩上挎过盒子炮（八壳枪），那时宁都刚解放，牛文才是苦出身，又是孤儿，单纯也有活力，人也长得壮实，就被安排在区政府看管犯人，后来变成属于公安部门的南桥监狱。领导让他学文化，但每当学文化，一旦看到方块字他的头就大了；可社会上的恶习没人教就自然而然地会了，不但偷吃扒拿，还学会了抽烟喝酒等不良气习，一次值班时酒喝多了，开枪走火将一个重要犯人当场就打死了。本来是要严肃处理的，终归根红苗正，属于真正的无产阶级，开枪也是对阶级敌人的仇恨，终不好处理。但不处理也不行，政府公安部门是纯洁的，不能有害群之马，公安部门是不能蹲了，就下放到古城下关的红星机器厂当了炼钢工，母亲朱秀霞也跟着在红星机器厂当了翻砂工。红星机器厂是国营大厂，两人都有工作。在当时牛文才工资三十八元。母亲朱秀霞工资二十七元。牛文才口粮每月三十二斤，母亲朱秀霞每月二十八斤，应该说生活还是有保障的。每当许晓华和牛文才一起喝酒时,牛文才都会谈起他当初的辉煌经历,说当初如果有文化,不犯错误混到现在最少也是处级干部了,当个副市长都有可能。许晓华赞叹着,一脸的崇敬,这让牛文才很满意也很受用,不知不觉又跟许晓华干了两杯。许晓华感到牛文才虽是炮筒子脾气,但很好处,不由心里有些高兴。母亲朱秀霞沉默着,从不语言,显得城府很深。

牛文才和朱秀霞一共生了三个子女,两个儿子一个女儿,大儿子牛卫东,二儿子牛卫民,小女儿牛芳珍。一家人本该和睦幸福的,但生牛芳珍时朱秀霞产后大出血,静养了一个多月身体还是很虚,不能上班。再说三个小孩也要有人抚养,家务也要有人操持,只好回家做了家庭妇女。为一家人洗衣做饭,里里外外忙活,也不轻松。

一家五口人,全靠牛文才一个人的工资收入维持生活,不免有点艰难,工厂里破铜烂铁多的是,也很值钱,但牛文才胆小,加上犯过错误,记忆犹深。公家的东西连一根针也不敢拿,只有下班后踏三轮车、拖板车替人拉货维持最低的生存。时间长了,也不免有怨言,全家五口人都让他一人抚养,感到这个世界不太公平。后来城里搞下放,到广阔天地农村去,本来是没有他的,但他还是主动报了名。他想到了农村,发展的空间就会大点,有房有田,还可以养鸡养鸭,自己种粮种蔬菜,一家五口人,有的是劳力,应该生存不成问题。敲锣打鼓披戴大红花下乡,好不热闹,但热闹归热闹,生活还是得靠劳动吃饭。一到乡下,他才知没他想像的那么简单和美好,生产队虽然给他们家建了三间房,但没给他们家分多少自留地。还要按时上工,拿的却是工分,一年下来到年底才结账,一年苦到头,扣去全家的口粮钱,拿到手的钱连城里的一个月的工资也没有。到这时他才发现上当受骗了,彻底被人耍了,但当初是自愿的,牙打碎了只能往肚里咽,真是有苦说不出。城里人下乡,农村那个苦也不是每个人都能吃得下来。没有钱，大儿子二儿子都没上学，自谋职业。大儿子卫东虽然找到一份工作，但跟厂长的儿子打了一架，把眼珠子都打得掉了出来，这还了得，当天就被公安抓走了。好友替卫东打抱不平，翻墙送只烧鸡给牛卫东吃，说了几句公道话，跟公安争执起来，被公安打得皮开肉绽。因说了反动话，被送到大西北劳教八年。牛芳珍的母亲朱秀霞苦苦求情，在公安局门前眼睛都要哭瞎了，又托熟人又请客送礼。才将关了六个月的儿子救了出来。

<h1 style="text-align:center">7</h1>

乡下是不能再住下去了，牛文才一气之下就把三间屋拆掉卖了，带着三百多元重新回城。回城是回城了，一没住房二没工作，可怎么办呢？只有在南平的宁都城墙脚下的西长杆巷，用油毛毡毛竹搭了一间简易房生存下来。牛文才继续踩三轮拖板车维持生活，大儿子牛卫东生活所迫做长工打短工，找不到工时就偷自行车、偷工厂的电线、偷破铜烂铁接济家里的生活。牛芳珍到十一岁了，才报名上小学一年级，十二岁第一次月经来潮时也不知道料理。别人都有钢笔圆珠笔自动铅笔了，她连支完整的铅笔也没有，一个铅笔头儿也舍不得丢掉。她是懂事的孩子，她知道家里父母能让她上学读书就不错了，除了交学费书费，她不敢向家里多要一分钱。

一家人就是在这样贫寒的生活中维持着抗争着，但一家人还是十分和睦的，日子虽清苦，过得却十分温馨。秦淮河的水静静地流着，春天来了，两岸的绿树成行，青草碧绿如茵，被晨风一吹，就有一种淡淡的香味。星月沉落在长河里，带着一个远古的梦向远方飘去。谁也不知那远去的帆影何时带来希望。何时会捎来春天的消息。

生活就像田野上的苦菜花，淡淡的、涩涩的，但也有一种苦涩的香味儿。那淡淡的花香被风儿一吹，就弥漫在早春的空气里。一些不知名的草儿，也从重压的石缝里抬起了头，虽然弱小，同样沐浴着春风，接受大自然的抚慰。太阳出来了，每天都是新的，在人们不知不觉中来临了，新的希望就开始了，幸福也许还在梦中就静悄悄地来敲门了。

在这当中，朱秀霞的哥哥朱秀成从江苏丹阳来了宁都一趟。虽是同父异母所生，但十几年不见，一旦见了还是十分亲热。牛文才虽穷，但还是以最高的礼遇接待了朱秀成。称肉打酒热情招待了这位贵客。酒足饭饱之后，朱秀成说牛文才一家五口挤在一间屋里，也太寒酸，再说一家五口挤在一间屋里，还有女孩多少有些不方便。他当时已是丹阳砖瓦厂的副厂长兼供销科长，他支持牛文才建房，砖瓦由他全部负责，另借八百元给牛文才，什么时候还都不要紧，加上牛文才全家省吃俭用余下的一千元钱也就够了。牛文才激动得语无伦次，千恩万谢一时不知说什么好。牛文才眼睛湿润了，像遇到了救命恩人。拉着朱秀成的手又摇又晃，久久没有放下。恩人啊，大恩人啊！

一天早晨，太阳刚映红河面，一条装满砖瓦的水泥船就在牛文才的家门口靠岸了，朱秀成还带了挑夫，几万块砖瓦一会儿就上了岸，在家门前和屋前头排成整整的一排。牛文才忙着泡茶敬烟，朱秀霞忙着可口的饭菜，在欢乐的气氛中一醉方休。

牛文才家里的房子终于建起来了，是两上两下的青砖红瓦的小楼，是南都城墙脚下一道优美的风景，迎来那么多羡慕的目光。牛文才终于有了一种扬眉吐气的感觉。香烟抽的档次也提高了，从"飞马""草海"，一直抽到"大前门"和"红牡丹"。小日子开始蒸蒸日上。走路时也喜欢将手背在后面，两眼目中无人地望着天空，好像天空有一块金元宝掉下来。

好事是一件件连着来的，好运来了你有时关上门板也挡不住。三年后旧城改造，宁都城门脚下的房子全部拆迁。牛文才家里的房子按照暂住人口和住房面积，在庆南门附近分得了两套房子。大儿子二儿子住五楼，七十多个平方，他们老俩口和芳珍住一楼，六十多个平方。一楼好啊，不但方便进出，还能做点饮食的小生意。两千元安家费作为做小生意的成本足足有余了。大儿子卫东还是跑运输，挣的钱也不少，二儿子当兵去了，吃了国家饭，牛文才落实政策，以前的工龄照算，被安排到搬运公司工作。活计苦是苦了点，钱一点也不少赚。牛芳珍初中还没上完，就托关系招工进了大学的后勤部门，先干了三年油漆工，然后又转到校产科的招待所工作。母亲朱秀霞还是在家里料理家务，但一切都走上正轨，全家都是城市户口。按牛文才的话说：终于有日子过了。

8

牛芳珍的嫂子孙丽英是肚子里带着"包心"走进牛家的。她本是江苏高邮人，是产咸鸭蛋的地方。水好土质也好，单黄双黄的咸鸭蛋都很好吃，各大超市都有的买，又出了写小说的著名作家汪曾祺，在全国都有名。但高邮当时还是穷，高邮的乡下本来就人多土地少，加上面朝黄土背朝天的日子也不是太好过。所以高中没毕业孙丽英就和男朋友齐兴旺到宁都城里打工。刚来时小两口还好，口袋里还有俩个钱；后来齐兴旺喜欢打"老虎机"，每次赢少输多，几个月下来，就欠下老板一万多元。老板天天上门逼债，孙丽英和齐兴旺城里没有亲戚朋友，又没生财的门道，靠做小生意连吃饭都不够，又能到那里弄到钱呢？兴旺知道回家是不行了，但不回家又能干什么呢？让丽英出去卖身，孙丽英死脑筋，打死也不干。无奈之下，只有趁孙丽英出去买菜时，把家里俩人最后的五百元拿去买了张火车票，南下广州打工去了。他留下了纸条，说他这辈子最对不起的人就是孙丽英了。他要好好努力，去南方闯一闯，一旦站住脚，就带丽英去广州过好日子。兴旺去广州后就无了音信，连个电话短信也没有，是死是活都不知道，就像断了线的风筝从天空和视线里消失了。孙丽英还在苦等，靠做点小生意养活自己。眼看房租一天天快到期，却拿不出钱交房租，正在这个节骨眼上，发现自己又怀孕了。怎么办呢？真是上天无路，入地无门。正在走投无路的时候遇到了牛卫东。说来也巧，牛卫东那天买了五双袜子，见到颇有几分姿色的孙丽英就不想走了，两人像多年不见的老朋友一样攀谈起来，说着说着丽英就哭了。卫东出于同情，拿出纸巾给丽英擦眼泪，丽英就抓住了卫东的手。卫东想把手抽回来，没曾想却被丽英拉到了怀里。丽英张开嘴就吻了卫东，卫东有些猝不及防，一切恍如梦中。大街上的人群和车辆都仿佛不存在，两人好像在童话世界。天黑后，牛卫东就帮丽英收了摊并带丽英去小吃店吃饭。吃饭时丽英很会劝酒，卫东就喝得有些多，头也有些昏，怎样被丽英携扶到出租屋的也不知道。第二天醒来，太阳晒到床上，身上暖洋洋的，卫东发现自己光着身体跟丽英躺在一起，惊出了一身冷汗。现在生米已煮成熟饭，后悔也来不及了。卫东穿好衣服夺门而出，丽英想拉他也没拉住，他回过头时见丽英在低头哭泣，有些辛酸也有些心软，但还是硬着头皮走了，像什么事也没发生一样。卫东走到大路上，脚步有些疲软，头也有些晕眩。太阳还在天空白花花地照着，一切并不在梦中，太阳还是那样温暖，春风还是那样醉人。

卫东跑了一个多月的买卖，也没敢再去找丽英，丽英也没找他，甚至都没打电话跟他联系，他忐忑不安的心才放了下来。一切都已过去，仿佛就像一场春梦在岁月中消失了，了无痕迹。

一天牛卫东忙完了所有的活，当他拖着疲惫的身子走到家时，他还是惊呆了。丽英堂堂正正地坐在他家里，正跟母亲亲切地有一句无一句的聊天。父亲好像比什么时候都高兴，在厨房里准备饭菜。桌上的菜明显比平常多了几个。丽英见到他一点也不害羞，而是装模作样地哭了起来，一把鼻涕一把眼泪的，还真有些伤心欲绝的样子，她倒着满肚子的苦水，把已发生的一切都说了。搞得卫东进也不是退也不是，等待着父母的痛骂和惩罚。

但奇怪的是父母并没有怪罪他，还满脸堆笑地向着他点头。那微笑里好像还有一丝默认和赞许。是的，儿子都快三十岁了，但连个媳妇的影子也没有。儿子肾脏开过刀，已拿掉一个，是不能出大力的，双亲正为儿子的亲事发愁时，天上却掉下个美丽漂亮能力强的媳妇，虽不知媳妇肚子里的孩子是不是儿子的种，但种子撒在牛家的田地里就姓牛。再说怀了孕的媳妇就是煮熟的鸭子，想飞也飞不走了。

这顿饭吃得还算温暖祥和，虽没多少言语，但家里有了新的女人加入，就有了欢乐的气息。卫东虽然不理丽英，但丽英一点也不计较，相反还乖巧得很。吃完饭，又是抹桌又是洗碗又是扫地又是倒垃圾，就像半个主人一样。

一切搞完安顿以后，父母让卫东和丽英俩人到楼上休息。卫东还是不理丽英，丽英自己打了一盆水，自己草草洗了后又让卫东洗，并且弯下腰帮卫东洗脚，就像是卫东的奴仆似的，每个脚趾都洗得又认真又仔细。劳累了一天，卫东的一双脚泡在温烫的水里，还有温柔的手指揉搓着，真是又惬意又舒服。

熄灯上床后，丽英既温存又火辣，耍尽了女人应有的十八般武艺，并且搞得卫东很快活，几乎不费吹灰之力，就俘虏了卫东。卫东就是再有什么想法和怨言也没有用了。这个女人现在就躺在自己怀里，想推也推不开了。

第二天，老俩口商量，既然丽英已是自家的媳妇，就不能风里来雨里去在外奔波了，那样太辛苦了。他们在自家门口开了一家馄饨店，馄饨店特别讲卫生，分量足又舍得让人吃，肉馅儿很多，皮子又薄，满汤满水的一大碗才二元钱，一碗吃了就能饱。又干净又实惠，生意出奇得好。一天下来能赚一百五十多元，比老头子牛文才开马自达赚的还多。

9

牛芳珍对这位嫂子是不满意的，她多少了解一点情况，但对父母和哥哥说了都无济于事，后来干脆也就不说了，她知道说了也等于放屁，她在家里是作不了多少主的。嫂子能吃苦能赚钱，地位在家里水涨船高，好像家里反而多了她牛芳珍一样，一下变得可有可无。失去了亲和力，加上单位实在太忙，她只有搬到单位去住了。

芳珍虽然搬到了单位住集体宿舍，但还是经常回家。家里做了什么好菜爹妈也还是要喊芳珍回去吃的，毕竟是亲娘老子。母女也总有悄悄话要说，母亲和女儿的心是连在一起的。母亲总要提起芳珍的个人大事，说一家女百家求，趁青春年少找个好的，免得人老珠黄。那时上门提亲的还真不少，按芳珍母亲的话说是门槛都被踏破了。许晓华看过牛芳珍二十多岁时的照片，虽说不上多么漂亮，但青春活泼而且朴实纯情，又能吃苦又能干活，还很善良，这样的女孩还是不错的，别说城里就是在乡下打着灯笼也找不出几个。上门提亲的多了，芳珍的父母经过反复比较权衡从中挑选了一个合适的，那人刚从老山前线退伍回来，在宁都晨光集团奶业公司工作，还是人保科科长。双亲都在宁都，知根知底的，家里就这么一个儿子，还有现成的婚房，要权有权要钱有钱，芳珍要是嫁过去，日子真是过飞掉了，要多好过就多好过。这样的好日子女儿嫁过去就享福，自己也有了靠山，再说男方家也热情，孩子对他们双亲也尊重，对方父母承诺说，如同意领证结婚，一切家具装修费用酒席开销都由男方承担，这让芳珍的父母十分满意，真是天上掉下来的大好事。

但见面后，芳珍却不满意，说：脸黑，个矮，年纪也偏大了，还不太会说话，不够浪漫……这一切让芳珍的父母气得吐血，但女儿不同意，也不好强迫，终归是没办法的事件。父亲说，不知深浅的东西，结婚就是过日子，浪漫能当饭吃，母亲也说，不懂事啊，吃苦的日子在后头，你想怎么样就怎么样吧，我们再也不管了……父母离去了，就把牛芳珍一人丢在风中，丢在空旷渺茫的夜色中，牛芳珍是一人走回单位的，心中不免有些落寞和孤单。风中一片片落叶飘旋着，道路是那样凄清，且摇摇晃晃，芳珍就像波浪中的一条小船不知飘向何方。

好在时隔不久牛芳珍就认识了同校的一位男子。虽是朋友介绍的，但牛芳珍还是比较满意。这位男子是机电工程系的一位毕业生，比牛芳珍大三岁，显得很有思想也很沉稳。他找牛芳珍就可以留校工作，因为牛芳珍家在南都，他也想通过努力，留在省城南都工作。这些都没有错，人往高处走，水往低处流，谁不想留在省城工作，有一个美好的未来呢？再说他对牛芳珍也满意，牛芳珍身上那种勤劳、朴实、善良却是他最喜欢的，这种女性虽不美艳张扬，在生活中却十分靠得住。但牛芳珍却不敢高攀，她老有一种深深的自卑感，这种自卑感像鬼影一样折磨纠缠着她，并且不易摆脱。但爱情来了谁也阻挡不住，她像自由的阳光一天天在心灵里复活，又像雨后的种子在泥土里萌生。她喜欢他白净的脸上戴副眼镜，她喜欢他身上文化人特有的气息，他喜欢看他温文尔雅的样子。再说对方也喜欢她，他一有机会就跟牛芳珍约会，有一次他们一前一后，从鼓楼一起步行到中华门，他们连手也没拉过，更不要说拥抱接吻了，正因为这种无比纯洁的爱情，才让牛芳珍难以忘怀。

从鼓楼走到中华门，他们一点都不觉得累，就像春游那样舒心惬意。他们看了车水马龙的城市，看了一天天高大繁荣的城市，看了夜色中闪烁的霓虹灯，又看了河边依依动情的垂柳。夜色中的秦淮河是那样美好。星月在水中是那样明亮，像一面镜子，能照出纯洁的心。

"如果我们能一辈子这样走下去就好了。"

"是啊！"

"如果我们一起生活，将来就同在一所学校里，多好。"

"不知有没有可能？"

"怎么不可能？命运就掌在我们手中，一切都靠我们去努力争取。"

"我可能配不上你。"

"别瞎说，那会呢？你很朴实，你真的很好。"

"我哪里好，我只是学校一个普通的员工。"

"正因为普通才显得不凡。我爱你，你也爱我吗？"

"我……"那男子要抓住牛芳珍的手，牛芳珍有点害怕，将手抽回了。

"我是真心的，我想去看看你的家，去看看你父母好不好？"

"不行！真的不行！"牛芳珍想到凌乱的家，想到没有文化的父母，想到没有教养的哥哥，想到日夜争吵不休的家，一口就拒绝了，她不能让心爱的朋友看到她生活的真相。她要面子，再说父母见了也不一定会同意，何必自寻烦恼呢？

两人站在桥上，河下是匆匆的像时光一样的流水。两人都不言语，两人中间隔着一堵墙，却永远也无法穿越。夜深了，露水重了。牛芳珍总不言语，后来那男子就痛苦失望地走了。芳珍在桥上也流下伤心的眼泪，那眼泪咸咸的、涩涩的，从脸颊上滚下来，比星星还要冰凉。

那天晚上应该下过雨，牛芳珍回到家，头发都淋湿了。她用吹风机吹了好久才吹干了。父母和哥哥都睡了。鼾声很响，像河边的波浪一下一下撞击牛方珍的心灵。到这时牛芳珍才有些懊悔，如果真将那男子带回家就好了。人家好歹也是一个本科生，家住常州，常州地处江南鱼米之乡，是富庶之地，也不一定比南都差。还没试怎么就知父母不同意呢？就是同意了，又能怎么样？反正他们不能住在家里，没有房子，难道能住到天上去？一个本科生一个初中生，水平不一样，理想追求也不一样。这样的爱情婚姻能牢靠吗？也太不实际了。

第二天上班，牛芳珍的工友告诉她，那个小伙子被雨淋病了，牛芳珍有点心疼，本想带点水果前去看望的，但正好那天母亲生病，父亲让他回家。第三天又加班，一个星期后再去看望也没什么意义了。后来那男子到是来找过她，她又正巧有事外出了。回来后不知为啥，她又不愿意见了。

后来那男子以为牛芳珍老躲着他就是因为不同意，也不好意思再联系。毕业后在南都找工作无望，就孤单一人回常州了。据说后来还混得不错，现在他们那届毕业的人大都出国，在国内最小的官职也该是处长了。

牛芳珍每当想到这些，都认为他是她一生认识的最好的男人，就是没那个命。每当想起都很难过，她恨父母亲，也恨这个家，肠子都悔青了。但没缘分就是没缘分，又能有什么办法呢？人是抗不过命的。牛芳珍就是这个命，她只有认命并听从命运的安排。

10

牛芳珍跟沈鹏程是在一次春游中相识的。沈鹏程在宁都东风搪瓷厂工作，是工会干事。能歌善舞，会弹吉他，还写得一手好毛笔字（那时还不叫书法）。身高足有一米八，清瘦明亮又挺拔俊逸，脸膛白白净净的。很是惹人欢喜。言语有思想有水平，还善解人意，还能唱《外婆的澎湖湾》、《我的故乡在远方》、《冬天里的一把火》等校园乡村歌谣，还能背诵普希金、泰戈尔、郭沫若、贺敬之等大诗人的诗句，也知道儿女情长，问寒问暖。这一切都使刚刚春情萌发充满爱意的牛芳珍感动，经过几次花前月下的约会，两人都有点难分难舍了。

大约两个月后，牛芳珍发现自己怀孕了，心里有一种甜蜜温馨的感觉，一种伟大的母爱油然而生，但还是有一丝的不安和恐惧。好在沈鹏程的无微不至的关爱和照料，这种忐忑不安又减轻了许多，是女人总要走这条路的，只是早晚而已。

沈鹏程带牛芳珍见了自己的父母和姐弟，沈家对牛芳珍是满意的，同意腾出一间房由他们结婚。芳珍的父母却死活不同意，认为女儿嫁给沈家亏大了，所以牛芳珍带着沈鹏程进门时就没有好脸色，一种很淡寡不冷不热的样子。但女儿已经被人家弄了，又有了两人的骨肉，只好勉强同意。但提出要彩礼八千元。在当时这个数字，不多也不少。牛家含辛茹苦地把女儿抚养大，不能一分钱不要，不能让外人瞧不起，不能让人家说女儿不值钱。再说二儿子还没讨媳妇，也确实要花钱。出不起这个钱就不要结婚，女儿又不是嫁不掉。

沈家将八千元彩礼钱很快就送来了，同时还带来了丰盛的礼物，看着桌上一捆捆五元十元的票子，这让牛文才夫妇眉开眼笑，第一次舒展了紧皱的眉头，像阴郁的天空露出一丝阳光的笑容。

牛芳珍和沈鹏程的婚礼是隆重的，双方的父母都参加了，单位的领导也来了，亲戚朋友也参加了。那时他们不差钱，也不怕花钱，在宁都城里的新海湾大酒店摆了整整十桌。这一切都让牛文才感到有面子。亲戚朋友给的红包，由小两口收了，算下来，不但不亏还赚了三千多元，不差钱还有点余钱，这让小两口婚后也有日子过了。

牛文才就这一个宝贝女儿，尽管不太听话，但总归还是心疼的，儿女毕竟是自己身上掉下来的肉啊！陪嫁应该还是丰富的。彩电、电冰箱、洗衣机、自行车、缝纫机、被子、床单、枕头、面盆、水瓶、马桶、衣橱、桌子、椅子等装满了一卡车。所有婚后的生活用品都有了。牛文才不但没捞到一分钱，还倒贴了两千元，但嫁女儿不是卖女儿，只有这样他心里才安心，只要女儿过得好，有安稳舒心的日子过，他比什么都高兴。

牛芳珍和沈鹏程婚后的生活还是和美幸福的，一年不到，他们又添了一个儿子，家里也增添了许多欢乐，牛芳珍也就更加死心塌地地跟沈鹏程过日子。牛芳珍跟沈鹏程是同一年出生的，都属蛇，牛方珍还比沈鹏程大几个月，美中不足的是生活中大多是牛芳珍照顾沈鹏程，沈鹏程贪玩，也不太会疼爱和关心牛芳珍。更主要的是沈鹏程虽是男人，遇事优柔寡断，连个主意也没有，许多事都听父母和姐姐的，好像他们是一家人，对牛芳珍反而生分了些。生下的儿子叫沈小威，也属蛇，自从生下沈小威后，家庭就矛盾不断。沈鹏程单位效益不好，没多久作为工会干事的他，竟然下岗了，下岗了心情就不好，又迷恋上了小麻将，赢了钱还好，输了钱就跟牛芳珍吵闹。每当家里有了矛盾，沈鹏程都站在父母和姐姐一边，还反过来怪罪牛芳珍，这让牛芳珍有点生气，加上性生活也不是太和谐，所以心情也特别差。怎么结了婚还没做姑娘时快活，这让牛芳珍有些失落，本来水淋淋的牛芳珍还没开出鲜艳的花就有些干枯了，心里很是孤寂失落。

11

牛芳珍以为问题出在儿子沈小威身上，去找算命的瞎子算了算，把三人的生辰八字都跟瞎子讲了，瞎子闭目养神了一会说，三条蛇在一个屋檐下生活，是有些不好，时间长了，必然会有一死一伤。牛芳珍吓出了一身冷汗，问有没有破解的办法，瞎子说，只有买一条鱼到寺庙的池塘里放生，再买些贡品和香火去拜一对石狮子为义父义母，方能解脱。

你儿子屁股上有反骨，会克死父母的，父亲是阳性的，命总归要硬一点，母亲就难说了，还是小心为好。

牛芳珍给了钱财，千恩万谢走出来，回到家扒开儿子的裤子一看，光洁的屁股头子上还真长了东西，这更让牛芳珍确信不疑了。

牛芳珍一切都照样做了，但命运并不见好转，反而更糟了，就在生沈小威的第三年，牛芳珍又怀孕了，到医院用仪器一检查，说是个女孩，本来应该高兴的事，一男一女两个小孩多好，但牛芳珍是有正式工作的，独生子女证也领了，超生是要开除公职的。丈夫下岗，自己再没了工作怎么了得。唯一的办法就是去医院做人工流产，已经五个多月了，婴儿已基本成形，加上单位工作忙，去医院时已快六个月了。这个流产做得不是太成功，牛芳珍产后大出血，又是在夏天，吹多了电风扇，再说也没好好调养，一个星期后就上班了。上班后就老是头痛，一次值班时竟然昏倒了。这一病可不轻，在家里一躺就是三个月，头总是痛，还找不到病因，后来到著名的脑科医院检查才发现是脑血管供血不足，血管痉挛，需要抽血充氧，折腾了半年就下来了，工资减半一分钱奖金也没有。没钱养家糊口，沈家对她的脸色也越来越难看了。

导致牛芳珍跟沈鹏程最后分手的主要原因还出在牛芳珍父母身上。牛家开了一家馄饨店，生意出奇的好，对面的小吃店生意清淡，就把原因怪罪到牛家，牛家本来忍让一下也就行了，偏偏牛文才是牛脾气一根筋，针尖对麦芒，谁也不让谁，一次争吵起来还动了手。牛家也不是省油的灯，拿起路边的石头就把对方的锅砸了一个大洞。这下可结下了血海深仇。对方说：你等着瞧，明天我就找一帮人，把你家砸烂，你小心点！人家本在气头上，也是吓吓他的，本来说些软话找人讲和一下也就屁事没有。可牛文才哪里肯服软，就梗着脖力跳着脚说：谁怕谁啊！

牛文才傍晚收摊时，不免有些心虚，当即去了牛芳珍家找沈鹏程帮忙，沈家人多势力大，人缘又广，解决这点小事应该不成问题，沈鹏程也没推让，拍着胸脯就答应了。说："放心，明天我也装一车人去，跟他们鱼死网破干一仗，看到底谁怕谁。"

哪知第二天沈鹏程一夜睡过后，早忘了岳丈大人的事，做生意争吵是正常的，能有多大的事，就口袋里揣着小钱打麻将去了。逍遥快乐了一天到晚上才回来。回来见芳珍哭红了眼睛，才知事情大了，馄饨店不但被砸了，老岳丈被打得颅骨骨折，芳珍的哥哥卫东还被打断了一根肋骨，全家都在医院里。

虽然第二天沈鹏程也装了一车人来复仇，但那家人早跑得没影了。扑了空不说，还要照样付钱，请来帮忙的人大吃大喝了一顿，钱花了，还没好处，沈鹏程也窝着一肚子火。当天牛芳珍就跟沈鹏程大吵了一顿，收拾衣物回娘家了。

牛文才这次受了气，丢尽了脸面，怎么也不能原谅女婿沈鹏程，把一切罪过都归结到沈鹏程身上，要这样的女婿有什么用，软蛋一个。女儿是白嫁了，嫁条狗还会帮着叫几声呢。芳珍的母亲朱秀霞也说："这就是废人一个，肩不能挑担手不能提篮，抓不上手糊不上墙，瘦得像根棍子，烧火嫌长抵门嫌短，没用的东西……"

牛芳珍真的一下子心凉了，想起在沈家痛苦难熬的日子，一下流下了辛酸的眼泪，哭了好久也没人同情安慰。

第二天回家，牛芳珍就破口大骂，再次跟沈鹏程争吵起来，沈鹏程失手打了牛方珍一记耳光，这个耳光打得有些重，牛芳珍的脸上火烧火烧的，当场就留下五条血印子，嘴角流下了殷红的鲜血，牛芳珍一气之下，把彩电录放机都砸了还不解气，随手拿了一个花瓶就砸向沈鹏程，沈鹏程头偏了一下，命是保住了，但还是砸到耳朵了，当时血流如注倒了下去……

牛方珍跟沈鹏程离婚了，房子是沈家的还归沈家，牛芳珍只拿走了家用电气和常用衣物。孩子还小，归母亲牛芳珍抚养，沈鹏程每月支付小孩的抚养费五百元……一场短暂的婚姻就这样解体结束尘埃落定了。芳珍理所当然地住到父母家，开始了她新的生活，又回归到以前的日子。人生啊，怎么转了一圈又回来了。日子怎么就这样艰辛呢，牛芳珍有些绝望，开始叹息人生。"叹息人生"是她的网名，也是她生活的真实写照。

牛芳珍和儿子从此在父母家住了下来，每月交六百元生活费，那时芳珍每月工资才一千二百元，光生活费就交去了一半，她还要坐车，交学费、买衣服、买生活用品，还有来客人去朋友的交际花费，一个月也余不了几个钱。在父母家一住就是三年，嫂子也太节俭了，全家三口全吃父母的，一分钱也不交，父母住的屋里，夏天热得像蒸笼，芳珍实在看不下去，就给老人装了新空调，用了两千多元。父母一高兴，说女儿只要愿意在娘家住一辈子都没问题。嫂子听了可不乐意了，以为牛芳珍是讨好父母，想乘机霸占房子，所以常常指桑骂槐，话也说得很难听！父母和哥哥也不出来说句公道话。芳珍哭了一个晚上，第二天反而坚强了。住在父母这里终不是长久之计，她想把自己嫁出去，越快越好，一天也不想拖了。

12

女人想快些嫁出去又要求不太高，相对来说还是很容易的。不久介绍人就给牛芳珍介绍了一个姓陈的男人，四十多岁了，一直没结过婚，还是个童男子。虽比牛芳珍大整整十岁，但人长得还算周正。关键是有房子，不但愿意接受芳珍，还愿意共同抚养芳珍的小孩。芳珍想也没想，一口就答应了。不到一个星期就搬到姓陈的那里居住，连朴素的简单的婚礼也是匆匆忙忙的。就像迁徙的小鸟从一个窝搬到另一个窝，太阳还是那个太阳，月亮还是那个月亮，到哪里都是生活。天一黑，门一关，在床上干的事都是一样的。

牛芳珍嫁的第二个老公，真名叫陈德山，外号叫陈呆子，陈呆子一点不呆，相反还精明得很。陈德山父母早逝，就给他留下一套五十多平方米的住房，房产证还抓在姐姐手里，姐姐怕他吃光用光败掉。陈德山年轻时在夫子庙做服装生意挣了不少钱，最多的时候有三十多万，他不但喜欢云游四方交朋友，后来又喜欢玩小姐赌麻将才把钱败光了。他的朋友也说，你一没女人二没儿女。要存钱有什么用，还不如吃光用光，身体健康。一人吃饱全家不饿多好，真是神仙过的日子。

牛芳珍成家后，陈德山的姐姐见牛芳珍是个周正朴实认真过日子的人，就将房产证交给了牛芳珍，牛方珍将它用围巾包着放到箱子的最底层，箱子外面还挂了一把大锁，钥匙就拴在自己的裤腰带上，陈德山是看不到，也是摸不着的。牛芳珍后来用存款和公积金又买了一套四十多平方米的住房，只是还欠银行八万元，每月从工资里扣，也没什么要紧的。芳珍、陈德山和儿子一起住到新买的房子里，那套老房子出租，每月收租金一千五百多元，也捏在自己手里，用于每月生活的开销是足足有余了。牛方珍只要陈德山对儿子好，她对陈德山也不错，房子每天她都打扫得干干净净，一尘不染。陈德山回来热汤热水的总算有碗现成了的饭吃了。晚上给陈德山留了温暖的被窝，开始陈德山还有点兴趣，按时完成"家庭作业"，但时间一长，又去赌牌了，像地下工作者一样都是夜里出去，到天亮才回来。牛芳珍也懒得理他。她工作累死累活，时间长了也不想做那个事，每天都是拥着儿子睡觉，看到儿子香甜地睡着，她自己也睡得很香。

牛芳珍真不敢相信，这种无性的生活一过就是十多年，陈德山没想要孩子，牛芳珍就更不想要了。一直到儿子考取大学走了，当牛芳珍一人躺在屋里看着天花板时才感到了深深的寂寞，她是一个身体正常的女人，她也想风风火火排山倒海轰轰烈烈要死要活地做一回爱，但跟谁呢？她的这些心思是无人知道的。就像一座火山在地下运行，总有一天会爆发的。

牛芳珍家里平平安安的，想不到父母那里却出了大事。二儿子牛卫民从部队复原回来了，被分配在宁都光学仪器厂工作，单位也分了一间集体宿舍，谈的老婆是郊区西善桥附近的菜农，一下班也不回家，就到老婆家帮了挑粪种地，比对自己的亲生父母还好，很受女方家的欢迎。一来二去双方都有了感情，有点难分难舍的意思。领证结婚后，卫民回家要住房，父亲没答应，就把父亲打了，把电话机也砸烂了，把门也踢坏了。这样老头子更铁心跟大儿子卫东过。但芳珍的母亲生病，两条腿子水肿得快要烂了，让大儿子儿媳出钱看，儿子媳妇为难了，俗话说，吃饭吃得起吃药却吃不起。每天二百多块钱的费用让他们确实心疼，一直闹到宁都电视台科教频道的"有请当事人"，也没从根本上解决问题。牛文才心里窝着火，多少有点不服气，愤愤地说："老子养了你们一家三口十几年，现在老娘生病了，你们就不管了？你们的良心被狗吃了。"

"谁要你们养了，我们没有两只手啊！是我们照顾你们两个老人，真是不识好歹！"

牛文才气得七孔生烟，一时不知说什么好？随口说："你是什么好东西，你偷公家东西，还坐过牢。"

儿子没想到父亲当着这么多人会不给他面子，也跟父亲对骂起来，越骂越凶并且动了手。媳妇孙丽英拿着下馄饨的勺子挥舞着："都是你教的，上梁不正下梁歪，你也不是好东西！"

"你别骂人啊，你以为自己是什么好东西？臭婊子！"牛芳珍母亲也骂道。

"你是臭婊子！没人要的老婊子！"

牛文才再也忍不住了，一腔愤怒在胸中涌动，扬手就打了媳妇孙丽英两个嘴巴。这两个嘴巴又响又脆，不但没有再争吵，反而全场都愣住了，那是一种带着火药味硝烟弥漫后可怕的沉寂。

"丑死了，这日子没法过了，我们一起去跳河吧！"牛卫东上来就揪住父亲的衣领，被众人拉开了。

牛文才本来人缘关系就不好，这一打媳妇在来凤小区的影响就更坏了。儿子能打，那媳妇也能打？真是老糊涂，头脑坏掉了。小区的妇联主任也要找他兴师问罪。牛文才那几天真是很难过，走到那里都是被人指指点点的，连最喜欢他的曹老太，也视而不见掉头就走了。他像过街的老鼠，人人喊打，老鼠还能钻到地洞里去，他又能躲到那里去呢？真是上天无路入地无门啊！

他去找过二儿子牛卫民，同意把房子转给二儿子，只要同意抚养老妈，他们并不吃他的，他每月有二千多元的退休工资，足够他们老俩口吃喝的，只是老妈有病时帮了照顾看一下。二儿子卫民一见是天大的好事，想也没想，一口就答应了。回去跟媳妇一商量，媳妇坚决不答应，看病养老送终，要花多少钱啊，就那破房子，还不知够不够呢！这天大的好事轮到你？再说大儿子卫东，老头老太养了他们一辈子都不愿接受，你到要接受，你呆你傻啊？再说老俩口来了往那里住，这么多人怎么相处，这一系列的问题你想过没有？二儿子卫民一想，还是媳妇老谋深算，房子不能要，老爹老娘也不能要，反正他也没有沾到家里的光，也没什么心里过不去的，所以再遇到父亲牛文才就一口回绝了。牛卫民感到做得太绝情，到手的房子又失去了，不免有些生气。媳妇劝道：待二老归天后再谈房子问题也一点不晚。卫东怎么做我们也怎么做。难道我们就该死，该吃亏吗，我才不干呢！自己的日子还是想怎么过就怎么过吧。但当父母苍老的身影远去时，牛卫民他还是有点心疼，但家里的事都是媳妇当家，他是做不了主的，他又能有什么办法呢？

13

牛文才最后只有一条路了，就是找女儿，女儿心软，应该不会把自己挡在门外。当牛文才和老太一起哭哭啼啼找到女儿时，女儿芳珍一口就答应了。父母含辛茹苦把孩子一把屎一把尿地抚养大，没有功劳也有苦劳，难道让苍老年迈的父母住到露天里不成？那是要被人骂的。芳珍没提任何条件就答应了。父亲牛文才实在走投无路了，只能抓住女儿这把稻草了。他一时也变得十分豪爽说："只要你帮了老太看病，把我们老俩口安顿好了，卖房的钱全归你，你欠银行的八万元我帮你还了，另再在宁都郊区买一套房子，我们一起过。"女儿芳珍也没跟陈德山商量，只说了一个字"好！"，并且当天就帮父母把东西和生活用品搬了过来。牛文才千恩万谢。感到还是女儿好。贴心！

牛文才的房子被牛芳珍挂在网上，很快就以四十二万元脱手了。房子是一个做生意的老板买的，没有从银行转账，而是带来了四十二万元的现金，面对一桌子的钱，牛文才的手碰都没碰，就让女儿牛芳珍全部收起来，先把八万元欠款还了。不差钱，日子才过得安心。

牛芳珍的父母和芳珍住在一起，牛芳珍也高兴。小孩反正还在外面上大学，父母住一间房，她和陈德山住一间房，也就够了。反正陈德山整天不落家，就是晚上回来睡个觉。倒也清静，芳珍带着母亲到自己工作的学校医院吃药挂水，一连挂了十五天药水，总算好了，由于拿的是芳珍的医疗卡，虽花了一万多元，但报销一大半，牛芳珍自己花了还不到两千元。划算！

陈德山虽然夜里不在家，但晚上吃饭时还是能碰到的，牛芳珍父母虽然住在女儿家里，但房子毕竟是陈德山的，牛芳珍父母说话声音都不敢高，一切都是小心翼翼的。但同在一个屋檐下生活，矛盾是免不了的。陈德山一直没好脸色，一脸的不乐意，要不是牛芳珍好言相劝，早就闹翻了。

一天吃晚饭的时候，菜都忙好了，但还是等陈德山回来才能动筷子，也不知陈德山在外面输了钱还是别的什么原因，反正就是心情不好，脸色十分难看。牛芳珍父母和牛芳珍高兴地吃着晚饭，牛文才还讨好地把一块多肉的排骨挟了放到陈德山碗里，陈德山却一摔筷子说："你们吃，你们吃，以后请不要夹菜给我，又是心脏病又是糖尿病，我怕传染！以后就不要煮我的饭了，我在外面吃。"牛文才的筷子悬在半空，举不起来也放不下去，显得很可怜，芳珍的母亲眼里已开始转动着眼泪，就挂在老眼上，一直没有掉下来。

芳珍看不下去，放下筷子责问陈德山："今天又没谁惹你，你到底什么意思？发什么神经！"

"什么意思，这么多年我养你们母子俩，现在还让我养你父母一辈子，我受不了！"

"受不了了，谁没父母，你这样也太霸道了，哪天饭不是煮好了等你回来吃。"

"你们吃，你们吃，我在外面吃过了。我不想吃还不行吗？"

"你在外面吃，你有本事就永远不要回来！你滚！"

"我为什么要滚，这是我的家，我是主人，要滚只有你们滚！"

芳珍的父母坐不住了，也蹲不下去了，起来要走。

"离婚，明天就离婚！"

"离婚就离婚，我早就受够了，谁怕谁啊！"

一顿饭就这样不欢而散了。牛芳珍和父母走出去了，他们当天就住在旅馆里，第二天就找到了房子，租金才600元。一家人租别人的房子住也不是长远的事，花了钱不算，还没有安全感。后来通过中介在西善桥福润雅居买了一套小产权的房子，是新房，房屋质量和小区的环境都不错，还在一楼，也适合老人安居和出行，总共才22万。剩下的四万元，加上牛芳珍的两万元。正好够装修的费用了。

牛芳珍和陈德山的离婚协议很快就办了下来，由于双方没有小孩，双方又没经济往来，最后以牛芳珍贴陈德山5000元彻底了事。一起生活了十多年的夫妻就这样各奔东西了，牛芳珍甚至连一丝留念也没有！陈德山也一样，十多年的夫妻就像做了一场噩梦一样，梦总有醒的时候，天一亮，人就各奔东西。

陈德山临走时留下一句狠话："你总会被你父母害死的！"

牛芳珍也不客气地回了一句："我愿意！"。

<h2 style="text-align:center">14</h2>

许晓华也离过两次婚。他也知道其中的甘苦，真是不是一家人不进一家门。他的人生遭遇也不比牛芳珍好到哪里去，相识了就是缘分，所以许晓华对牛芳珍还是珍惜的。牛芳珍也爱许晓华，他们像一根枯藤上的两个苦瓜，终于走到了一起。对今后的一切他们也尚未知晓，都抱着试试看的心理，人总逃不脱命运的安排，还是走到哪里算哪里吧。

许晓华向牛芳珍求婚时是在南都城门旁边的一家小吃店里，手里也没拿鲜花，更没多少赞美的虚词。他们当时正在吃十元钱一大碗的三鲜皮肚面，许晓华辣椒油放得有些多，身上暖洋洋的，连鼻尖上都出现了一些不易看清的细汗珠子。牛方珍沉默了，许晓华以为牛芳珍不同意，或提出要求或索要什么东西，许晓华已想好了，只要不过分他都能接受，哪有讨老婆一分钱都不花的呢？但只沉默了三分钟或五分钟不到，牛芳珍就说："这几天单位有些忙，星期四我休息，星期五请一天假就可以跟你回家了。"

"好，那一言为定！"

"一言为定，放心，我什么时候说过假话。"

许晓华经历得多了，他怕夜长梦多。

许晓华母亲去世快三年了。他把想在宁都结婚成家的事跟父亲和哥哥妹妹说了，全家都同意，只有父亲问了详细情况，电话打得有些长，到快三十分钟时才放下，手有些酸，嗓子也有些干。在往出租屋临时的家走时，他才发现风有些凉，星星在蓝色的天空好像很近又好像十分遥远。

事件一旦确定下来，许晓华不知为什么心里还是空虚得很。也许在婚姻上走的弯路太多了，对什么他都不再相信，他的那颗心已经老了，被苦难都快磨出老茧了。

牛芳珍和许晓华到达许晓华家所在的县城时，天已全黑透了。小城是干净的，街上行人匆匆，街边高楼上的霓虹灯还是那样迷人。许晓华有十多年没回老家了，总有一种失落的感觉，不知是小城变化太快，还是自己真的落伍了。总之，他是没有故乡的，他对于故乡来说就是一个来去匆匆的过客。家还是老样子，几十年前的老家俱，一直未改变过。屋里灯光昏暗，让人昏昏欲睡，又像重拾一个十分久远的旧梦。晚饭是父亲做的，有四五个菜，还烧了一个杂烩汤。但许晓华牛芳珍都没什么胃口，吃了一碗饭就放下了。父亲拿出房产证给牛芳珍看，说当时只买了六万元，现在最少值三十万了。牛芳珍没言语，说一切听晓华父亲的，晓华父亲说芳珍这孩子好，懂事。妹妹说俩人既然成家了，就要好好过日子。哥哥也说牛芳珍老实，不要欺负牛芳珍，不管多艰艰，作为男人要多帮助女人，千万不要用女人的钱。父亲给了八百元，哥哥妹妹各人给了六百元，合在一个红包里，共计两千元。牛芳珍收了，有些激动，眼睛有些潮，水汪汪的。

当天说完话就有些晚了，牛芳珍没有要求上宾馆，也没去晓华哥哥妹妹家，就在晓华家也是自己家的床上躺了下来，晓华的父亲就睡在外面的沙发上，嘴里打着呼噜，嘴角的涎水也流了出来，银白的头发散落在暗红色的沙发上，有些可怜也有些凄清。

第二天要去办证，晓华父亲起来得有点早，他煮好了稀饭，买来了包子、榨菜和咸鸡蛋，还有昨晚吃剩下的凉菜，一起吃了，虽没有山珍海味，但吃到肚子倒也调食，很舒服。吃完早饭，时间也就差不多到点了，父亲检查了双方领证所需的东西，自己跟自己说话，身份证、户口簿、离婚证，离婚证、身份证、户口簿都全了，然后放在一个印着工商银行字样的红色布袋里，又用手在外面扑了扑，才放心地走出来。门锁起来了，父亲还不放心，双手握住挂锁拉了又拉，把门推了又推，确信锁好了，才真正放心。父亲笑了，大家也跟着笑了。所有的笑容都那样苍白，淡淡的。如一朵菊花，在晨风中散发着清香。

15

结婚证办得出奇的快，一进去就拍照片，然后上网查询验证资料，再查看双方的身份证、户口簿。由于有熟人，也没要体检证明，填过婚姻登记表后，两张鲜红的结婚证就办了下来。两个结婚证还装在一个精致的木盒子里，很是精美。结婚是爱情的坟墓吗？许晓华不知道，牛芳珍也不知道，这一切都不需知道，那种令人心颤的爱情早已消逝了，剩下的只有欲望的肉体和需要。婚姻不需要浪漫，两人过日子还是平平实实的好。

办完证，从大厅走出来，芳珍说从此我就是你的人了，你要好好爱我。许晓华点头称是，这一切都如同在梦中，又恍如隔世，好像结婚的不是他自己，而是另外一个十分陌生的人。办理结婚证花去的费用，连送的喜糖，也不足一百元。牛芳珍说，这个钱应许晓华付，是许晓华要结婚的，许晓华说一人一半行不行，牛芳珍说：不行。

由于从民政局办理结婚证的大厅出来，时间还不到上午九点半，牛芳珍要回宁都，说要给上大学的儿子汇钱。许晓华也想速回宁都，小城他多再蹲一天也蹲不了了，父亲说了几句客气话，也没强留。许晓华和牛芳珍就在公路边拦车上了开往宁都的车，一人车费五十元，还不贵，都许晓华付了。牛芳珍没花钱，心里就特别受用，和美高兴。

在车上，他们坐在最后面，座位上人不满，后面座位就有些大，周围都没人坐，牛芳珍躺在许晓华的怀里，闭上了幸福的眼睛。

到了宁都，芳珍就从银行给儿子汇了钱，一颗悬着的不安的心才放了下来，儿子是母亲身上掉下的肉，那是一种无私的爱。许晓华感到在牛芳珍心中儿子要比他许晓华重要得多，芳珍说丈夫儿子她都爱，但这两种爱是不一样的，至于轻重只有牛芳珍自己知道。许晓华看牛芳珍拿自己家给的钱给她儿子汇款，心中多少有些不快，但又不好说什么，现在钱已捏在牛芳珍手上。再讨要回来就伤了和气，也不太好。如果当时两人买衣服花了多好，还能看得见摸得着，如自己买一套西装，最少一千多元，穿在身上多潇洒，现在呢，结婚了，一件衣服也没买，多少有点寒酸。今后有钱手可要捏紧点，千万不能让牛芳珍抓了去，有钱的幸福没钱的痛苦啊！

牛芳珍让许晓华跟她一起回家吃晚饭，许晓华说上门哪能空手，要买点礼品带给牛芳珍父母，牛芳珍就说：都一家人了，又不过时过节，带东西干吗？那样就见外了。许晓华也没再坚持，但总感到心里不踏实。

回到牛芳珍的家，牛文才的脸色就很不好看，母亲在灶台上忙菜，也没招呼牛芳珍和许晓华。许晓华是自己拿拖鞋进门的，牛芳珍给许晓华泡了一杯茶，然后把事情的经过跟父母讲了，父亲一脸的不高兴："你们才相处几天？这么大的事说办就办了，你心中还有没有我这个老子？"母亲也说："看她能的，小许你了解芳珍多少？有些事你清楚不清楚？今后有苦吃啊！"这顿饭吃得有点闷，许晓华忍着一声不吭，一直到芳珍送他出来时，也没说一句话。晓华的眼睛红了，芳珍也哭了。芳珍要跟晓华回去，做夫妻的事，尽一个新婚妻子的责任，但许晓华却一点兴趣也没有了，摔开芳珍的手就走了。芳珍站在风中，夜色是凝重的，晓华心情也是凝重的。一切真是太快了，一切都无可挽回了。

到家后，许晓华就收到牛芳珍的短信：我爱你！许晓华没有回，不到十分钟，牛方珍又来了一条短信，我真的很爱你……晓华大约半个小时后回复了，就一句话：我累了，明天再说吧！许晓华拿出鲜红光亮的结婚证，看了后又放回木盒里。新婚之夜，许晓华是一人抱着凄清的月光入睡的，一点喜庆的味道也没有，一点也高兴不起来，心中无比的苍凉。

16

牛芳珍家的房子是包给私人老板装修的，总价六万元，材料却要自己帮着买。不帮着买就会偷工减料。牛芳珍上班没有空，牛芳珍的父母年纪又大了，也不愿管，所以担子就落到了许晓华身上。房子虽是小产权，没有房产证和土地证，但正式发票和购房合同都写的牛芳珍的名字。现在牛芳珍和许晓华结婚了，虽不能说财产一人一半，但有婚姻关系存在，应该说居住是没有问题了。到时用自己手上剩下的十几万，再买一部小轿车那就什么都有了。

许晓华刚跟牛芳珍谈朋友时，说是公司经理，实际上就是在菜市场上摆摊，做点文化用品书刊碟片手套袜子方面的小生意。你不要小看小生意，就是人辛苦点，一个月挣四五千元没问题，所有的租房吃喝开销都减去了，每月还能节余一两千元。日子过得也还安稳。许晓华和牛芳珍结婚后，牛芳珍说自己在大学工作，丈夫再摆小摊，面子上说不过去，再说风里来雨里去辛苦了这么多年，手里有了点积蓄，也该休息休息了。再说房子装修也需要人顾料，所以许晓华就歇了下来，全部精力都投入了装修。其实装修也是苦差事，忙前忙后两个多月，大到油漆、木料、地板，小到胶水、钉子、木锣丝，每一样材料都要自己帮着买。装修了两个月，眼看就快竣工了，许晓华却像退了一层皮，人瘦多了，也黑了。两个月的时间没拿一分工钱，也没人说一句好话。起早贪黑，任劳任怨，一切都是自愿和必需的。许晓华心里虽有怨言，但毕竟是一家人，也不好说什么，说多了就见外了。

房子装修好了，家具家用电器是许晓华花钱买的。大床、办公桌、椅子、沙发、茶几、彩电、空调、洗衣机，一共才花去一万五千元。牛芳珍说好两万元的，还多五千元，应把多余的钱给她牛芳珍。许晓华也不是傻子，五千元也不是小数字，知道一旦到了牛芳珍的手上，就不一定能再拿得回来，就说了假话："老婆，我现在真的没钱了，就剩下这五千元了，全部给你，我怎么生活，再说帮你家装修两个月，工资一分钱没有，没功劳也有苦劳啊。"

"你不要搞错啊，房子装修好了你也是要住的，你是为了自己装修，知道吗？你要搞清楚，这也是你的家。"牛芳珍嘴上虽这么说，也没再坚持要回五千元。许晓华心里也温暖了些。

许晓华再次到牛芳珍家去时，接受了上次空手的教训，就买了烟酒水果等一大包东西上门。由于住进了新房子，大家都十分高兴。牛芳珍父母也十分热情，满脸堆笑，又是拿拖鞋又是泡茶，像迎接尊贵的客人一样。最关键的一点牛芳珍的父亲把家门的钥匙交给了他。许晓华有些激动，表示要好好照顾老人，认真对待这个家。这个家从今往后就是自己的，他要好好爱护。话说多了，头脑有些发热，他说也要买一辆小车，就停在自家的房子外边，不能让人家瞧不起，钱没问题，这点钱没有，就白在这个世界混了，他要有所表示，不能白住这个家，不能一点贡献也没有。这天他跟老丈人牛文才多喝了几杯，面色红润，像一对忘年交的知己相见恨晚。算命的人说得不错，许晓华五十岁后有贵人相助，会有好日子过，好运说来就来了。

牛文才确实做得不错，装修一新的大房间让牛芳珍和许晓华住，老俩口住小房间。大房间是牛芳珍和许晓华的新房，家具是新的，空调是新的，窗帘是新的，被单床单床罩也是新的。许晓华常年在外打工，一辈子都没住过这么好的房子，今天总算有个家了。像父亲说的那样，今后要好好过日子，对牛芳珍好一点，对她的孩子和父母家人也要好一点。人心都是肉长的，你敬人家一寸，别人敬你一丈。人到中年，讲究的是安稳平安幸福快乐，再也不能犯怪，今后要好好珍惜这个家。

一切都是新的，只有人是旧的。旧的好，磨合期短。许晓华和牛芳珍的性生活是和谐的，也是美满和幸福的，他感到有女人睡在身边真好，男人有了用武之地真的很好。

窗外的月色是清亮的，明泽的，宁静的，也是静美的。秋虫的叫声更清脆了。纺织娘优美的琴声把露珠都震落了。院门前的小草飘飘忽忽的，所有的寒冷和寂寞都被挡在窗外了。家是放"心"的地方。家是宁静的港湾。家是温暖幸福的，也是和和美美的。

面对全新的生活，许晓华牛芳珍两人都有些新奇和激动，不知不觉中又要了一回，然后才像被波涛冲到沙滩上的鱼，死死地睡去。牛芳珍全裸的一条肉肉的大腿就搭在同样全裸的许晓华身上，久久没有放下。

17

牛芳珍家的房子装修好后，许晓华也拿到了钥匙，去牛家也就多了些。牛芳珍父母对许晓华说，你是否什么时候请吃个饭，我们也就算默认答应了，你们再睡到一起我们也就不管了，反正将来这个家也是你们的，只要不亏待我们俩个老人就行了。老人的理解让许晓华十分高兴，就满口答应了。许晓华问："要请多少人？"

"连装修的师傅一起，请一桌人也就行了。"牛文才真精明，等于请装修师傅吃饭的钱，一块也就由许晓华付了，许晓华明知吃亏，但也不好说什么。结婚了，人家把女儿都给你了，请吃个饭也是应该的。男人总要大气点，斤斤计较就没意思了。

请客的地方就放在小区门口的"春江饭店"，不但方便价格也还公道，连香烟酒水钱在里面才花了五百多元，一点不多，再说吃得还算开心。剩下的菜打包回家放到冰箱里又吃了好几天，大家都感到不贵挺实惠。一家人都很开心，有时没事时小俩口还跟老俩口打三十元一局的小麻将，输赢不大，却其乐融融，一家人要的就是这种温馨和睦的气氛。

许晓华每次去牛家吃饭都是带酒带菜的，空着手就感到不好，最少手里也要拿上一包水果，每次除了买东西还有坐车的车票，一来一去最少也要十元钱车费，对已不工作一分钱收入没有的许晓华来说是吃不消的，许晓华就将心里的想法跟牛芳珍说了，牛芳珍说，都一家人了，还客气什么，下次什么东西也不要买，光带张嘴来吃饭就行了，实在不行我买，我每月交一千多元生活费，你来吃，应该没问题。

许晓华真的后来几次来就是空着手来的，来后就发现牛芳珍父母脸色不好看，牛文才开门后连招呼也不打，就去看报纸，许晓华只好在沙发上看电视，他抽着烟喝着茶，反正一家人就也没当回事。一会儿牛文才走出来说：烟味太大了，要抽出去抽，烟灰掉在家里脏死了！牛芳珍也说：又没钱还抽什么烟？牛芳珍母亲朱秀霞也说：抽烟对身体不好，老头抽了几十年都戒了，烟味我们真的受不了。许晓华只好把抽了半截的香烟在烟灰缸里捏灭了。许晓华起来小便，忘了将马桶盖子翻起来，几滴黄色的尿液掉落在马桶盖子上，牛文才又说：小许啊，要讲卫生，家是大家的，不是你一人的，想怎么样就怎么样。许晓华忍着没说什么，他想牛方珍会帮自己的，牛芳珍却帮了父亲牛文才讲话：乡下人，就是不讲卫生。许晓华有点生气了，当时就想走，但被牛芳珍拦住了：大男人主义啊，还不能讲了，还生气了？快吃饭。牛芳珍母亲朱秀霞也劝说：还不是为你好。老头老了，心直口快，你不要计较。这顿饭菜虽不少，但许晓华一口酒也没喝，吃得有点寡淡无味，牛芳珍和父母却有说有笑的，到像许晓华是个外人，在家里根本就不存在一样。

每次许晓华回去，牛芳珍都将多余吃剩的菜让许晓华带回去吃，说一个人好混。牛芳珍的心许晓华是理解的，但许晓华心里却不安。他更怕牛芳珍父母那双眼睛，一直盯着他的包，防他就像防贼似的。许晓华有点受不了，想发作又没理由，所以心里就窝着火。窝着火也只有忍着，人在屋檐下，不得不低头啊！谁让许晓华穷，在宁都没房子呢？再穷，也还是住自己的房子舒服。如果是自己的房子，他们还敢放个屁吗？许晓华在牛家感到十分压抑，只有回到家（出租屋），他的心情才十分舒畅，想干嘛干嘛。真他妈的，吃饭还要看别人脸色，我又不是没得饭吃，这是何苦呢？许晓华想以后还是少去吧，不欢而散的饭吃了又有什么意思呢？

许晓华已经好久没去牛芳珍家了，他实在是不想看到牛芳珍父母那两张不欢迎的老脸。好像许晓华欠他们家八吊子钱似的。许晓华一人真的好混，一人吃饱全家不饿，再说一天省一点有二十元开销也就够了。

牛芳珍天天都打电话催他回家，许晓华一次也没去，他也要认真静心地想一下，今后的路怎么走？许晓华知道生性软弱的牛芳珍在家里是没权的，说话不一定能管用，房子是牛文才花钱买的，当家作主说话管用的应该还是牛文才。但为什么就总不能跟牛文才搞好关系呢？是牛文才太"夹生"，还是自己真的有哪些地方做得不太好，让牛家生气了呢？反正冷处理一下，还是少接触为好。免得真的发生了事件不好收拾。

18

牛芳珍过生日时，许晓华还是去了。买了一个大蛋糕，买了两瓶"老村长"的白酒和一瓶牛芳珍老妈爱喝的原味橙汁。一开始还是吃喝得很开心的，不知为什么，也许是喝多了，牛文才就跟牛芳珍又争吵起来，让牛芳珍还他八万元钱，房子也还给他。他牛家有后有种，他不想将房子留给外人住了快活。牛文才揪住女儿的衣服领子，由于力用得有些大，衣服上的纽扣都拉掉了，牛芳珍也把牛文才的手抓破了。许晓华知道这一切都是做给自己看的，一个是老婆，一个是岳父大人，帮了谁都不行，他只有从鞋柜里拿了自己的皮鞋，穿鞋走人。

许晓华刚走了出来，牛芳珍就跟了出来。牛芳珍一副可怜相，哀求说："我也受不了了，我不如去江城出租屋跟你过吧，吃好吃差只要开心就行。"许晓华见牛芳珍流眼泪，心又软了，说："好。再说吧，也许你老爸喝多了，过一会就好了。"

"什么好，他是老神经，我对他们多么好，还要赶我走。"

"你是他女儿，他对你没意见，他是看不惯我，他是想赶我走。"

"房产合同写的是我的名字，发票也写的我名字，你是我老公，我有权住，你就有权住。"

"买房的钱毕竟是你父亲出的，你说话能有用？"

"不行，就让他们，把房子给他们，我跟你走！"

"好，只要不嫌出租屋条件差就行，那个苦你可吃得下来？"

"要么我们重租一套好点的房，我们住到一起，不受他们的气！"

"那要花多少钱？"

"你出一半我出一半。"

"……"

许晓华没有言语，心里像冬天结了冰，透心的凉。他当初以为牛芳珍有两套房，自己跟牛芳珍结婚成家能沾点光享点福的，现在一套房子归了儿子，一套房子又将被父亲讨回，牛芳珍又变得一无所有，就是拿点工资，还要照顾老人和孩子，也真不容易。看来美梦真的要落空了。当初所有的希望都化为了泡影。

晚风是有些凉了，一轮清辉的月色洒在地上，地上也是那样凄清落寞，几片落叶在脚前被风卷走了，不知飘向了何方。

由于太晚了，已经没有公交车了，打的回出租屋最少要花50元。许晓华有点心疼钱。当牛芳珍让他一起回家时，他没多考虑就同意了。

这一天，他们没睡在一起，一是牛芳珍身体欠佳不舒服，二是许晓华也没那个心思。再说怕在房间弄出响动，让牛文才不安再动怒怎么办，还是先平平安安睡个安稳觉吧。许晓华睡着外面的沙发上，也没敢开电视看，怕吵醒了二位老人。许晓华躺着沙发上怎么也睡不着，屋里静极了，能听到牛芳珍和岳父的鼾声，像大海的潮声一样此起彼伏，昏暗的屋子里静谧无声，蚊香上的暗红的火苗清晰可见，窗外的风还在吹着，明月高悬，清辉泻地，许晓华用心数着虫鸣和落叶，悬在半空中的心怎么就落不下来呢？

第二天早晨，许晓华是被一声响动惊醒的，牛文才大惊小怪地说：不好了，地板烧坏了！

牛芳珍穿着睡衣，就从房间里奔了出来说："不得了，不得了"。牛芳珍跪在地板上，用抹布使劲用手擦着，但一块烧坏的黑色的蚊香印痕就怎么也擦不去。

许晓华知道惹了大祸，头脑一下清醒了，穿起衣服说："昨天谁点的蚊香，我怎么也不知道。"

"你怎么会知道？又不是你的房子，你怎么会心疼？"

"你什么意思，你说我是有意的？"许晓华也动了怒，话里也有火药味。

"我们给房子你们住，我们弄饭给你们吃，还不满意？不满意就都给我滚！"

"滚就滚，谁怕谁啊！"

"我怕你，你还想欺负我们老人了？"牛文才的脸涨红得像猪肝，光头上的青筋也一跳一跳的，像要快爆裂了。

"我欺负你？是你欺负我们！谁不知道你连媳妇都敢打，你能是什么好东西？"

"我是什么好东西，你是好东西，整天不无正业，游手好闲，好吃懒做。羞死了，靠女人养有什么本领。你去死吧。"

"要死你也死在我前面。"

"我今天就打死你，你这个狗日的。"牛文才举着拳就往许晓华身上扑。

"你这个老狗日的！"许晓华也真的发怒了，也脱了上衣，一副想动手的样子。

最终没打起来，但已撕破了脸，跟牛家的矛盾再也没办法调和了。许晓华穿起衣服和鞋子愤愤地说："我再也不会进你家的门，饿死也不会进，再来我就是你孙子！"许晓华将门一拉狠劲地一摔就走了，牛芳珍追在后面拉住许晓华的衣服说："这日子我也没法过了，我是你的人，我爱你，我跟你走……"

牛芳珍母亲朱秀霞在后面说："你真是贱，除了小许就没人要了，这世上男人都死光了……"

自己也不要个屄脸，羞死了！不满意，都给我滚！牛文才又从家里奔了出来。

许晓华用力挣脱牛芳珍的手，头也不回地走了。他恨这一切，他也恨自己无能，就是一辈子讨饭，也不回这个家了，难道离了这个家就没处吃饭无处安身了吗？就是住桥洞也不能回来，就是吃糠咽菜也不能让人瞧不起。我一定要振作起来，我一定要重新做生意，我一定要发财，像模像样地做个人给他们看看，看看老子到底行不行！身边的风还在吹着，那早春的风本该是温柔的，怎么吹在脸上一点感觉也没有。

<h2 style="text-align:center">19</h2>

许晓华又回到了江城太平花苑的出租屋，出租屋三房一厅。许晓华只住了一间带阳台的大房间。其他两间都租出去了，一间六百元，一间四百元，水电费用公摊。还有地下室也由许晓华放些杂物。许晓华交房租每月才九百元，自己等于不花钱白住了房。自己再写些东西挣点稿费，晚上摆点书摊，卖点旧书杂志，维持生活应该没问题。许晓华也想发达，做点大生意，但看看周围破产倒闭失败的人们，他又退却了。父亲也说，生意不是那么好做的，人还是安稳点好！

牛芳珍几乎天天打来电话，让许晓华认个错，还住到牛家去，一家人一起吃吃喝喝多好。牛芳珍母亲也打电话来，说老头子就是这样的人，刀子嘴豆腐心，人苦了一辈子也不容易，让许晓华原谅他。许晓华说，要他回家，牛文才必须向他认错，亲自来请才行。牛文才一张老脸要面子，怎么可能服软呢，所以这事就僵在那里，谁也不服谁。

　　事件开始缓解，是从许晓华父亲来宁都开始的。牛芳珍见许晓华不肯服软，就给许晓华的父亲许国均打了电话，想不到俩人在电话里还很谈得来。牛芳珍也检讨了自己家的不是，许国均也说自己儿子不好，这样双方就很快得到了谅解。许国均打电话给儿子许晓华，许晓华是孝子，一切都听父亲的，许晓华的大女儿许晨露也是许国均一手带大的，父亲对他有恩啊！父亲是当过干部的，说话也确实有道理，你说许晓华能不听吗？许晓华责怪牛芳珍，不应该把这事告诉父亲，父亲年纪大了，本该享享清福的，还要为儿女操心，心里就过意不去。经过父亲的耐心开导，许晓华对牛家的不满和仇恨也就淡薄了些。

　　许晓华的父亲许国均陪着儿子许晓华去了一趟牛芳珍家，许国均带来了老家的糯米陈酒，不是一瓶两瓶，而是整整一箱十瓶，另外还有一些土特产，虽值不了多少钱，但放下就占了很大的一块地方，显得很有分量。牛家也像国家与国家友好往来一样，用国家元首一样的待遇招待着许国均。那分热情那种周到那样友好，是许晓华没有想到的，许晓华像变了个人似的，又给父亲拿拖鞋又给父亲泡热茶，还破天荒地上锅帮牛芳珍母亲炒菜，完全就是这个家的主人，那其乐融融的样子，就像什么事也没发生一样。

　　晚宴的菜是最丰盛的，比过年的菜还要多，摆了整整一桌，最后一个整鸡汤，实在放不下了，只有腾空架在桌子中间。酒已经倒上了，吃的是精装金星的"迎驾贡酒"，牛文才要面子，他不能让一个乡下人把宁都人比下去。许国均倒随和，尊称牛芳珍父亲为牛老，是老革命，是城里人，把小孩培养成人，把家建设得这样好，真是不容易。这些话都让爱听好话的牛文才很受用。牛芳珍和许晓华也敬了双方的老人后又互敬一杯，牛芳珍脸有些红，许晓华喝了酒，说的话就有些多，牛芳珍拉了一下许晓华的衣角，许晓华的话才止住了。

　　牛文才和许国均是同龄，就像一对相见恨晚的老哥们，总有说不完的话。过去的日子是多么美好，多么值得留念。那时天空多蓝啊，那时的物价多低啊，那时人们多苦啊，但人们的心情多舒畅啊，那像今天人心都坏了，黑白颠倒，香臭不分，只要能挣到钱什么罪恶的勾当都干得出来。两人谈话气氛十分轻松自然，这一切都让牛文才开心和满意。

一顿饭吃得十分开心，饭后牛文才和牛芳珍坚持将大床让给许国均睡，许国均却怎么也不肯，坚持要睡沙发，说在沙发上睡不但不冷，还既软和又舒服。牛文才称赞许国均顾大局懂事理有知识有礼数，他一辈子就最敬佩这样的人。许晓华看到矮小的父亲像虾子一样弯曲着睡在沙发上，头歪在一边，花白的银白发散落在沙发上，一点也高兴不起来，反而心里有些落寞和苦楚。

20

许晓华的父亲走了，许晓华给他买了许多路上吃的东西，并且打好车票一直将父亲送到车站，临上车时还将五十元钱硬塞到父亲手里，推让了几回最后父亲还是接了。当父亲走了，他又有些后悔了，父亲来宁都一趟看自己是多么不容易，五十元确实少了，给五百元也不多，但父亲知道他日子过得紧，也不会太计较，心里也就释然了，以后真的要懂事，再也不能让苍老的父亲担心了。

从此，许晓华在牛芳珍家摆正了自己的位置。不但帮做饭还帮拖地，还帮牛芳珍和牛芳珍母亲朱秀霞泡茶，遇到老俩口在电视上看京戏，他连最喜欢的文艺节目也不看了，就躲进在房间里看书，当他们茶杯的水喝完了还会准时续上；牛文才糖尿病，尿尿得不快也不干净，腿脚有时也站不稳，上厕所坐不稳时他就在一旁扶着，牛芳珍和母亲都是女同志，虽是一家人，也男女有别，他不扶谁扶，再说帮一下老人也是应该的。但许晓华还是感到自己过于殷勤了，每当牛文才一进门他就赶紧拿拖鞋套到牛文才的脚上，他像是牛家的奴卜，但一切都是心甘情愿一切又是做得那样细心慰贴和自然。牛文才有事或遇到麻烦了，许晓华也坚定不移地站到牛文才一边，一付为牛文才为牛家舍生忘死拼命的样子。这一切都让牛文才开心和满意，牛文才逢人就说自己找了一个好女婿，今后的家要交给小许当，自己还能过几天，所有的好日子都是年轻人的。女儿不懂事，还是女婿好，将来还靠女婿养老送终。

牛芳珍和牛芳珍母亲朱秀霞也是高兴的，只是不温不火，言语还是那样平平常常。

日子就这样平平常常地过着，平平常常的日子就过得很快，春后面还是冬，冬后面还是春。转眼牛芳珍和许晓华就结婚三年了，渡过了最初的危险期，牛芳珍又加工资了，还补发了一万多元。幸福和美好的生活在等着他们，白发和苍老的皱纹老年斑也在等待着他们。但这世界谁又不老呢？牛芳珍的父母也就更老了，身体也大不如以前了，牛芳珍和许晓华开始为他们准备墓地的事件也开始抓紧办了，因为怕万一到时来不及，价钱涨起来也会很贵的。

眼看就要过年了，每年春节前，牛家都要多准备些吃的东西。鱼啊肉的都要买，蔬菜也不能少，单吃晕菜也腻，糖果瓜子也少不了，还有鞭炮，没有鞭炮就没有喜庆的气氛。总之，过年就是花钱，大人都怕过年，但有意思没意思都得过。牛芳珍给父母一千元，让父母早做准备。许晓华也给了八百元，他知道只有多出些钱，这个年才会过得舒服，花钱了日子才会安稳。

21

大年初一这一天，牛芳珍姨娘姨夫一大早就来拜年。手里提着两包点心。一包是云片糕，意思是"步步高升"，一包是"旺旺"四季发财，不值多少钱，图的是吉利！

许晓华没见过姨娘姨夫，但听牛芳珍叫了，也就跟着叫了。幸亏牛芳珍在过年前帮许晓华买了一件新棉袄，现在就穿在身上，有点样子，不然穿着旧棉袄真丢架子。许晓华家亲戚朋友都不在这边，他也无所谓。而牛芳珍刚结婚，她丢不起这个人！

说了几句闲话，请姨夫姨娘上桌，都说刚吃过饭。一肚子油水，喝点茶就行了。

牛芳珍和许晓华跟家人吃过饭，牛芳珍收拾干净后说："战斗开始。"意思是可以打牌了。许晓华跟姨夫姨娘就坐下了，牛芳珍母亲"瘾大"，牛芳珍父亲就让牛芳珍母亲打，自己坐在一边作"参谋"；牛芳珍倒好茶水、将装好的果盘放上桌后，就又回到锅台上刷碗。许晓华问打多大的？牛芳珍姨父姨娘说，随便，牛芳珍父亲说，最少一百的。牛芳珍母亲说，平时打三十元，今天是过年，就打五十元的，不大不小正好，打大了伤和气不好，伤人也伤神。

牛芳珍父亲再次强调："今天过年，不退钱，谁差这几个小钱啊！谁赢了谁的，出牌落地生根，不许反悔。"五十元玩四圈，确实不大，本来玩的就是穷开心。

本来玩得开开心心的，牛芳珍母亲说："我今天左眼皮一直跳，俗话说，左眼跳祸，右眼跳福，今天好像不正常，好像要惹祸。"牛芳珍说："春节了，放假了。一家人吃吃喝喝，打打小麻将。又不出去，能惹什么祸？"

许晓华也说："今天就你赢钱，手气好得很。没什么大不了的……"

许晓华还没说完，就有人敲门，牛文才以为是老大牛卫东来拜年，一开门才知是老二牛卫民来了，还带着上高中的女儿牛晓艳。牛卫民带来了两样东西，一样是两瓶橘子原液，一样是整箱的卫岗牛奶，口味柠檬味的。两样加起来也没一百元，多少有点寒酸。老二卫民也下岗了，靠老婆开公交车养活全家。老二也做点小生意，起早贪黑的，也赚不了多少钱。香烟抽的是三元一包的"秦淮"，老二要面子，常将三元一包的"秦淮"装在二十元一包的黄"南京"烟盒里，如不发给别人抽，外人一般也看不出来。你抽什么烟，谁管你呢？傻屄啊！

许晓华是第一次见牛卫民，客客气气地笑着，却不知说什么好。许晓华正要拿黄"南京"给牛卫民抽，牛卫民却将烟先敬了过来。许晓华一看是紫"南京"，紫"南京"有三种，分别是六十元、三十元、十五元一包。牛卫民拿的是十五元一包的，是最低档的，有时还没有红"南京"好抽。许晓华接过烟点上火说：坐，坐。

牛芳珍父母也拿来了糖果，并泡了两杯茶。

牛卫民长得黑，个子跟牛芳珍差不多高，穿戴一般，人也显得厚道老实。也许没文化，或者不会说话，大过年的，讲出来的话也冲："爹，你这一辈子最对不起的人，就是我！"

"老子哪里对不住你了，还是少你吃少你喝了。"

"你自己清楚，你对不起我……"

"老子没有对不住谁！"

"你房子都给谁了，城里的给了老大，这边的给了芳珍，我呢？你想过我吗？"

"城里房子给老大，是因为老大生的是儿子，再说老大户口也在里面？不给他给谁，你生的是女儿，女儿是人家的人。"

"人家的人也比野种好！"

"不管谁的种，撒到那家田里就是那家种。牛强，那是我孙子！"

"那是野种，谁心里都有数。我女儿你问了多少？"

说到这，老二的女儿牛晓艳竟然哭了起来，而且哭得很伤心。

不管怎么说，小孩来拜年，上人都是要给红包压岁钱的。牛芳珍母亲给了两百元，牛芳珍也给了两百元。牛卫民不肯要，她们就硬塞到牛晓艳口袋里。牛晓艳看看老爸也就收了。

牛芳珍说："老二，今天过年，大家都少说两句，少说两句。"

牛芳珍母亲："老二，做人要有良心，你结婚，家里花钱也不少。"

牛卫民本来还想吵几句的，一看老头已走到晾台看报纸去了，老太没文化，又做不了主，再说多少也没用，就拉着女儿牛晓艳气呼呼地走了，连杯茶水也没有喝。

老二这一闹，就没有了心情。牌是彻底打不成了。大家不管输赢，把自己的钱收了起来。牛文才将脚边的小凳子踢得老远，还不解气，就把老二送的东西拿到门外抛得很远："滚！谁要你送礼，吃里爬外的东西！"

牛芳珍要出去捡回来。牛文才说，谁捡回来，我再扔出去。我就不信了，老子还怕他。他数老几，老婆是西善桥的，按过去的说法连雨花都是乡下的！

现在乡下又怎么样，人家拆迁分了几套房子，还不是过得比你好！

过得好？大过年的，还来嚎丧干什么？我看也没什么钱，穷鬼一个！

牛芳珍把父亲抛在外边的东西又偷偷捡回来了。藏在自己的房间里。她怕老爸牛文才见了再发神精！

老妈说，我说今天怎么眼睛总跳呢？原来是这么回事！

牛芳珍说：事情不是过去了吗？是祸是福躲不过，还是早发生好。

姨娘姨夫一直没开口，现在事情平息了。牌也打不成了。也该走了。

牛文才也没强留："嘴上说，吃了饭再走啊！"见俩人双腿已跨出门，就又道："真是对不起对不起啊！明天有空再来玩啊！"

姨夫姨娘走了，牛文才感到特没有面子，连晚饭也没吃就上床睡了。

牛芳珍母亲和牛芳珍，一人出了两百元，多少有点心疼。

许晓华没说什么，但心里也很不是滋味。穷人为什么这样难呢！

22

一天早晨，许晓华正在构思小说或跟老婆在被窝里做那种事，正在兴头子上，手机响了，许晓华感到是一个陌生电话，本不想接，一听却是家乡口音，怎么那样熟？一细听，才知是老乡朋友王晓荣打来的。王晓荣这几年发了，先是开饭店，后又涉足房地产生意，富得流油。身上有了几个小钱，买彩票，老虎机，吃喝嫖赌样样都会。没事就找女人玩，寻开心。他说，人的一生就是吃喝玩乐，像许晓华这样清苦，一心想当作家诗人，也不知道享乐，真是作掉了。惘然来人世上一趟，真是白活了。

王晓荣说晚上请海安老乡吃饭，大家乐和乐和。许晓华问有哪些人。晓荣说：有苏中一建的老总，有蒋总等，还有周永富，都是你认识的。他们也一致邀请你这位大作家来玩，你千万不能不给面子。许晓华本想不去的，但都是老乡见面，吃吃饭喝喝酒应该还是开心的，今后有个什么事也好找他们帮忙，再说好友周永富也来，他就答应了。

在路上，他买了一包苏烟，一包中华装在口袋里，到时拿出来抽也有样子。许晓华虽穷，但他要面子，他不能让老乡看低他，他是作家，怎么说也是有身份的人。

到酒店后，才知是蒋总请客，除了王晓荣、苏建达，还有周永富和海安镇的原镇长、司法局的副局长、党校校长等。许晓华到后，饭局已开始，由于许晓华到晚了，被罚酒三杯，那天喝的是五粮液，许晓华喝了有八两酒，好几百块呢！许晓华感到一点都不亏。

吃完饭，大家还有兴致，就去宾馆打牌，周永富不会打牌，就先走了，周永富问许晓华要不要钱，许晓华拍拍口袋说：不需要，我有的是钱。

牌是由四个人玩的，达总、蒋总和王晓荣、许晓华，打的是最简单的"跑得快"。本来说好五元钱一张的，许晓华带的钱太少，一共才五百多元，还分放在两个口袋里，一个口袋二百，一个口袋装三百，他不想打。后来说，二元钱一张，带庄带双。许晓华不好再推辞了，就说可以玩一会儿，钱输完了，就不来。怎么一定就是我输呢？说不定赢了呢？只要上了赌场，谁都是想赢的，赌输了，也只能怪自己运气不好。

那天牌真差劲，总摸不到好牌。也许太想赢了，许晓华心里就有点急，几次本来能赢的，却出错了牌，上场还不到半个小就输了二百多，本想就此收手不打的，但又怕扫朋友的兴，也显得太小气了，说起来名声也不好听。许晓华只有硬着头皮继续，越打越输，输急了，就瞎庄瞎叫牌，五百元一会就输得精光，连角票和硬币都顶上了，也无回天之力。

输光后，许晓华向王晓荣借钱，王晓荣不肯借，向蒋总借钱，蒋总也不肯借。周圣富又走了，向谁借钱呢？向老婆要，不但不会给，还要被骂过狗血喷头。

没有现钱，本来可以不打了，就此结束，许晓还输不了多少钱，五百元就算请朋友吃顿饭也值了。但许晓华太想翻本了，就说："我家抽屉里还有两千元现金，要打只有到我家去打。"

王晓荣说，真的有两千元吗？你不要骗我们。

许晓华说：不要瞧不起人，骗你是狗娘养的。

王晓荣跟蒋总、达总商量说："现在已经深夜了，反正也睡不着觉了，不如玩个痛快。"

达总蒋总也说好，只是丑话说在前面，不管输赢都不许耍赖，不许借钱，不许欠账。

许晓华手一挥，豪气地说："好！行！谁要赖就是婊子养的！"

王晓荣、达总、蒋总他们相视后都会心地笑了，笑得有点神秘高深莫测。

四人又开车到江城区太平花苑许晓华的出租屋，两盏日光灯都打开了。许晓华将崭新的两千元票子亮给他们看了后，又继续打牌。

由于有了钱，就有了底气，加上牌特别好，又很顺。许晓华很快就将五百元本钱捞了回来，另外还赢了一千多元，如果这时收手，该多好啊！许晓华一人赢，他们三人输，怎么可能就此收手，再说许晓华也不满足赢一千多元，他也想多赢点，又继续打。

三十年河东，三十年河西，风水是轮流转的，打牌也一样。到快天亮时，许晓华开始走下坡路，一下连续被捉了几个双，赢的钱全倒了出去不算，一共输了一千五百多元，他们每人平均赢了五百多元。

这时天也亮了，达总、蒋总、王总都有事，再说许晓华钱也不多了，全部输干净了也不好。就收手不打了。王晓荣问："太饿了，有没有吃的？"

许晓华说："只剩下康师博方便面。还有鸡蛋。"

"有鸡蛋煮方便面就很好。"达总、蒋总说。

许晓华很快就将方便面煮好了，每人一大碗，香香地辣辣地吃了，都说香。每人都出了一身汗。王晓荣、达总、蒋总三人一起想去桑拿，问许晓华去不去，许晓华说太累了想睡觉，就没有去。

楼下的发动机响了，车的大灯也亮了，车子在原地转了个弯就走了。见三人真的走了，许晓华数了数票子，一共赌输了1800多块。这顿饭真不该吃，这顿饭也太贵了。许晓华又不知要吃几个月榨菜泡饭，才能把输掉的钱省回来。

23

牛芳珍父母一直在找孙子牛强。因为跟儿子媳妇闹翻了，又不好直接找儿子、媳妇问。见了面也像见了仇人一样，也不说话，像大街上的陌生人一样擦肩而过。比陌生人还要陌生，除了陌生还有怨恨。一切都写在脸上，这让牛芳珍父母心里有些悲凉。

牛文才喝多了，就拿牛芳珍出气。有一次喝多了，就把一只酒杯摔坏了。虽然牛芳珍没见母亲哭过，但母亲整天沉默寡言，更感到母亲心里难过，心里很不好受。

牛芳珍也知道父母想儿子，更想孙子。孙子牛强是他们一泡尿一把屎拉扯大的，十八年啊，又不是一天两天，就是养一条小狗，也有感情，何况人呢？

牛文才不是没有怀疑过牛强是不是牛家的种，但生米都煮成熟饭了。一家子平平安安过日子已一二十年了。真的把真相搞清了，这个家也就散了。就这样糊糊涂涂过一辈子，不也很幸福吗？谁还能没个错。再说孙丽英自从跟了牛卫东，也没见人说过闲话。现在再旧事重提，不是把屎挑起来臭吗？那样对谁也没好处。

大儿子牛卫东就是能忍，十几年了，硬是把日子过下去了，谁也不容易。

在家里牛文才是有点偏向大儿子牛卫东，一是跟大儿子过的时间长，二是孙子牛强也确实与他对脾气。二十多年了，一开始是他带孙子洗澡，后来老了，就是孙子牛强带他洗澡，身边没有了牛强，还真很想，做梦都想。说不定那天就会站在他面前。儿子到不一定，孙子牛强是他们带大的，贴心，知寒知暖。说白了就是他们下辈子的依靠。

但牛强却不听说，也不省心。高中没毕业，就在社会上混。结交的都是社会上的闲散人员。他不但学会了抽烟、喝酒，还学会了赌博，特别喜欢玩老虎机，老虎机怎能玩，那是吃钱的机器啊！但牛强就是喜欢玩，而且上瘾了，想不玩也不行了。先是偷家里的钱玩，那是父母起早贪黑卖馄饨的钱，一天总共也就两叁百元钱。母亲知道后，痛打了牛强一顿。后来又抱住牛强痛哭。牛卫东倒没动过牛强一个手指头，但拿不到钱，牛强就要跟父亲牛卫东动刀子。父子像前世的仇人冤家一样，仇大着呢，一见面没不吵的。双方都气红了眼。母亲叫他让着父亲，父亲就他这一个儿子。牛强也想努力对父亲好一点，但牛强就是做不到。每当父母吵架，牛强都旗帜鲜明地站在母亲一边。面对比自己高大威猛的儿子，牛卫东作为父亲还真有点畏惧。

牛强家里拿不到钱，就偷，但偷也不容易得手。有时还被抓住，被打得头破血流，时间一长，连派出所的所长都熟了，他属于小偷小摸，定不了罪，连派出所长也拿他没办法。见了公安干警还称兄道弟，像亲朋好友一样直接拿烟抽，有几个贩毒案子，通过牛强提供的线索，还真的破了。不服还真的不行。

牛强翅膀硬了，真的以为自己黑白两道都行，胆子也大了。借了两万元高利贷，在老虎机上输得精光，后来又问经营老虎机的老板借了一万元也输了。三万元牛强那里有钱还。几个月下来就翻到十五万。高利贷的老板说，到期再不还，就派人砍掉牛强的膀子。牛强倒没有害怕，到是牛强母亲孙丽英吓坏了。连夜用车把他送到高邮乡下，从此隐姓埋名，求得一时安全。外人问到，都说被公安抓走劳教了。

牛芳珍父母开始几年找不到孙子牛强，以为真的被公安抓去劳教了，后来听说被送到高邮乡下，才稍为放心。

听邻居说，最近曾在南都某区的大街上看到过牛强，牛强耀武扬威地骑着几万元的摩托车，车后还带着一个时髦女郎，很是风光。牛强一点不像没钱的样子，手拿皮包，戴着墨镜，身上纹着两条青龙，像个黑社会老大。牛芳珍父母，一面惊喜异常，一面又不可避免地心惊肉跳。

24

牛文才怎么也想不到，这天孙子牛强会来家。平常虽然嘴上说，这惹祸精不如死了好，但心里还是想念的。他也曾想让牛强学个手艺，摆个摊修修自行车电动车，工具他都有，空闲时还能帮帮他，但牛强就是不听，说那都是残疾人干的，没出息，忙一天也挣不了几个小钱，打死他也不会干。要干就干大的，钱挣得多人也风光。

牛文才也没办法，小孩的事他做不了主。他还是喝着他的小酒，从报纸上关心国际国内的形势。钓鱼岛发生争端，看来又要打仗了。打仗好，打打这些狼心狗肺的家伙。

一天下班后，牛芳珍正和父母一起吃晚饭，那晚多做了几个菜，许晓华也拿着一个小杯子，和岳丈大人一起喝着小酒，许晓华不敢多饮，每次都是喝完两杯酒就开始吃饭。

那天许晓华正拿起碗开始吃饭，听到有人敲门，以为是抄电表水表的。牛芳珍打开门一看，却是牛强回来了，身边还带着一个小姑娘。牛芳珍和全家人都惊呆了，刚挟到筷子上的菜都不知往嘴里送，就那样停在半空中。

牛强确实长得有莘有素、又高又大的，穿着深蓝的短袖衫，棕色的西装短裤，脚上是一双白色的旅游鞋，短帮的袜子也是白色的，很是潇洒俊逸，一点不像社会上的小混混；手里拿着一个长方形的真皮钱包，上面四五条金属的拉链在灯光中闪烁着，钱包鼓鼓的，不知装了些什么。总之牛强一点都不寒酸，猛一看倒像个成功人士或有钱的主。

女的个子高挑苗条，一双眼睛能把人的魂勾了去。上面穿着白汗衫，半个乳房都露在外面，牛仔背带吊裙式的短裤。整个肉肉的大腿上没有一根纱丝，脚上趿着红色的拖鞋，黑色的头发披散着，颇有几分青春的妖艳……

牛芳珍说："牛强回来了，把你爷爷奶奶想死了！"

"这几年不回家，都死到哪里去了？"

"我一直在做大生意，这次回来和苏宁公司做液晶彩电，都是几百万的生意。"牛强拿出的香烟不是苏烟就是中华，还真像有钱人的样子，说话和做派一点都不俗。

还是我家牛强有本领，我说嘛谁有我孙子牛强强？牛文才兴高彩烈地说。

"一定都饿了，先坐下吃饭。牛芳珍说。"

"这些剩菜谁吃啊，牛芳珍快去饭店弄几个菜。"

"不用了，我们带了菜。我来陪爷爷喝几杯。"

还是牛强懂事！

许晓华给牛强倒上酒，自己也跟着干了一杯。

女孩饭刚吃了几口，就喊肚子疼，急忙去了卫生间。上完厕所，马桶和马桶盖子上都是鲜红的血，白色的瓷砖上也有几滴血，像雪中的梅花一样鲜艳，显眼得很。

小女孩怎么了，怎么都是血？

"阿姨，我肚子疼，疼得厉害。"女孩说着腰也弯了下去。

"没什么，下午做完了人流，刚从医院回来，不要紧。休息一会就好了。"

"流了这么多血，还不去医院，会出人命的。牛芳珍说。"

"钱都花光了，怎么去？"

"那也不能等死啊！"

"牛强就是没良心。"女孩苦着脸说。

"奶奶还有钱啊?"牛强拿了奶奶的钱包就翻,将五张一百的全部拿到手里。

"那不能动,是这个月的生活费。"

"我先借用一下,等几天我还你一千元。"

"小孩拿点钱有急用,怎么了?爷爷批准了。牛强拿!拿!"

牛强和女孩出去了,牛芳珍不放心,换了件衣服,拿了钱包也跟了出去。

半夜,牛芳珍才回来。牛强没回来,又不知和那女孩到那里鬼混去了。

第二天,牛芳珍母亲感到女人流了血,有血光之灾,不吉利。要在家里挂红消灾。

牛文才说:"又没办事成家,小孩子家闹着玩的,又不是牛家的人。挂什么红销什么灾?你是闲得难过,手痒了?"

"到时有事就晚了!真是有事了谁还能消停?"

"你一辈子屁用没有,只知道没事找事!"

老太见老头真的发火了,再也不敢吱声了。

25

牛芳珍的儿子沈小威从大学毕业回来,牛文才却不让进门,说是"野种"。外孙就是外人家的,算不得数的。许晓华和牛芳珍劝了几次,作用也不大,怕把关系搞僵,牛芳珍只好让沈小威住城里的房子。城里的房一直是出租的,这样每月就少了一千多元的租金,牛芳珍多少有点心疼。

牛芳珍的儿子,许晓华看到过一次,是牛芳珍过生日,在一家饭店吃饭，许晓华带去的生日蛋糕，是一个小号的，才五十多元钱，不贵。牛芳珍说正好，大了吃不了就浪费了。

沈小威，并不像许晓华想像得那样五大三粗，细胳膊小腿的，甚至有点柔弱，脸膛到是白白清清的，穿衣服不太讲究很随便的样子，但还是被许晓华看清了牌子，这样的服装一般没有五六百元是买不来的，再说没有五六百块钱的衣服，现在爱讲究的年轻人谁穿啊！牛芳珍过生日，预先订好了饭馆，沈小威的女朋友辛蓓蕾也来了，辛蓓蕾还在南都师大读书，学的动漫专业，也快毕业了。辛蓓蕾很是文静，坐下来只是微笑着，一句多余的话也没有。脸也是白白净净的，个子虽不高但都均称，小鼻子小眼睛的还很可爱。

当初沈小威高考的成绩并不好，一类二类本科都不够线，连三类本科也危险，最后花钱上了江西南昌先锋软件学院，虽是学电脑软件的，但这个学校确实没见过，到教育部的学校网站上也不一定能查到。但学杂费并不低，四年下来，花出去的钱不低于十万元。牛芳珍说：小孩学了门手艺，总算没学坏，花这点钱值得。牛芳珍的父亲牛文才却说：钱都丢下水了，丢下水还有个声响，这钱花了屁用也没有。许晓华没开口，人家的小孩，他能说什么呢？

沈小威的女朋友辛蓓蕾成绩就好多了，考取了宁都一所知名的高校，在学校时还入了党，可谓前途无量。用牛文才的话说，这么年轻，都是党的人了，那还了得。

这顿饭吃得还是十分平静的，大家话都不多，似乎也没什么话好说。只有牛芳珍一人话多，兴高采烈的样子。吃完饭许晓华要付钱，牛芳珍抢着付了。说："怎么能要你付呢？"许晓华手中捏着的钱只好又放回口袋里，真的让他付了钱，还不知又有几天不高兴哩！

从饭店出来，走上大路，一行人就得分开走了。沈小威和女朋友辛蓓蕾走一路，牛芳珍和许晓华走一路。大家走到路口时站住了，然后挥手再见。黄昏很宁静，云彩很淡。

牛芳珍问许晓华儿子媳妇怎么样？

许晓华说："好，还不错。"

"我那媳妇可好了，真是又漂亮又能干？"

"只是你儿子那样子，跟人家一比，条件就明显差多了。"

"不要紧，他们上初中就谈朋友了，早睡到一起了，小孩都流掉几个了。煮熟的鸡还怕飞了不成？"

"结了婚不是还有离婚的吗？"

"哪能这样讲，八十岁还离婚呢！"

"如能成不是更好嘛，你到也省心了。"

"两个小孩在外面太苦，你也帮了和我父亲说说，春节也让他们回来住，也有个热汤热水的吃，一家人团团圆圆的，多好。"

"只要你老爸同意，我没意见。"

许晓华知道牛芳珍整个心思还在儿子身上，并不在他身上，就像许晓华的心思也在女儿身上不在牛芳珍身上一样。人都是自私的，这又能怪谁呢？牛芳珍说，女儿嫁人了就是别人家的，只有男孩才是自己家的。许晓华当面没有反驳，心里说，女儿就不是人了，就不是父母身上掉下来的肉了？屁话！

这天许晓华没有跟牛芳珍回家，因为走到安庆门，牛芳珍坐 96 路车，许晓华坐 168 路车，车站不在一处，两人就分手了，都说这几天有点累了，要好好休息一下。

牛芳珍回家后真的跟父母商量好了。同意沈小威和女朋友辛蓓蕾回家玩几天。条件是春节几乎所有的花销都由牛芳珍一个人出，另给父母两千元现金零用。许晓华知道自己是大男人，不能吃白食，除了花了六百多元送年礼外。也给了四百元给牛芳珍父母，留了灌点香肠，腌点腊肉，到时候吃起来香。筷子也动得安稳自由流畅些。

这年春节，由于儿子媳妇回来，牛芳珍特别舍得花钱，买的菜和食品十分丰盛。她说："过年嘛，一家人大吃大喝，多快活。"

春节当中，每天的饭菜都是牛芳珍一人忙的，牛芳珍的父亲读报纸看电视，许晓华和牛芳珍母亲，沈小威和女朋友辛蓓蕾，正好打一桌麻将，打得虽然不大，就很开心，时间也过得很快。

转眼就到初十了，沈小威的女朋友要去实习上班了。年的味也就淡了。大家该忙什么还忙什么。许晓华也想回去，牛芳珍说："陪沈小威再玩几天。"反正许晓华也没事做，玩几天就玩几天吧，回去锅碗筷子都是冷的，自己烧饭也不容易，一人吃饭确实也没什么味道。但牛文才的脸挂不住了，只是正月十五之前都在年节当中，有脾气也不好发作，心里就很不舒服。

每次吃饭，牛芳珍总是把许多菜挟到沈小威碗里，骨头汤鸡蛋汤也专门给沈小威盛一大碗，牛芳珍每挟一块菜沈小威就骂一声，牛芳珍并不生气，还继续挟，生怕儿子吃不饱似的，许晓华也看不惯，但最终忍住没说什么，照样吃自己的菜；牛文才不舒服了，实在看不下去忍不住，将筷子重重地一放走了。牛芳珍的母亲朱秀霞也端着碗坐在沙发上看电视。本来很热闹的吃饭场景一下就冷了下来。许晓华碗里还有一口饭，不知是否继续吃，最后还是放下了。桌上就剩下牛芳珍沈小威母子二人，饭菜的味道就淡了许多，室内的火药味却浓了，似乎在整个房间里弥漫，就要快爆炸了。

大约三天后，事件还是发生了。牛芳珍说母亲放在家里卷着放在袜子里的三千元丢了，这还了得，家里一下炸了锅，牛文才说："家贼难防啊，真是白眼狼，我们好吃好喝地供着，你们还不满意，还打我们老人的主意，那几个钱是我们养老的，谁拿去丧德啊！"牛芳珍父母怀疑是沈小威拿的，沈小威和牛芳珍怀疑是许晓华拿的，许晓华也怀疑沈小威，同时也怀疑牛芳珍父母，会不会那钱放在哪里忘记了，或且根本就没有丢呢？许晓华为了证明自己清白，让牛芳珍打110报警，虽然牛芳珍父母死活不同意，但牛芳珍还是抓起电话报了警，这事件不搞清楚，一家人怎么活啊！关键是牛芳珍这时也不相信许晓华，这让许晓华真的寒了心，在这个家再多蹲一分钟他也蹲不下去了。

公安来了，在屋子里转了转看了看，检查了一下门窗，门窗关得都好好的。说不可能是外人入室偷盗，再说也没有证据是谁拿的，是不是再认真找一找。不能放过坏人，也不能冤枉好人。警察做完笔录就走了，这事从此就不了了之。

沈小威提起手提电脑就走了，牛芳珍追出去很远，她真的不放心儿子。儿子说："这事不搞清楚，大家都没有好日子过。"许晓华随后也走了。他感到很气愤，长这么大他还没有偷拿过别人一分钱，今天却被怀疑上了，一家人就他和沈小威是怀疑对象，沈小威又是牛芳珍的儿子，她能怀疑自己亲生的儿子？许晓华真是跳到黄河也洗不清了。

26

自从牛芳珍父母家丢了三千元钱之后，许晓华就再也没去过。虽然最后以牛芳珍给了父母三千元了事，但许晓华说，这个事不查个水落石出，不给他个清白的交代他是不会再去牛芳珍家的。就像许晓华父亲许国均说的，人可以没有钱但不能没有尊严和骨气。许晓华把牛芳珍家的大门钥匙还给了牛芳珍，牛芳珍家再发生什么事就与许晓华无关了。他还一心一意写他的文学作品，人虽然穷点，但一生平平安安的也挺好。

牛文才多次向牛芳珍要房子，未果。牛方珍说，只要哥哥牛卫东肯跟牛强做一下亲子鉴定，只要牛强是牛家的"种"，牛芳珍就无条件地同意把房子给牛强，但谁会真的去做亲子鉴定呢？每当说到此事，牛强的母亲孙丽英就拿出剪刀要跟牛卫东拼命，牛卫东也是有苦说不出，但从不敢提这件事。岁月能抹平一切伤痕，就是假的又怎么样呢，说穿了说白了又能对谁有好处呢？

就在牛文才家的房产还未最后决定给谁时，牛芳珍的父亲被公交车撞了。那是一个阳光灿烂的早晨，空气中已有冬天的气息，但还不是太冷，牛文才本想去城里洗个澡，好安稳过冬的。那知道在穿过公路的斑马线的人行通道时，突然被公交车撞了，并在地上拖了一米多远。是牛文才没看到红绿灯，还是没听到司机按喇叭，这一切都无从知晓了。反正不管怎样人撞伤了就都是公交公司的责任，住院吃喝拉撒陪护费营养费误工补贴费等等，所有的一切都由工交公司承担。

牛文才被撞得不是太厉害，但这里检查那里观察，在医院还是住了十几天。这十几天牛芳珍要上班，没时间去，只有每天下班后去，有时还吃在医院，睡在医院，确实比较辛苦。牛芳珍给许晓华、沈小威打电话，他们俩人也去了。许晓华还买了不少东西，不管怎么样，一天不离婚牛文才就还是他的老丈人，就是有再大的怨言，出了事生了病还是要看的，这一点人情世故做人的道理，许晓华还是懂的。沈小威有事就被女朋友喊走了。许晓华又是安慰问候又是削苹果、还携扶牛文才去卫生间大小便，牛文才感动地说：日久见人心啊，谢谢了小许。许晓华见牛芳珍父亲躺在床上一副孤独无助的可怜相，他想起自己的父亲，也有些难受，谁也不容易，谁都会老的，不由眼圈也红了，他感到有些悲哀，只是不知是为牛文才还是为他自己。

这中间牛卫东和孙丽英以及儿子牛强也来看了牛文才。还带来了食品和鸡汤，牛文才像受了多大的委屈一样，像小孩一样哭了。当场拿出三千元给牛强，让他学驾照，并且拉着儿子牛卫东和儿媳妇孙丽英的手说：以前都是我不好，今后家都是你们的，房子也是你们的，牛强是我的孙子，就是牛家的命根子，我房子是不会给别人的。

牛卫东和孙丽英也深受感动，说老人今后的一切都由他们负责，恨不得将两颗心掏出来给牛文才，牛文才跟他们一起生活了二十多年，感情还是深的，能不相信他们吗？

牛文才出院后，天天跟牛芳珍争吵，说还是儿子有本事，女儿一点用也没有。天天追着牛方珍过户房子，并且说三天之内不过户，就和牛芳珍母亲一起到牛芳珍单位去闹，带上刀睡到牛芳珍单位去，拼个鱼死网破，谁也别想有好日子过。

牛芳珍终于搞不过父亲，最后同意将房子过给母亲，过户费五千元则由牛文才出。牛方珍只拿走了换洗衣服和刚买的液晶电视，其他一样东西也没能拿出来。

这中间许晓华将老家的房子卖了，还算好，小城的一套九十多平方的房子，也没装修还卖了二十八万，不少了，真的很不错了。许晓华的父亲贴了二万多元，在宁都郊区的下马镇买了一套三十多万的二手房，虽是老式装修，但五十多个平方还有院子，一人也够住了。许晓华望着红彤彤的房产证和土地证，终于舒了一口气，从此是正式宁都人了，再也不用受别人的气了。许晓华父亲也说："有了房才算真正有了家。在宁都生活，有了房，门一关，吃好吃丑别人也不知道……哪怕吃小菜萝卜干子，只要能活命就行。"

许晓华和牛芳珍的婚姻也走到了尽头。许晓华买房牛芳珍一分钱也没出，连生活困难，牛芳珍也不贴一分钱，就是乘坐公交车，谁刷卡也常常争执不休。这样的日子再过下去也真的没意思了，大家心知肚明，离婚是早晚的事。

正当许晓华和牛芳珍商量怎么离婚时，牛芳珍的儿子沈小威与女朋友辛蓓蕾的交往也出现了问题。辛蓓蕾已经三个多月没来玩了，不谈了连个招呼也不打，真是太狠心了。沈小威整天头痛，不但上不了班，神经也出现了问题。牛芳珍天天跟儿子住到一起，以防不测。有时害怕还让许晓华跟她住在一起。有天夜里，许晓华跟牛芳珍睡得好好的，沈小威忽然穿着睡衣，拿着皮带在房间里挥舞："出去，出去，都给我出去，我不想看见你们……"

"这是叔叔，我是妈妈，都不是外人。"

"滚！滚！滚！都给我滚！滚得越远越好！"

"安静，儿子安静，乖儿子，好好睡觉，睡一觉就好了。"

沈小威终于安静了，终于躺下睡了。望着瘦得皮包骨头的儿子，牛芳珍哭了。许晓华抱着她，她在许晓华怀里双肩还一抖一抖的，也许是太伤心了，太无助了。后来牛芳珍睡了，许晓华一时却怎么也睡不着了。两眼盯着天窗想，夜怎么这么漫长？到底什么时候才会天亮呢？

27

其实不单是许晓华、牛芳珍日子难涯，牛卫东、孙丽英的日子也不好过。牛卫东靠着一部长安轻卡车拖货，运输是越来越难跑了。身体越来越差，远的不敢跑，近的竞争又强，油还不断涨价，生意越来越难做。本来孙丽英靠卖馄饨、下面条，一天也能赚过一两百元的，有了这个收入，全家吃穿就不愁了。但现在旧城改造，面临拆迁，许多食客住户都搬走了。门前砌了高高的围墙，别说食客，连走路的人也少了。孙丽英是能吃苦的，白天在店里卖，晚上就用三轮车拖到夜市上去卖，夜市生意还好，就是人太辛苦。苦钱苦钱，不辛苦能挣到钱吗？

如果这样辛苦，日子能平平安安过下去，到也不错。但就在这时，孙丽英以前的男朋友齐兴旺突然从广州回到了南京。二十多年没有音讯，怎么突然就回来了呢？世界这么大，哪里不好去，为什么偏偏要回南都呢。真是鬼才知道，真不知齐兴旺是怎么想的。

齐兴旺也许真的赚了钱，和一个广东来投资的女老板在山西路凤城大厦三楼开了一家旋转餐厅，单投资就花了三百多万，取名"海底捞"大酒店，装修高档，价格昂贵，生意还出奇的好。齐兴旺发来请柬，也派专人前来邀请，孙丽英都没有肯"赏脸"，屈驾光临。

几番人马邀请，孙丽英都无动于衷，齐兴旺亲自开车来了。他将车停到孙丽英的面前，从豪华车上走下来，又一扬手将车门关上了。二十多年没见了，齐兴旺多少有些激动，正不知说什么好。孙丽英将一盆脏水差点拨到齐兴旺擦得锃亮的皮鞋上："好狗不拦路，请把你的车开走，不要影响我做生意。"孙丽英看了穿戴光鲜、人模狗样的齐兴旺一眼，心在"突突"地跳。不知为什么脸还像少女一样羞红了。

齐兴旺也不恼，将车开到停车场，人又转过来，坐在小橙子上，要了一碗馄饨。

齐兴旺也不敢看孙丽英，热汤热水就着辣酱将馄饨吃了：真香，好久没吃到这么好吃的馄饨了，这是正宗的高邮风味，皮薄、肉多、汤鲜，十分甘美。吃了打嘴巴子都不丢！齐兴旺本想还来一碗，吃好了再一起算账，孙丽英却手一伸，高声说："给钱！"

"多少钱？"

"两块五。"

"我给一百元，不用找零了。"

"谁要你的臭钱？"孙丽英将找零的九拾七块五毛重重地放到齐兴旺面前。那上面沾着油腻和孙丽英手上的汗渍，齐兴旺将钱放到鼻子上闻了闻，说："我的钱臭吗？"

"别费话，吃完了就走。钱臭不臭自己知道。"

"你过得还好吗？"齐兴旺想扯开话题，跟孙丽英好好谈谈，两人毕竟二十多年没见面了。面对外面灯红酒绿、纸醉金迷、醉生梦死的世界，齐兴旺一直不忘孙丽英的那份真情。

"好不好关你屁事，我跟你有关系吗？"

"怎么没关系，你忘了当初我们的关系？牛强是我亲生的儿子。"

"你现在知道牛强是你儿子，你当初干什么去了，我们母子最需要你的时候，你又去了哪里？我们这些年吃的什么苦，我们是怎么走过来的，你知道吗？你还是男人吗？你连牛卫东的一根屌毛都不如！"

"我现在不是回来了吗？"

"你回不回来，与我们娘儿俩无关，一点关系也没有！"

"丽英，你在这里太苦了，你和儿子跟我回去，你收银，儿子做大堂经理，我保证你们每月收入一万元，不在话下。再说一家人团圆多好呢！"

"我们苦日子过惯了，你的好意我们收用不起！"

"你暂时不去也行，但你得将儿子给我，那是我的儿子，不能让他再流浪漂泊了，我看了伤心心疼！我要让他上最好的大学，将来过人上人的生活。"

"没门！你就死了这个心！"

"我给你钱，十万,五十万,一百万，你说个数字，我决不还价！"

"不行！就是不行，你别做梦，你给我一千万也不行！"

"孙丽英，我好好跟你讲，你别过分。儿子我是要定了，你再不给，我就亲子鉴定，我告你们，我就不相信要不回属于我的东西！"

其实如果齐兴旺不这么张扬显摆，不忘当初的那份真情，真的肯低头向孙丽英哭诉求情，也许孙丽英会动隐测之心，同意牛强认亲生父亲，毕竟血浓于水，那一份亲情是谁也无法改变的。但一谈到钱，孙丽英就生气，难道亲情爱情也好用金钱来买卖，二十年牛卫东无私的奉献和付出，更显得一个男人的真情和高大。那是一个人光辉朴素的人格，贫贱不可夺志，世界上不是什么东西，都是可以用钱来买的。就是有钱也不一定能获得爱情和亲情。

"你滚！你滚吧，滚得越远越好！我不想再见到你！"孙丽英将面汤泼在齐兴旺面前：滚！

"好，我走，我走，有你苦吃的！"

"我靠劳动吃饭，难道还怕你不成？"

"你不乖乖听话，我让你馄饨店也开不成！"

"你能一手遮天？就看你没这个能耐！"

"咱们骑驴看唱本——走着瞧！"

"滚！滚！滚！给我滚远点！"

齐兴旺拿起皮包，转头走了。他有点愤怒又有点不解。二十多年都过去了，孙丽英一点都没有变，还是一根筋的死脑筋！牛卫东站在远处看清了这一切，孙丽英也看到了牛卫东，牛卫东一言不发，也不回家，也不远离，就默默看着这一切。就像看一部街头的活剧，等待故事的剧情和人物的走向。现在人物退场了，大幕拉下了，他却不知怎么办。面对这一尴尬的局面，他进退两难。孙丽英手里拿着抹布僵在那里，半天也没说出话来。

28

齐兴旺又约孙丽英在凤仙宾馆谈了一次。孙丽英当初本不想去的，怕卫东和邻居知道了不好，上次卫东知道了，就吵得要死要活的不得下山。再见面，会闹出人命的，但不答应见面，齐兴旺就到馄饨摊来闹，影响更不好。还是一人前去，什么事发生都发生了，就要有勇气去把它了结了。

到了宾馆，齐兴旺十分客气，又是泡茶又是拿水果，齐兴旺让孙丽英坐到床上，孙丽英没坐，把包放在茶几上，人坐在茶几边的单人沙发上。

孙丽英知道齐兴旺的鬼心事，也知道坐到床上没好事，就单刀直入地说："你找我到底有什么事？"

"没有事就不能见你了？我想你还不行吗？"

"有事说事，有屁快放，别来没用的！"

"我想跟你谈一下儿子的事，这是十万元，你先收着。齐兴旺将报纸包好的一包钱推到孙丽英面前。"

孙丽英说："那我替儿子谢谢你了。"

"谢什么谢，我们本来就是一家人，你那么见外干啥？"

"谁跟你一家人，你是你，我是我。"

"那你将儿子给我，你们还可以再生啊！"

"他身体受过伤，生不了了！"

"那你把儿子给他，我们俩人一起过日子，我们再新生小孩？"

"你以为我是菜场卖的青菜萝卜，谁买都行，想跟谁就跟谁？没那么容易！"

"这也不行那也不行，总要有个处理办法啊？我孤苦伶仃一人，你就不可怜我？"

"你不是有富婆吗？"

"那是一起创业干事业的，是生意上的伙伴。"

"别说得那么好听，你能说你跟她就没睡过？没干过那事，人家钱能给你花销？"

"那是两码子事，不擦的，你今天说清楚，就说：儿子给不给我？"

"没门，不可能！"

"那我们两人在一起？"

"也不可能！"

"丽英，我们毕竟好过，一日夫妻百日恩嘛！"齐兴旺把手放到了孙丽英的肩头上，并且轻轻地摩挲着。

"把你的狗爪子拿开，请你放自重点。"

"看你还这样保守，只要有钱，小姑娘有的是。想搞谁就搞谁！"

"你搞谁我不管，但你想碰我姑奶奶就是不行！"

"这就不好了，不要把问题搞僵嘛，你不给我儿子，又不让我碰。我还给你钱干啥？你以为我钱多，我傻啊！"

"你钱多钱少，干我屁事？"

"钱是给我儿子的，要给我也要当面交给他！"

"你没尽到父亲的责任，他永远也不会见你。"

"那也由不得你，儿子大了，他有自己选择的权利！"

"不要有几个臭钱就以为了不起，我们还没拿眼睛看呢？"

"那你到底要怎么样？"

"我们早已结束了，你滚远点，请你不要影响我们的生活！"

"好好好，我们就不能好好商量商量吗？"

"没有任何商量的余地。"

"那你把钱带上，我知道你们也不容易！"

"谢谢你的好意，来路不明的钱我一分也不会要。"

"不要再犟了，有钱才有好生活。"

"我只想干净地活着，靠劳动养活自己！"

"那就没什么好说的了？你回去好好想想？想通了再来找我。我的房门永远为你和儿子敞开着，我等你回来。"

"你走你的阳光道，我走我的独木桥，从今往后我们不擦，井水不犯活水！"

孙丽英一分钱也没拿，拎起包头也不回地走了。

齐兴旺感到有点好笑，这世界还有不要钱的女人。他失望地摇了摇头。

29

孙丽英走到外面的大街上，发热的头脑被风一吹，才清醒了许多。她的头脑确实很乱，走斑马线人行道穿过马路时，由于没有看清红绿灯，差点被车撞了。撞死了好，一了百了，再也不用过这烦心受罪的日子。

眼看今天生意是做不成了，也无心做了，一天不做，损失就是一百多块啊！这做生意就是这样，天天起早贪黑地做，做习惯了倒不觉得有多累，一停下来，人也懒散了，就什么也不想做了。孙丽英去宾馆时是有过思想准备的，她也知道齐兴旺想干什么；她也不是黄花大闺女，也没那么金贵，都人老珠黄的老太婆了，真的发生一两次关系，也没什么大不了的。关键是要有那心情。怎么就没发生呢？还吵翻了，也许心中还有一丝对当初齐兴旺不辞而别的怨恨。但现在齐兴旺发达了有钱了，孙丽英也曾想跟牛卫东分开，再跟齐兴旺一起生活，但怎么对牛强讲，又怎么讲得出口，再说牛卫东真的对他们母子不错，几十年如一日关爱他们，自己辛辛苦苦，却从没给他们母子俩罪受；人心都是肉长的，一家人风风雨雨也都走过来了，二十多年，同在一个屋檐下生活，白天一起吃饭，晚上一起睡觉，牛强早就像亲生的，就像从他们身上掉下的肉，打断了胳膊还连着筋，再分开也难啊，但不分开，两人这苦子日也不知何时是个头。

齐兴旺送给自己和儿子的十万元，本来已拿到手了，怎么到最后又鬼使神差地不要了呢？真是呆子一个！又不是偷的抢的，是人家自愿奉送的，不要不呆吗？那可是十万元啊！他们起早贪黑跑运输、卖馄饨三年也不一定能赚到这么多钱。钱是个好东西，钱是人的胆，人有了钱就有了底气，有了钱干什么事情都不怕。现在这个社会干什么事不需要钱啊！没钱寸步难行啊！没钱连尊严也没有，谁会瞧得起你？

但纸包不住火，若真收了钱，跟齐兴旺的关系就再也说不清了。如果牛卫东知道了，又怎么了得。所以不要钱是明智之举，最起码问心无愧，还可以平静安宁地生活。都这么大个年纪了，半个身子都下土了，再也经不起什么折腾了。日子清苦点不要紧，还是平平安安的好。

孙丽英走到家，懵了。牛卫东在家里，并且堵在门口，脸色也不好看。一看就像要发火的样子。

孙丽英把牛卫东推到屋里，随手把门关上了，她怕吵架外人听到了难听，影响也不好。

牛卫东让孙丽英刚坐下，还没来得及喘口气，炮筒子就开火了："一天生意也不做，都死到那里去鬼混了？"

"我心里烦，在街上走了走？"

"走了走？骗谁呢？打扮得这样妖艳，又去宾馆跟旧情人约会去了吧？"

"怎么可能呢？"

"怎么不可能，我亲眼看到你走进宾馆的，进去一个多小时才出来，是不是？"

"你跟踪我？"

"那是保护你！"

"你是黄鼠狼给鸡拜年，没安好心！"

"你风流快活了，还知道回家？"

"谁风流了？我只是去谈些事？"

"有什么好谈的，干柴烈火似的旧情复发，一进屋就抱着上床了吧。"

"人家并没你想的那么坏！"

"没我坏，这世界没一个好人！搞也搞了，他给你多少钱？"

"给我十万，我一分钱都没要。"

"你这么高尚，到手的钱都不要，谁信啊？"

"不信拉倒！"

"两人在一个房间能不搞？说了鬼也不信！"

"反正就没搞，信不信由你！"

"将心比心，换了我，跟别的女人一个房间，我说没搞，你相信吗？"

"那怎么才能让你相信呢？"

"你脱了裤子让我检查。"

"你不要太无聊！"

"你不肯检查，就是搞了，心里没鬼你怕什么？"

"检查就检查。"孙丽英走到床边拉下裤子，坐在床沿上，长裤子花裤衩在脚边晃着。

"算了，算了，就是真搞了，我也没办法你，你们以前不就搞过了吗？"

"你无聊，你不是人，你这个缩头乌龟！"

"我是乌龟，你就是婊子！"

"我是婊子，我走好了！"孙丽英拉上裤子，拉开门就要出去！

"我是说了玩玩的，你怎么还当真了。"

"还不当真？我跳到黄河都洗不清了！"

"现在鬼都上门了，你也去了，他不还要来找你？"

"那怎么办？你总不能把我扯到你裤腰带上？"

"现在不是你死，就是我死，街坊邻居都知道了，我还是跳秦淮河算了！"

"河上又没盖盖子，也没人拦住你，你去跳啊！"

"牛卫东真的拉开门向外走！"

"死鬼，你要死，我跟你一起去死，这日子真没法过了。"

孙丽英抱住牛卫东的大腿，死活不放松，两人都哭了，心里也清爽了些。

真想不到俩人还这样恩爱，两颗心一下子就被泪水泡软了。

幸亏没拿他的钱，不然就说不清了。

儿子不在身边，他也找不到。

儿子现在是最重的。

只要儿子不点头答应，他说什么也没用。

不知儿子在老家怎么样？

应该还好吧？

我这几天生意做得还可以。

反正这几天也没什么生意。明天我就收了馄饨摊子，跟你一起跑运输，门一关，他就再也找不到我了。

有我在你身边，他来你也不用怕，你是我老婆，他敢再纠缠你，我打不死他！

两人的泪水从脸颊上流下来，流到头发上，流到手臂上，又流到对方嘴里，也是苦苦的、涩涩的、咸咸的。

两人一天都没吃饭，却一点都不饿。窗外的天空静静的，月亮在树梢上越升越高了。

30

孙丽英和牛卫东一起用卡车跑运输，过去稍微远点的地方都不敢跑，现在俩人搭伴，胆子就大了。再长的路途，只要肯给钱，也敢跑了，人是辛苦了点，但赚的钱也多。

牛卫东和孙丽英一起早出晚归，就少了许多担心和牵挂。日子反而平安快活了。两人也确实过了几个月舒心的日子。

大约过了半年，他们都认为平安无事了，就在这时牛卫东收到了法院的传票。齐兴旺把他和孙丽英告上了法庭，也联系了本市电视台法制现场的记者，还找好了律师，并准备做亲子鉴定，他想通过合法的法律手续，要回属于自己的儿子。

这一着真狠，想不到齐兴旺一下就把他们推到了悬崖边上，不出面也不行了。

但不管出不出庭，事实摆在那里，他们必输无疑，如果法制现场再一播，全市的人都知道了，他们的脸面往那里放，还有什么脸面再在城里做生意？不能做生意，他们吃什么喝什么？他们连养老保险医疗保险也没有买，将来生活都是个大问题！

更主要的是父母那套房子，有九十多个平方，值七十多万，本来是要留给孙子牛强的，如果亲子鉴定一出来，发现牛强并不是牛家的种，那房子还会给牛强吗？再说，这些烂事一旦暴露在大庭广众之下，他们的婚姻还能不能维持下去都很难说。

牛卫东和孙丽英都感到了问题的严重性，感到进退两难。就这样放手吧也不易，不放手又不行，但把抚养了二十多年的儿子拱手让给齐兴旺，多少有点不甘心。想来想去没有两全齐美的好办法。他们最终作出最大的让步，同意齐兴旺他经常来看儿子牛强，如果儿子牛强同意认他这个父亲，他们没意见，一切由儿子本人决定。但齐兴旺不同意，不管用什么方法，都要坚决无条件地要回儿子。而且儿子的名字也要姓齐，齐天大圣的齐。

牛卫东和孙丽英感到齐兴旺也太不讲情义了，你不仁我不义，最好的办法就是把他灭了，让他从这个世界上彻底消失。他们找过黑社会的头目，最少也得花十万元，这是玩命，决不还价，而且要先付五万元，事成后再付余款五万元。牛卫东孙丽英思前想后，还是舍不得这十万元，再说没有不透风的墙，事情一旦败露，他们谁也脱不了干系，倒不如自己亲自干，不但不花钱还省心。干完了，用车一拖，随便扔到荒郊野外那个枯井里，别说人，连鬼也不知道，多好！齐兴旺一消失，他们就再也没有麻烦了。

说干就干，他们准备好了绳子，锤子、刀子，手套、汽油等，他们想把齐兴旺约请到他们家里吃饭，到吃醉酒后合适的时候再动手。就在最后决定时，牛卫东动摇了，他是坐过牢的人，知道公安的侦查手段了得，只要杀了人，最终是跑不掉的。杀了人是要偿命的。还是毁容好，只要毁了容，牛强就再也不会认齐兴旺这个丑八怪的父亲，他富婆的情人也会因毁容而彻底离他而去，没了富婆没了钱，只有彻底滚出石城。到时出点钱让他回到乡村安享晚年。一切都准备好了，孙丽英就打电话给齐兴旺，齐兴旺也答应了。

齐兴旺到牛家来吃饭，也是做好充分准备的。他不相信牛卫东和孙丽英这么好说话，这里面一定有更大的阴谋，所以走南闯北的他，心里就多了一分怀疑，也做好了鱼死网破的准备。他买了一个大蛋糕，并且在袖口里藏着一把两尺多长的不锈钢尖刀，能杀能砍，还能自卫，万一被发现了，就说切蛋糕用的，他们就是知道了也不好说什么。

预定请客的时间到了，齐兴旺真的来到了，还带来了一个大蛋糕，大家一反常态，非常客气，非常友好。甚至有点肉麻有点好过了头。牛卫东和齐兴旺像亲兄弟一样频频举杯，称兄道弟，大有相见恨晚的味道。

酒过三巡，大家都在一种表面和谐的气氛中交谈着，反而更增加了紧张的气氛，孙丽英不动声色地微笑着，随时准备将倒满硫酸的杯子端上来，见齐兴旺手里拿着刀子，就又放下了，牛卫东又重新敬酒，但齐兴旺一直将手放在离刀不远的地方，孙丽英怕再晚就没有机会了，趁齐兴旺转过头喝酒时，快速地将一杯像酒一样的一杯液体硫酸向齐兴旺的头上泼去，齐兴旺背后像长了眼睛一样，头一偏，硫酸从后耳根流下来，迅速在肩上涌动，半片衣服就烧坏了，肩和后背的皮肉像着了火一样，冒着深蓝色的青烟；齐兴旺忍住剧痛，提刀就向牛卫东的胸膛刺去。

卫东，快躲开！孙丽英一个箭步冲上去，用整个身体挡住了牛卫东，卫东被推开了，孙丽英的胳膊却被尖刀刺中了，顿时血流如注，大片大片的血从手臂上流下来、流下来……

"丽英，丽英！……"齐兴旺抱住丽英，丽英闭上眼睛昏过去了。

"救命了，救命了，杀人了，杀人了，救命！……"

牛卫东冲到门外呼喊，齐兴旺趁乱从后门逃走了。

孙丽英被110送往医院，休养了一个星期才出院。

牛卫东很感动，一直悉心照顾孙丽英，一边问孙丽英怎么办？孙丽英却问："不知齐兴旺现在怎么样了，那么多硫酸泼到身体上，会不会破相？"

牛卫东说："你泼在后背，受伤不太重，应该不会吧！"

"他会不会再告我们？"

"不知道……"

"如不告我们，我看这事也就算了，人活着都不容易，不能总记仇。"

"好，我知道……"

孙丽英说："如果将来齐兴旺老了，实在没人照顾，我们一起去照顾他。"

牛卫东含着泪说："好！"

"到时也让小孩牛强去看看他，人还是要有仁爱之心，不能记一辈子仇。"

"好，我听你的。"

"你父母年老了没人养，我们大家共同养。老人一辈子也真不容易。"

牛卫东紧紧握着孙丽英的手："好，你先安心养着。明天我就出去做事，你放宽心好了，一切都听你的。"

31

许晓华和牛芳珍的生活进入了最灰暗的日子，两人已很长时间没做那事了，有时就是匆匆做了也寡味得很。生活没有激情，一点看不到希望所在，如同拉着沉重的马车走在漫长的黑夜。许晓华本想跟牛芳珍提出离婚的，但现在沈小威病成这个样子，许晓华再提离婚就有点乘人之危不道德了。但日子还要过下去，沈小威暂时是不能上班了，整天吃药，大脑还要充痒，一天不充痒，头就痛得像要裂开一样难受，充了痒就好一点，但每次充痒就得花两百多块，这那里是一个贫民人家花得起的。许晓华对生活彻底绝望了，想找一份保安工作来做，也没能找到；他心情不好，抽烟有些多，每天早晨都咳得难受，有时痰里还带有血丝，牛芳珍带许晓华去医院一检查，晚期肺癌，也不要再看了，好吃好喝等死吧。牛芳珍拿着诊断书，脸都吓白了，一出医院就哭了，说以前都是她不好，以后要好好对待许晓华。许晓华到不害怕死，日子都过成这样，死了也真的是无所谓。知道了病情，牛芳珍没有提出分手，反过来还安慰他。这让许晓华心里有些温暖，人心都是肉长的，以后也要对牛芳珍和沈小威好一点，同在一个屋檐下生活，互相关心帮助也是应该的。现在自己快要死了，只是肺部坏死了，其他的部位不还好好的吗？他想将它们卖了，来解眼前的燃眉之急，他在城市里专找那种移植人体器官的小广告，小广告没找到，却看到一幅巨幅广告，迎奥运，摩托车飞越武龙湖拉力赛，第一名，奖金八万元，第二名，奖金五万元，第三名，奖金三万元，第四名，奖金二万元。第五名，奖金一万元。前十名奖重庆嘉陵越野摩托车一辆。这太充满诱惑了，城里人也太怕死了，在武龙湖上比赛，就是飞越不过去，顶多也就是掉进水里，死不了的，许晓华不怕死，病死了谁知道，在这里死了还是英雄，虽然这么高的巨额奖金，但报名的人却不多，只要生活还能过得下去的，谁愿意拿生命开玩笑啊，许晓华一报名还就报上了，并派了一名专业摩托车手帮他训练车技。

许晓华是骑过摩托车的，年轻在老家上班时，他早就有了摩托车，是幸福250摩托车，耗油多，功力也大。行驰过程中遇到一两米、甚至三四米的土沟，他从不下车，往往一加油门就飞了过去，现在的比赛又是用大马力的赛车，别说飞越五六米，就是飞越七八米也应该没问题，再说自己都是快要死的人了。还怕啥呢？怕他妈的个屌屎！

许晓华回家后，没有敢把参加摩托车比赛的事告诉牛芳珍，牛芳珍也够难的了，他不想再让她担心。自从生病后牛芳珍不但没嫌弃他，还对他特别好，处处给他安慰，给他加营养补身体。

许晓华坚持每天跑步，从一开始的一百米，到后来的五百米，到最后的一千米，他都坚持下来了，许晓华还和教练一起打乒乓球，以提高全身运动和手指的灵活性，当然每天三个小时的摩托车训练是少不了的，许晓华不但坚持了下来，而且感到生活很充实。

比赛那天，真是人山人海，锣鼓喧天，彩旗飘扬。宁都市全市上上下下都很重视，各行各业的代表都来了，市长、体委主任、赞助方的老总都讲了话，省市电视台的记者现场采访，好不热闹。面对沉寂的人生，人们太需要一次心灵冲击式的革命和爆炸式的表演了。

选手们大都有些紧张，只有许晓华是淡定的，大不了一死，还能怎么样呢？再说屁股下的坐骑，那片烈马，经过三个月的训练，他已能轻松自如地驾驶了。他心态很平常，就是想参与一下，比赛成绩和奖金他都是无所谓的，当然能拿到名次更好，想不到人快死了，还能露下脸，就是死也值了。

比赛开始了，人们停止了喧闹，白云停止了飘动，不安分的风也暂时停止了呼吸。

第一关，五米越野赛，有二十个人飞越过去了，到六米越野赛只有十个人飞越过去了，到七米越野赛只有两人飞越过去了。其中就有许晓华，他也不知他怎么飞越过去的，在空中就像腾云驾雾一般，他成功了。当争夺八米大赛的冠亚军时，他的心有些胆怯，但他没有惧惧和逃避，他还是一鼓作气地登上飞越台，并且真的腾空飞越了，虽然最后落在水里，位居第二名，获得亚军。他还是很高兴很满足的。

许晓华不但拿到了五万元奖金，还成了全市市民关注的热点，成了记者采访的焦点人物，面对病魔、面对死亡，挑战生命极限。晚上回来打开电视，几乎省市所有的电视台都现场转播了实况，牛芳珍也看到了，只说了一句话：死鬼，不好好活着，你想找死啊，你是风光了，万一有个三长两短，我可怎么办？一家人怎么办？

"没事，我的命大，上帝会保佑我的。"

"今后可不许再干了，听到了？想起都吓死人了。"

"没事的，再说还有五万元奖金呢？"

"如果人都没了，钱有啥用？"

"你和孩子用啊。"

"死鬼，你还知道有我啊。"

"我反正都要死了，这钱也用不着了，你拿着。"

"这是你拿命换来的钱，我不能要。"

"让你拿着就拿着，钱多嫌烫手啊，别婆婆妈妈了。"

"也好，我去银行存你的名字，暂时为你保管，你可以随时拿走。"

"我都是要死的人了，要钱还有啥用？你留着用吧。"

"我不让你死，我还要跟你白头到老呢！"

"我也是，我……"牛芳珍再也忍不住，她抱住许晓华哭了，说："我们下辈子还做夫妻，我把身子第一个就给你。"许晓华也很激动，紧紧抱住牛芳珍。

32

如果故事到这里结束，真是皆大欢喜，作者也希望是这样。但是生活就是充满了传奇，甚至比小说更精彩。生活原本就在那里发生了，但不表一下是说不过去了。

话说许晓华得了五万元奖金，也想好吃好喝，从此洗手不干的。但是第二次在陆地上的障碍越野拉力赛又开始了。这次可是真的玩命，许晓华本想不参加的。但他是上届的亚军，又是众人所知的焦点新闻人物。好像他不参加就对全市人民不好交代似的。许晓华想过平安稳妥的日子，自己已是要死的人了，要那么多钱干啥？虽然这次奖金已长到十五万，但这么多钱用得完吗？人是命重要还是钱重要，他不会连三岁小孩也知道的问题都弄不清。他换了手机，不再与熟人见面，他要逃离这个社会中心，他要回到原来平静的生活中去。但那些记者还是想方设法找到他，并且有人盯着他，监视着他的一举一动。还有人放出风来，说他怕死，胆小鬼！什么飞越英雄，其实就是一个窝囊废，懦夫，狗屁！

金钱的诱惑对已经离死亡线不远的人是无所谓的，但他是男人，是有血性的男人，他不能让人轻视他，更不能让人玷污他和侮辱他，他横下一条心，就一个字"去"！就是上刀山下火海他也敢闯，侠路相逢勇者胜，拼了算了。就像毛主席他老人家说的，人固有一死，或重于泰山或轻于鸿毛。许晓华不想重于泰山，但也不想轻于鸿毛，他要像一个人一样活着，得到人们的理解和尊重。

宁都毕竟是一座大都市，也是一座在全国有影响的文明城市，一是不能弄虚作假，二是公安、医疗，消防，救护还是提供了许多方面的保护，市委书记重申：一定要保证参赛人员的人身安全。比赛第一，安全更是第一。

这次摩托拉力赛由于是真枪实弹，搭起的天台上，八米多高的深渊像悬崖峭壁一样险峻，看谁还能腾空飞越，看谁是真正的英雄。高高的赛台下面不再是清散柔软的湖水，而是坚硬如铁的水泥——能让人摔得头破血流的石子水泥地，参赛的人不免有些胆怯，连许晓华也为自己捏了一把汗，许晓华没敢告诉牛芳珍，她心脏有问题，受不了这么大的刺激。

这次的比赛规模更大，气势更雄伟，观看的人们也更疯狂。还有少女准备好了鲜花，一旦成功，就将鲜花赠送给心中的英雄，这是个缺失英雄的时代，所以英雄的称号在人们心里更重要。奖牌奖杯也准备好

　　了，由市长亲自颁发。飞越之前还组织了歌舞演唱会助兴，一下把气氛抬到了前所未有的高潮。

　　整个飞越可以说是有惊无险，当前三次都轻松飞越过去之后，最后只剩下上次飞越的冠军跟许晓华决赛，许晓华出了一汗冷汗，被风一吹，后背都凉了，心也彻底地凉了。这次自己肯定必死无疑。许晓华也想过退却，退一步海阔天空，退一步风平浪静，退一步平平安安啊！但就在这时上次冠军的女朋友猛地奔上来了，死死抱住冠军男友的大腿，再也不让男友飞越了，大有死就一块死的意思。冠军在最后的关键时刻退却了，剩下许晓华反而不好退却了，赛场上几万双眼睛都盯着他，他不飞越过去就不是男人了。下面的人不断高喊：英雄加油！英雄加油！英雄快飞！英雄快飞！许晓华是彻底没有退路了，就是粉身碎骨也是要飞了，自己反正也是要死的人了，死就死个痛快吧。许晓华深深吸了一口气，狠了狠心两眼一闭，死命地加大油门就冲了上去，摩抚车飞起来了，摩托车腾空而起了，许晓华只感到耳边风在吹，人在飘，然后就重重地摔倒了。许晓华昏过去了，又被风吹醒了，他以为落在水泥地上，快要死了，他要最后再看一眼蓝天白云。但听到人群山呼海啸的欢呼声，他才知他摔在对岸的木头搭起的飞越平台上；他成功了，但感到左腿骨头像断了一样钻心的疼痛，这几天确实太累了，整个人生也太累了，他真的要好好休息一下了。他一下就彻底昏睡过去，什么也不知道了。

　　一直到第二天，许晓华才清醒过来，牛芳珍就在他身边，好像一夜也没合眼，布满血丝的眼睛红红的。许晓华知道最关心他的还是牛芳珍。他对身边的鲜花和十五万奖金的现钞看也没有看一眼，他知道，这一切都不重要，只有活着才是最好的，每天还能看到美丽的阳光，呼吸到新鲜的空气，人生就是最幸福的。

　　许晓华有了钱，心情也好多了，气色也不同了。牛芳珍一定要许晓华将身体作全面检查，说不管结果怎么样，都要陪着许晓华游山玩水，好好看看祖国大好河山的美景，好好享受生活。晓华说，经过这次飞越，人也想开了，人真的很假，说不定什么时候就没了，一定要善待家人和自己，说得有些悲，像临终遗言似的。许晓华的身体检查结果出来了，全部身体都很好，只是烟抽多了，肺部有些阴影而已，并不是癌症，医院难道会搞错吗？也许当初是癌又好了呢，但愿是虚惊一场。但今后烟还是要少抽些，要对自己的身体负责。如果不是癌或已经好了，那样只是肺部有些阴影，对身体对今后的生活并无大碍，如果休息保养得好，命还长着呢！许晓华和牛芳珍破涕而笑，各自都很欢喜。

沈小威就是工作压力太大，头脑有些不适应，在家休养了一段时间又上班去了，由于学的是高科技编程软件，每月工资四千多元，另外还有奖金。沈小威女朋友辛蓓蕾虽然也上班了，但工资才两千多元，看着沈小威有希望，老爹飞越成了名人，还拿了大笔奖金，又来找沈小威了，又来吃吃喝喝了，又一起共同生活了。牛芳珍的父母和哥哥嫂嫂也来医院看了许晓华，见面时大声也不敢出，一副可怜兮兮十分恭敬的样子，许晓华并不记恨，笑脸相迎，淡定以对，有一种从不计前仇的大将风度。牛芳珍说：等出院了，就请两桌酒，让全家人都参加，大人小孩每人给200元红包，让大家也跟着喜庆喜庆。许晓华说：好的，一切都留你负责安排吧。酒店档次要高，菜也要丰厚，要让大家吃饱吃好。

许晓华病好了，康复了，出院了，只是身体还有些虚，身子还有些飘，一切都像做梦一样，恍恍惚惚的不太真实。许晓华有钱了，他没像一般的暴发户那样烧得慌，他还是安安稳稳地过平静的日子。但有钱和没钱终归是不一样的，他现在走路也有些摆谱了，喜欢看着远方的天空，常常把两手背在后面，衣着倒不讲究，甚至穿着比以前更旧的衣服，脚上蹬的是早已不穿的平底布鞋，晃荡在马路上。人一有钱，心里就有了底气，做人办事的风格也就和从前大不一样了，甚至连平常的走路也别有一番姿态和风韵了。春风杨柳还是那样婀娜多姿，春风惹人醉啊！

33

真是穷人发财如受罪，许晓华自从有了二十万后，整天都吃不好饭，睡不好觉，按照牛芳珍的意思就是有了几个小钱烧得慌。许晓华开始将心爱的文学放下了，还是做生意来钱快。他也开始学习理财了，但基金和股票都没敢买，那样风险也太大了。他又不太懂，不能把用生命换来的钱就这样糟蹋了，他不是傻瓜！许晓华本来想将二十万同时存在同一个银行账户的，他觉得这样风险太大，不能将所有的鸡蛋放在同一个篮子里，万一这家银行倒闭了呢？不可能？金融危机，美国中央银行、美国花旗银行不都倒闭了吗？但将二十万元放在二十个银行，就像将二十个鸡蛋分放在二十个篮子，安全是安全了，但也太散了，不容易记得，也不好管理。后来许晓华决定将二十万按每个四万分放在五个银行，都是中国银行、建设银行、交通银行、农业银行、浦发银行这样的大银行，才悄悄放了心。他将银行的红本本让牛芳珍缝在内衣的口袋里，身份证也放在口袋里，吃饭、拉屎、睡觉，钱都在身上，才安心了，觉也才睡得安稳踏实了。

俗话说，穷在闹市无朋友，富在深山有远亲。这话还真的一点不假，自从许晓华有了钱，加上报刊电台的宣传，许晓华一下名气大了，朋友也多了，多年不见的朋友也汇齐了，大部分都是冲着钱来的，让许晓华投资做生意的，但这些朋友一点也不生分，都是一见如故的样子，每天请许晓华吃吃喝喝，花天酒地地醉生梦死。自从得奖有钱后，许晓华就很少在家吃饭，请他的朋友像购买紧张商品，是要排队的，一般的朋友，交往不够深厚，感情不到位的，许晓华还不去，他现在有身份了，那能都去呢？该拿架子的时候还是要拿点架子的，不然怎么知道许晓华的重要呢？在五花八门的朋友交往中，他从来不谈钱也不谈生意合作的事，他保持着高度的警惕，时刻捂紧自己的口袋，生怕自己的那点钱被人骗了去。钱丢在水里还有声响，被人骗了去，连个响声也没有。

朋友多了路好走，就在这当中，许晓华的发财机会还真的来了，他认识了老家的朋友周永富。有一次经朋友介绍，在酒店见面，当周总走到他身边时，他都不敢相认了；周永富胖了、白了，与当初又黑又瘦又矮的周永富判若两人，他不但穿着西装，拿着皮包，香烟抽的也是中华、苏烟，比过去任何时候都更像一个老板。

还是在老家海陵时，许晓华就认识了周永富，并且成为难舍难分的好朋友。那时许晓华在海陵红旗机床厂工作，做的是车床工，但业余爱好文学，写了许多诗，也发表了不少，是市里有点名气的青年诗人，自学成才的事迹上过《新城晚报》和《海陵日报》，周永富那时在海陵市委宣传部当临时办事员，主要工作就是发行《海陵日报》，当周永富拿着介绍许晓华的报纸到红旗机床厂找到许晓华时，俩人很投缘，也有共同语言，真是一见如故；许晓华下班后请周永富下了馆子，几杯酒一喝，大有相见恨晚的感觉，虽没有烧香拜佛，但口头上还是结拜了兄弟，从此有福同享、有难同当，好像穿了一条裤子的朋友，感情深着呢！

后来许晓华下岗了，周永富也离开了《海陵日报》发行站，两个无业游民又走到了一起，那时刚改革开放，经营批发副食品来钱快。周永富没有让许晓华投资，但挣的钱除掉一切开销后，提成百分之四十给许晓华，一开始虽然不是很挣钱，但干得轰轰烈烈，在市里开批发店的同行中也有了一定的影响和规模，门面生意由周永富老婆和许晓华老婆负责经营，周永福和许晓华负责进货，那时生意特别的好，薄利多销，每隔三四天就进一次货，每次进货都是用五吨的大卡车拖。进货地点远在浙江义乌，每次都是周永富和许晓华同车押运。记得有一次装的货物太多了，俩人只能弯曲着身体躺在货物下不足一米见方的地方，长途押运太累了也太疲惫寂寞了，两人只有讲些以前的爱情故事消遣，一切都是掏心掏肺的，一切都让许晓华感动。每次出去，都是周永富掏钱吃饭，两人同吃的一种饭，同喝的一种水，饭量也差不多大，连大小便几乎也是同时的；小解时站不起身来，就半躺着从裤裆里掏出了同样的东西，一阵稀里糊涂地猛射，虽然尿液骚气的味道不太好闻，但热热汤汤的尿液溶合在一起，不分彼此，同向一个地方奔流，这种真挚深厚纯洁的友谊，应该不会比从战火纷飞死亡堆里爬出来的战友差多少。

后来周永富肚子里长了一个良性的肉瘤，需要开刀又没现金，许晓华二说没说，就拿了三千元给他，周永富开刀后静养了一个月，许晓华一个多月寸步不离，在门市负责经营，一切账目清清楚楚，一分钱也没贪污。虽然后来还是亏了钱，但周永富讲哥们义气，从货款中拿出一万元硬塞给许晓华，许晓华一分钱也没要，还倒贴了三千元，为此周永富流下了感动的热泪，两双男人的大手紧紧握在一起，久久没有分开。兄弟啊，真是好兄弟啊，一辈子的好兄弟啊！

34

十多年后，当许晓华接到周永富的电话时，还是无比激动。许晓华也听说周永富这几年在徐州做饲料生意发大了，也有的说周永富欠了一屁股的债。但周永富在徐州包了二奶，生养了儿子都是真的。没点钱还能包二奶生儿子？生个儿子开销多大？那不是开玩笑吗？

　　周永富请许晓华吃饭，场面很大，也很气派。地点放在宁都最大也是最豪华的酒店"大富豪酒家"，一桌就吃掉三千多元，香烟酒水钱还除外，周永富花钱如拔草，用钱就像用草纸一样漫不经心。那种豪气那种爽快让许晓华自叹不如。周永富还请来了宁都一建董事长达宏图，恒通君豪房地产公司总经理王晓荣作陪，达宏图原来是海陵市委宣传部副部长兼《海陵日报》社社长，本来就身居高位，权倾一方；建委等政府部门和企业改制后，由上级委派到宁都一建担任董事长，身价四十多个亿。富得流油。周永富原来就在他的手下工作，关系自然不错，电话中都是称兄道弟，亲热得很。王晓荣是从做信息服务部起家的，现在也涉足房地产生意，资产最少也有几千万。再说四人都是从海陵市出来的，都是喝古运河水长大的老乡，生意上自然互相帮衬。许晓华虽没钱，但名声在外，影响很大，大家对他都表示了应有的礼遇和尊重。这顿饭吃得是十分开心的，许晓华也感到十分满意，一下认识了这么多有钱的人，还是知根知底亲如兄弟的老乡，看来将来发大财是没有问题了，说不定那天就抱个金娃娃回来呢！

　　吃完饭后，达宏图、王晓荣有急事要办，就开车先走了。周永富留下来和许晓华叙旧，进行下一步实质性的交谈。周永富把许晓华带到"雪浪花"洗浴中心休闲会所，许晓华本来不想进去的，但怕周永富说自己老土瞧不起自己，扭捏推让了一下还是进去了。周永富和许晓华先洗了把澡，然后光着身子走上来，在更衣室穿了特制的上衣和短裤。衣服是丝绸面料，穿在身上凉凉的，很爽，短裤有些肥大，也很飘逸，风也能从裤管里窜进来，肚脐有些谅意，裤裆里的东西像钟摆一样挂着，空空荡荡。

周永富、许晓华用热毛巾擦干头发后，就由一个小姐领着进了休息室，休息室很大，大到跟电影院差不多，也很豪华，房子里开着空调，有一种温暖如春的感觉。椅子是宽松柔软的躺椅，每个人的座位上都有一个小型的液晶电视，随时根据个人喜好，可以观看新闻和音乐节目，茶几上放着香茶和各种高级的水果瓜子点心，随便享用。室内的灯光既昏暗又柔和，既温馨又暧昧，是那样柔和温情又充满诱惑。

许晓华和周永福在沙发上刚刚躺了一会儿，一大排小姐就走来了，所有的小姐都青春年少，像刚出水的芙蓉既白嫩又娇艳。周永富让许晓华先挑，许晓华不愿意，想躺一下等头脑清醒点就回家，但周永富说，兄弟钱都付了，大哥就这样不给面子？

话说到这个份上，许晓华再推让就不够意思了，周永富也就下不了台了。许晓华打量了一下小姐，就随便挑了一个顺眼的。周永富说许晓华真有眼力，那是他的情人也是他的专利，许晓华要重挑一个，周永富说，有福同享嘛，既然兄弟，还分什么彼此。周永富让小姐好好招待许总，小姐点头称是，一脸堆笑地领着许晓华走了。小姐的服务态度真好，在规定的三十分钟完成了全套服务，许晓华有一种飘飘欲仙的感觉！

周永富跟许晓华一起吃喝玩乐了十多次，感情像热水器一样不断升温，但就是一次也没提投资和钱的事，这让许晓华反而忍不住了。说如果有好的来钱生意也带上他干上一票。周永富说，大头还是他出，许晓华只要出二十万就可以了，到年底分红时平分。达宏图是周永福的哥们，已答应只要周永富把公司办起来，所有的土木工程砂浆混凝土生意都交给他们做，这是多么大的生意啊，每人一年挣个一两百万绝无问题。

天终于亮了，希望说来就来了，发财的日子终于到了。许晓华回来后跟牛芳珍商量，牛芳珍说，还是稳一点，先投十万算了，二十万都投进去，到时不挣钱怎么办？许晓华说，真是妇人所见，头发长见识短，自古商场就是战场，胆大赢胆小，胆小赢不到，舍不得孩子套不着狼。许晓华正在兴头子上，再说钱也是许晓华用命换来的，她也就不好多说了，万一挣钱了呢，再说这个世界上的事情谁又说得准呢？是的，好运来了是谁也挡不住的。许晓华说："这次钱挣定了，你就等着发大财数票子吧！"

那是一个十分美好的日子，也是一个风雨飘摇的日子。上午天还好好的，下午就下起了雨，而且下的是瓢泼大雨，许晓华像着了魔似的，从银行里取了二十万，用一个黑色的方便袋提着，就急忙急乎地捧到了周永富手上，好像晚一分钟就赶不上飞机似的，好像晚了就不得好死似的，也许这就是命，有什么办法呢？

周永富拿了钱，从笔记本上撕下一张纸要打收条。许晓华大手一挥说："你我兄弟，还打什么条子，免了！"一切是那样豪爽，一切是那样坚定和果决，让周永富也十分感动，生死兄弟也不过如此。

35

周永富和许晓华共同投资的"金城富华建筑土木工程有限公司"三天就注册好了，注册资金五百万元，是中型建筑二级法人企业。周永福任董事长兼总经理，许晓华任副董事长兼第一常务副总经理。达宏图、王晓荣被聘任为公司高级顾问。许晓华望着周永福给自己印的常务副总的名片，一夜都没合眼，自己也终于是老总了。今后金钱美女一定都在不远的地方等着他，人生能有几回搏，数风流人物还看今朝！他能不激动高兴吗？好运正在等着他。

周永富没有骗他许晓华，公司成立不到一年就挣了一百多万，除去开销的二十万，每人分得四十万。许晓华望着银行卡上的天文数字，他不相信这是真的。钱这么好挣，够他这辈子花销的了，上一辈子不吃不喝也挣不到这么多钱。他把储蓄卡放在枕头底下，梦中枕着大把大把的钱睡觉真舒服。有了钱许晓华高兴，牛芳珍也高兴，就像天上掉馅饼似的，乐得合不拢嘴。牛芳珍让许晓华见好就收，买部车开开，外出旅游玩玩，也享乐享乐，过过有钱人的生活。许晓华没同意，说：真是妇人之见，钱是种子，银行就是丰腴的土地，钱存在银行里能生钱，一年利息就好几万呢，牛芳珍说：也对，那就随你吧。

许晓华这个春节过了个肥年，手里有了四十万不算，牛芳珍还加工资补发了两万元，周永富又用面包车装来了一车年货，说给大哥大嫂拜年。许晓华留周永福吃了个便饭，又喝了几杯酒，俩人壮着酒的豪情，又开始畅想未来。周永富说：现在房地产开发正在鼎盛时期，建筑生意特别好做，各方面关系都有了，做起来顺风顺水，明年一人再投资五十万，挣他个一两百万没问题。许晓华说：好，来，再干一杯，咱兄弟俩今天高兴，来个一醉方休！

许晓华真的醉了，将四十万还没捂热的银行卡交给了周永福。周永福不肯要，许晓华硬塞到周的手里，并拍着周的肩膀说："不收就不是我兄弟，今后再也别进我家门。"周永富激动得眼睛有些湿了，说："放心，大哥，你就在家等着数钱吧！"没过几天又将东挪西凑借来的十万元也交给了周永富。周永福信心十足地说："你就在家里等着发财吧！"许晓华也确实做着发财的美梦，连一百万到手后买什么怎么生活他都想好了。到时真的有了钱成了大款，还有什么事办不成呢？他还想好了，人不能太贪太在乎钱，到时拿出十万元支持希望工程，再在报刊广播电视上风光风光，雁过留声，人过留名啊，他许晓华也会功成名就名垂清史的。这是甭用置疑的，一定会的！

美梦再好，也有醒的时候。随着国家对房地产政策的调控，王晓荣、周永富承建的富华大厦和永安花园的房子，一套也没售出去，银行债主天天上门逼债，日子有些不好过；周永富有钱时轿车尾箱里都装满了一扎扎百元的票子，现在连吃个馍头坐公交车的钱都没有；清产核资，一帐算下来，王晓荣亏本两千多万，周永富欠债六百多万。许晓华也出了一身冷汗，与之联系无望，王晓荣的手机欠费，周永富干脆停机，两人像空气一样从人间蒸发了，再也找不到人影了，连鬼影也找不到。等待他们的只有一条路，破产！弄不好还要坐牢。

周永福一破产，这下可害苦了许晓华，投进去的五十万元全打水漂了，连个响声也没有，自己的四十万是血本无归，东挪西凑借来的十万元，还是要还的。牛芳珍还好，在关键时候没有提出离婚，还同意帮许晓华还款两万元，这让许晓华多少有些温暖和感动，不然他真的会崩溃的。在特别悲观的时候，许晓华都有了死的念头。人都这样了，还有什么活头？

36

许晓华的生活和日子从高空一下落到了地下，牛芳珍到是能适应，许晓华却适应不了。但不适应又能怎么样呢？人活着总要生活总要活命过日子的。但过日子就要花钱，钱又能从那里来呢？能从天上掉下来吗？当然不会！但干什么才能挣到钱呢？没本钱更是寸步难行。

许晓华一朝被蛇咬，十年怕井绳。这次生意的惨痛失败，让许晓华对所有的生意都失去了信心。有个老乡要跟他合开一家面条店，他也没同意。他现在最害怕遇到老乡，什么老乡见老乡，两眼泪汪汪，都是狗屁！老乡骗老乡，背后来一枪才是真的。现实真是太残酷了，他也真的被老乡害苦了，心中有满腹的苦水，还有口说不出，都怪自己做人太实诚太傻了，当初如果多听一句牛芳珍的话就好了。但世界上是没有后悔药吃的，早知尿床就不睡觉了。

许晓华在家里躺了一个星期才下床，人睡多了，反而浑身无力，走在阳光下，身体有些飘，头也有些晕，就像害了一场大病似的。好在房子还在，借的十万元已还掉二万，还有八万，只有慢慢还了，人不能没有信誉，不然还能算人吗？但不做生意，又没工资收入，这钱可怎么还呢？这世界真是怪，你有钱时别人还不要你还钱，一旦没钱了债主就像催命鬼似的，躲也躲不掉。

牛芳珍帮许晓华出了个主意，白天收废品，晚上捡垃圾，来钱快，还不需要本钱，一点风险也没有。许晓华一开始没答应，他堂堂的老总，又是作家诗人，他丢不起这个人，就是饿死也不干。但人活着就要吃饭，能在家里等死吗？当然不能！人到了没路可走的时候，可由不得自己，不干也得干。这个世界只能自己救自己，别人才不会管你呢，就是饿死冻死也没人问。

许晓华终于放下了架子，每当深夜，牛芳珍提着袋子出去，许晓华还是跟在后面去了。老婆是好人啊，没有嫌弃自己，还主动和自己一起干。自己能不干吗？那就不能算人了。收废品拣垃圾名声不好听，收益还是不错的；每天捡四五个小时的垃圾，那些废钢烂铁、矿泉水瓶子、旧报纸、旧纸箱子和旧衣服旧皮鞋，每天卖了也能挣个五六十元，生活是没问题了，许晓华和牛芳珍才松了口气。牛芳珍小孩沈小威还给他开办了一个收废品的网站，也有人打电话或将废品送到家里来了，生意也一天天好了。社区领导和街坊邻居还送来了粮油等食品，这让许晓华和牛芳珍感到了温暖。人间有真情啊！只要活着，就还有希望，天无绝人之路啊！

天一天天冷了，天空阴沉沉的，有时还飘着细碎的雪花。虽然快过春节了，家家都是欢乐祥和的气氛，但许晓华心里还有些苍凉。牛芳珍忙里忙外，弄了不少菜，屋里屋外收拾干净后，又是糊对联又是贴窗花，家里才有了过年的味道，许晓华也穿上了新衣服，是牛芳珍买的，削价的羽绒衫有些大，款式有些旧，但穿在身上也还暖和。

眼看这天就是大年三十了，牛芳珍说今天就别出去了，辛苦了一年也该休息休息。但许晓华没同意，坚持一定要出去，今天那么多人放爆竹迎新年，那将有多么废纸屑，说不定能挣个一百两百呢！人都是懒坯子，几天歇下来，骨头软了就真的不想干了。天天干，一天不歇，习惯了，反而不觉着苦。牛芳珍犟不过他，只好和他一起去。他们是夫妻，许晓华年纪大了，一人出去她还真不放心。

外边的天气真冷，天地真安静，天空的星星真亮，但哪一颗属于自己呢？一颗也没有，有的只是脚下的路和刺骨的寒风。时间还不到十二点，梅苑小区的广场上一下子就聚满了许多人，都是在广场水泥地上燃放爆竹和烟花的。人多了就热闹，一下子广场上万众喧腾，鞭炮齐鸣，五彩六色绚丽的烟花映红了半个天空，落下的纸屑像满天的大雪自由纷飞。许晓华和牛芳珍一边捡一边装，装了十个大编织袋还没装完，真的要发大财了，十几个大编织袋能装好几百斤呢，废纸每斤四毛钱，那该卖多少钱啊，真的又要大发了。

但捡着捡着，牛芳珍就发现许晓华的举止有些反常，许晓华捡起一个天地炮，猛地抛向天空，嘴里还像个小孩似的高呼："澎！拍！"一个抛完了又捡起一个抛向天空，嘴里还再次高呼："澎！拍！"当捡起第三个，还没抛向天空，许晓华就摔倒了下来，嘴里流出的也不知是口水还是殷红的血……

牛芳珍感到许晓华疯了，她自己也快要发疯了。但她还是蹲下身来，把许晓华紧紧抱在怀里。牛芳珍哭了，无声无息地哭了。黎明前的天空更黑了，也更阴沉了；天上也不知什么时候开始下雨了，黄豆大的雨点和牛芳珍的泪水同时落在许晓华略显苍白的老脸上，没有像天空的烟花那样燃烧，而是从心里升起一种痛彻心肺的苦楚，冰凉冰凉的。

2011 年 12 月 28 日初稿
2012 年 1 月 10 日二稿
2012 年 5 月 18 日三稿
2012 年 8 月 16 日定稿
《百花洲》文学杂志留用